선셋 리미티드

THE SUNSET LIMITED
by Cormac McCarthy

Copyright ⓒ M-71, Ltd., 2006
Korean Translation Copyright ⓒ MUNHAKDONGNE Publishing Corp., 2015

This Korean edition is published by arrangement with
International Creative Management, Inc., New York, N. Y. through EYC(Eric Yang
Agency), Seoul.
All Rights Reserved.

이 책의 한국어판 저작권은 Eric Yang Agency를 통해
International Creative Management, Inc.와 독점 계약한 (주)문학동네에 있습니다.
저작권법에 의해 한국 내에서 보호를 받는 저작물이므로
무단 전재 및 무단 복제를 금합니다.

이 도서의 국립중앙도서관 출판예정도서목록(CIP)은
서지정보유통지원시스템 홈페이지(http://seoji.nl.go.kr)와
국가자료공동목록시스템(http://www.nl.go.kr/kolisnet)에서 이용하실 수 있습니다.
(CIP제어번호: CIP2014037537)

선셋 리미티드

THE
SUNSET
LIMITED
Cormac McCarthy

코맥 매카시 소설 | 정영목 옮김

문학동네

일러두기

1. 주석은 모두 옮긴이주이다.
2. 본문 중 고딕체는 원서에서 이탤릭체나 대문자로 강조한 부분이다.

THE
SUNSET
LIMITED

차례

뉴욕 흑인 게토에 자리잡은 공동주택 건물의 어느 방안. 부엌에는 레인지와 커다란 냉장고가 있다. 바깥 복도로 나가는 문과 침실로 통하는 듯한 문이 있다. 복도 쪽 문에는 자물쇠와 빗장이 잡다하게 달려 있다. 방안에는 싸구려 포마이카 탁자에 크롬 의자와 플라스틱 의자가 하나씩 있다. 탁자에는 서랍이 하나 달려 있다. 탁자 위에는 성경과 신문이 놓여 있다. 안경도. 메모지 묶음과 연필도. 몸집이 커다란 흑인이 한쪽 의자에 앉아 있고(무대 오른쪽), 다른 의자에는 조깅 바지에 운동화 차림의 중년 백인 남자가 앉아 있다. 백인은 티셔츠만 입고 있으며, 바지와 한 벌인 듯한 상의는 의자 등받이에 걸려 있다.

흑　　그래 교수 선생, 내가 선생을 어떻게 해야 하는 거요?
백　　왜 댁이 뭔가를 해야 하는 겁니까?

흑 말했잖소. 내가 이런 게 아니라고. 오늘 아침에 일하러 나
    갈 때만 해도 선생은 내 계획에 있지도 않았어. 그런데 지
    금 여기 이렇게 와 있잖소.

백 그건 아무런 의미가 없지요. 일어나는 모든 일에 어떤 의
    미가 있는 건 아니니까.

흑 음 흠. 그런 건 아니다.

백 그래요. 그런 건 아니지요.

흑 그럼 이건 무슨 의미가 있는 거요?

백 아무런 의미가 없다니까요. 누구나 우연히 사람들을 만나
    고, 그중에 어떤 사람은 곤경에 처해 있을 수도 있지만, 그
    렇다고 그게 우리가 그 사람을 책임져야 한다는 의미는 아
    닙니다.

흑 음 흠.

백 어쨌든, 생면부지는 늘 잘 챙기면서 정작 자기가 챙겨야
    할 사람은 보살피려 하지 않는 사람들이 아주 많지요. 그
    냥 내 생각이 그렇다는 겁니다. 그저 해야 할 일을 하고 있
    는 사람이라면 영웅이 되려고 하지 않아요.

흑 내가 그런 사람일 수도 있겠네.

백 나야 모르지요. 댁이 그런 사람인가요?

흑 음, 선생 말에도 일리가 있는 것 같소. 하지만 지금 이 경

우엔 내가 챙겨야 하는 사람이 어떤 사람인지, 혹은 그 사람을 발견했을 때 내가 뭘 해야 했는지, 나는 정말이지 몰랐다고 말할 수밖에. 이 경우엔 따를 만한 기준이 한 가지밖에 없었지.

백 그게 뭐지요?

흑 저기 사람이 서 있다는 거. 그리고 그 사람을 보았고 이렇게 생각했다는 거. 그래, 저 사람은 내 형제처럼 보이지는 않는다. 하지만 사람이 있기는 있다. 다시 한번 살펴보는 게 좋을지도 모르겠다.

백 그래서 그렇게 했군요.

흑 뭐, 선생은 그냥 지나치기가 좀 어려운 사람이었으니까. 선생이 다가오는 게 상당히 노골적이었다고나 할까.

백 나는 댁한테 다가가지 않았습니다. 댁을 보지도 못했어요.

흑 음 흠.

백 가야겠네요. 내가 슬슬 신경에 거슬리시나봅니다.

흑 아니, 그렇지 않소. 나한테 마음 쓸 거 없어. 착한 사람 같구만, 교수 선생. 그런데 내가 이해 못하겠는 건, 선생이 어쩌다 그런 곤란한 상황에 빠지게 됐냐, 이거란 말이지.

백 그렇군요.

흑 몸은 괜찮소? 간밤에는 잘 주무셨나?

백　　아니요.

흑　　언제 오늘로 날을 잡아야겠다고 결정한 거요? 오늘이 무
　　　슨 특별한 날이라도 되나?

백　　아니요. 뭐, 오늘이 내 생일이긴 합니다만, 그게 특별하다
　　　고는 생각하지 않습니다.

흑　　허, 생일 축하합니다. 교수 선생.

백　　감사합니다.

흑　　그러니까 생일이 다가오는 걸 보고 그날이 적당하겠다 생
　　　각한 거로군.

백　　누가 알겠습니까. 어쩌면 생일이란 게 좀 위험한 건지도
　　　모르지요. 크리스마스처럼 말입니다. 미국 어디를 가나 나
　　　무에는 장식이 걸려 있고, 문에는 화환이 걸려 있고, 증기
　　　파이프에는 목을 맨 시체들이 걸려 있고.

흑　　음. 크리스마스를 좋게 보지 않으시는군. 안 그렇소?

백　　크리스마스도 옛날 같지 않아요.

흑　　그건 맞는 말이라고 봐. 정말 그래.

백　　가봐야겠군요.

　　백인이 일어나 등받이의 상의를 집어 어깨에 걸치더니, 한 번에 한 팔
씩 소매에 집어넣지 않고 두 팔을 양쪽 소매에 동시에 집어넣는다.

흑   늘 그런 식으로 입으시나?

백   내가 옷 입는 게 뭐가 잘못됐나요?

흑   뭐 잘못됐다는 건 아니야. 평소에도 그런 식으로 입는지
     그냥 좀 궁금했을 뿐이지.

백   평소에 입는 식 같은 건 없습니다. 그냥 입지요.

흑   음 흠.

백   왜, 여자들 같은가요?

흑   음.

백   뭐라고요?

흑   아무것도 아니야. 난 그저 여기 앉아 교수들의 행동 방식
     을 연구하고 있을 뿐이야.

백   그렇군요. 자, 그럼 나는 가봐야겠습니다.

     흑인이 일어선다.

흑   아, 가서 내 재킷 좀 가져오리다.

백   댁의 재킷?

흑   그래요.

백   어디 가려고요?

흑   선생하고 같이 가려고.

백   무슨 말입니까? 나하고 어디를 같이 가요?

흑   선생이 어딜 가든 같이 갈 거요.

백   아니 못 갑니다.

흑   아니 갈 거요.

백   집에 가겠습니다.

흑   그럽시다.

백   그럽시다? 댁은 나하고 같이 못 갑니다.

흑   아니, 가고말고. 가서 재킷 좀 가져오리다.

백   댁은 나하고 같이 못 갑니다.

흑   왜?

백   안 되니까요.

흑   뭐야. 선생은 나하고 같이 내 집에 올 수 있지만 나는 선생 집에는 같이 갈 수 없다는 건가?

백   아니요. 내 말은, 그런 뜻이 아니라는 겁니다. 어쨌든 나는 집에 가봐야 해요.

흑   아파트에 사시나?

백   네.

흑   뭐야. 그러니까 거기서는 흑인을 들이지 않는다는 거요?

백   아니요. 내 말은, 당연히 들어갈 수 있다는 겁니다. 이봐요. 말장난은 그만하지요. 가야겠습니다. 몹시 피곤하군요.

흑 뭐 나야 선생이 나를 들여보내다 실랑이가 벌어지지나 않기를 바랄 뿐이지.

백 진심이군요.

흑 아 내가 진심이란 걸 아시는 줄 알았는데.

백 진심일 수가요.

흑 심장마비만큼이나 심각하게 하는 얘기요.

백 왜 이러는 겁니까?

흑 내가? 나는 이 문제에서는 선택권이 없소.

백 당연히 선택권이 있지요.

흑 아니 없다니까.

백 누가 댁을 내 수호천사로 임명한 겁니까?

흑 가서 재킷 좀 가져오리다.

백 묻는 말에 답이나 해요.

흑 누가 임명했는지 선생도 잘 알 텐데. 오늘 아침에 지하철역에서 선생더러 내 품으로 뛰어들어달라고 내가 부탁한 게 아니잖아.

백 내가 댁의 품에 뛰어든 게 아닙니다.

흑 아니라고?

백 네. 아니에요.

흑　　그래, 그럼 어쩌다 내 품에 안기게 된 거요?

　　교수는 고개를 숙인 채 서 있다. 의자를 보다가 몸을 돌려 의자에 가서
앉는다.

흑　　뭐야. 안 가는 거요?

백　　정말로 이 방에 예수가 있다고 생각합니까?

흑　　아니. 이 방에 예수가 있다고 생각하지 않는데.

백　　그렇게 생각하지 않는다고요?

흑　　예수가 이 방에 있다는 걸 알고 있는 거지.

　　교수가 탁자에 두 손을 포개고 고개를 숙인다. 흑인은 다른 의자를 뒤
로 빼서 다시 앉는다.

흑　　표현 방법의 문제지, 교수 선생. 내가 선생한테, 선생이 지
　　　금 재킷을 입고 있다고 생각하쇼, 하고 묻는 것과 같다는
　　　얘기야. 내 말이 무슨 말인지 아시려나?

백　　같지가 않아요. 이건 합의의 문제입니다. 가령 맥하고 나
　　　는 내가 재킷을 입었다고 말하는데 세실은 내가 벌거벗은
　　　데다 피부는 녹색이고 꼬리가 달렸다고 말한다면, 우리는

14

세실이 자신을 해치지 못하도록 어디에 집어넣어야 하는
게 아닐까 하는 생각을 하게 될지도 모릅니다.

흑   세실이 누구요?

백   아무도 아닙니다. 그냥 가상의…… 세실은 없어요. 그냥
내 말을 설명하려고 지어낸 사람입니다.

흑   지어냈다.

백   네.

흑   음.

백   같은 얘기를 또 하자는 건 아니죠, 네? 그건 같지가 않아
요. 내가 세실을 지어낸 것은.

흑   어쨌든 지어내긴 지어냈잖아.

백   그래요.

흑   그런데 세실의 관점은 중요한 게 아니다.

백   그래요. 그래서 내가 세실을 지어낸 겁니다. 반대로 뒤집
을 수도 있었어요. 내가 재킷을 입지 않았다고 생각하는
사람을 댁으로 정할 수도 있었다는 거예요.

흑   그리고 녹색이니 뭐니 하는 그 거지 같은 얘기도.

백   그렇죠.

흑   하지만 그렇게 하지 않았잖아.

백   안 했지요.

흑 그걸 세실한테 떠안겼잖아.

백 그래요.

흑 한데 그러면 세실은 자기를 방어할 수 없잖소. 세실은 다른 누구와도 합의하지 않고, 그 때문에 세실의 말은 받아들여지지 않을 테니. 그러니까 선생이 세실을 지어내서 세실이 녹색이니 어쩌니 한다는 사실은 제쳐놓더라도 말이야.

백 세실은 녹색이 아니에요. 내가 녹색이지요. 지금 우리가 왜 이런 이야기를 하는 거지요?

흑 그냥 세실에 관해 좀 알아내려는 것뿐이야.

백 그런 것 같지 않은데요. 댁은 예수를 볼 수 있나요?

흑 아니. 볼 수 없지.

백 하지만 예수와 말은 하고요.

흑 하루도 안 빼놓고 하지.

백 예수도 댁한테 이야기를 하고요.

흑 나하고 얘기를 하지. 그래.

백 예수의 말이 들립니까? 그러니까 큰 소리로?

흑 큰 소리는 아니지. 목소리가 들리지는 않아. 그렇게 말하자면 나는 내 목소리도 못 들어. 하지만 예수의 말을 들은 건 사실이야.

백 흠, 왜 예수가 그냥 댁의 머릿속에 있으면 안 되는 걸까요?

흑   예수는 내 머릿속에 있지.

백   흠, 댁이 나한테 무슨 말을 하려고 하는지 이해를 못하겠습니다.

흑   이해 못한다는 건 알아, 여보. 보쇼. 제일 먼저 이해해야 하는 건 내 머릿속에 독창적인 생각은 없다는 거요. 생각에 신의 향기가 배어 있지 않으면 나는 관심이 없어.

백   신의 향기가 배어 있다……

흑   그래. 마음에 드쇼?

백   나쁘지는 않네요.

흑   라디오에서 들은 거지. 흑인 설교사한테서. 하지만 내가 하고 싶은 말은 내가 다른 쪽으로도 가봤다는 거야. 그렇다고 난잡스럽게 굴었다는 얘긴 아니지만. 눈을 가리고 재갈을 문 채 숲속을 달린단 얘기야. 아찔하지. 내가 그걸 안 해봤을 것 같아? 나보다 제대로 해본 사람이 있다면 한번 만나보고 싶군. 정말 만나보고 싶어. 그런데 그렇게 해서 내가 뭘 얻었을까?

백   모르겠는데요. 뭘 얻었나요?

흑   삶 한가운데 있는 죽음. 그게 내가 얻은 거요.

백   삶 한가운데 있는 죽음이라.

흑   그렇지. 죽음 주위를 뱅뱅 도는 거. 죽음에 딱 달라붙어 있어서 심지어 도는 걸 그만두고 드러누워버릴 수도 없는 거.

백 　알겠습니다.

흑 　모르는 것 같은데. 하지만 이건 하나 물어보자구.

백 　물어보세요.

흑 　이 책을 읽어본 적이 있소?

백 　군데군데 읽었지요. 열심히 읽었습니다.

흑 　이걸 읽은 적이 있소?

백 　욥기는 읽었습니다.

흑 　이걸. 읽은. 적이. 있소.

백 　없습니다.

흑 　하지만 다른 책을 많이 읽었겠지.

백 　네.

흑 　얼마나 읽었다고 할 수 있을까?

백 　모르겠습니다.

흑 　대략이라도.

백 　모르겠어요. 일주일에 두 권쯤. 일 년에 백 권. 한 사십 년 가까이.

　　흑인이 연필을 들어 침을 묻히더니 눈을 가늘게 뜨고 메모지 묶음을 보다가 힘겹게 셈을 한다. 혀는 입꼬리 쪽으로 쑥 내밀고, 한 손으로는 머리를 감싸쥐고 있다.

백 백 곱하기 사십은 사천이네요.

흑 (웃음을 터뜨릴 듯한 표정으로) 그냥 선생을 좀 갖고 논 거요, 교수 선생. 수를 대보쇼. 마음대로 아무 수나. 그럼 그 사십 배를 돌려드리지.

백 이십육.

흑 천사십.

백 백십팔.

흑 사천칠백이십.

백 사천칠백이십.

흑 그렇소.

백 그 답이 질문입니다.

흑 뭐라고?

백 그게 새로 낸 문제입니다.

흑 사천칠백이십이?

백 네.

흑 큰 수로구먼, 교수 선생.

백 그래요 큰 수지요.

흑 선생은 답을 아쇼?

백   아니. 모르지요.

흑   답은 십팔만 팔천팔백이오.

둘 다 자리에 앉는다.

백   그것 좀 줘봐요.

흑인이 메모지 묶음과 연필을 교수 쪽으로 민다. 교수는 계산을 해서 답을 확인하고는 흑인을 본다. 연필과 종이를 흑인 쪽으로 도로 밀고 등을 등받이에 기댄다.

백   어떻게 한 겁니까?

흑   숫자는 흑인의 친구지. 버터와 달걀이라고나 할까. 아니면 주사위 게임판이라고 할까. 수에 밝으면 형제한테 마법을 부릴 수 있거든. 주머니 속에 든 걸 징발할 수 있지. 철창에 들어가 있으면 그 거지 같은 걸 연습할 시간이 많이 생겨.

백   그렇군요.

흑   이제 선생이 읽은 책 얘기로 돌아갑시다. 그러니까 책을 사천 권 정도 읽었다는 거네.

백　　그럴 겁니다. 그보다 많을 수도 있고요.

흑　　하지만 이건 읽지 않았다.

백　　맞아요. 전체를 다 읽진 않았지요. 안 읽었습니다.

흑　　왜?

백　　모르겠네요.

흑　　지금까지 나온 책 가운데 최고가 뭐냐고 물으면 뭐라고 답
　　　하시겠소?

백　　모르겠습니다.

흑　　한번 얘기해보쇼.

백　　좋은 책들이 워낙 많아서.

흑　　거 하나 골라보라니까.

백　　뭐 『전쟁과 평화』 정도.

흑　　좋아. 그러니까 선생은 그게 이 책보다 낫다고 생각한다?

백　　모르겠습니다. 성격이 다른 책이니까.

흑　　그 『전쟁과 평화』라는 거, 그거 누가 지어낸 책이지, 그렇
　　　지?

백　　뭐, 그렇지요.

흑　　그러니까 그게 이 책하고 다른 점인가?

백　　그렇지는 않지요. 내가 보기에는 둘 다 지어낸 거니까.

흑　　음. 둘 다 진실이 아니라는 거네.

백   역사적인 의미에서는 그렇지요. 그래요.

흑   그럼 진실한 책은 어떤 거요?

백   혹시 역사책이라면 그렇게 말할 수도 있을 것 같군요. 기
      번의 『로마 제국 쇠망사』가 그런 책이 될 수도 있겠지요.
      적어도 거기 있는 사건들은 진짜일 테니까. 그런 것들은
      실제로 일어난 일들이라고 할 수 있겠지요.

흑   음 흠. 그러니까 그 책이 여기 이 책만큼 좋은 책이라고 생
      각한다?

백   성경만큼.

흑   성경만큼.

백   모르겠네요. 기번은 초석磯石이지요. 중요한 책입니다.

흑   그리고 진실한 책이고. 그 점을 잊지 마쇼.

백   그리고 진실한 책이고. 그렇지요.

흑   하지만 이만큼 좋은 책인가.

백   모르겠네요. 비교를 할 수 있을지 모르겠습니다. 사과하고
      배를 비교하라는 이야기니까요.

흑   아니 우리는 사과하고 배 얘기를 하는 게 아니오, 교수 선
      생. 우린 책 얘기를 하는 거라고. 『쇠망사』라는 게 여기 이
      책만큼 좋은 책인가? 질문에 대답해보쇼.

백   아니라고 해야 할 것 같군요.

흑   이보다 진실하지만 이만큼 좋지는 않다.

백   뭐 그렇게 말하고 싶다면.

흑   내가 그렇게 말하고 싶은 게 아니지. 선생이 한 얘기잖소.

백   좋습니다.

      흑인이 성경을 다시 탁자에 내려놓는다.

흑   지금은 닳아서 떨어져나갔지만 여기 표지에 그런 말이 적
      혀 있었지. 지금까지 나온 책들 중 가장 훌륭한 책이라고.
      그게 진실일 수도 있다고 생각하쇼?

백   그럴 수도 있지요.

흑   선생은 좋은 책들을 읽겠지.

백   그러려고 하지요. 그래요.

흑   그런데 가장 좋은 책은 안 읽었다. 왜 그런 걸까?

백   가야겠습니다.

흑   갈 필요 없소, 교수 선생. 그냥 여기 앉아 나하고 얘기나
      좀 하지.

백   내가 다시 기차역으로 갈까봐 걱정하는군요.

흑   그럴 수도 있잖소. 그냥 여기 있으라니까.

백   역으로 가지 않겠다고 약속한다면?

흑 그래도 갈 수도 있지.

백 일하러 가야 하지 않나요?

흑 아까 일하러 가는 길이었지.

백 일하러 가는 길에 재미있는 일이 벌어진 거로군요.

흑 그래 그렇지.

백 잘리는 거 아닌가요?

흑 아니야. 잘리지 않을 거야.

백 직장에 전화라도 하셔야겠네요.

흑 전화가 없어. 어차피 내가 안 보이면 안 오는 줄 알 텐데
   뭐. 나는 지각하는 사람이 아니거든.

백 왜 전화가 없습니까?

흑 필요가 없으니까. 있다 해도 약쟁이들이 훔쳐갈 테고.

백 싼 거라도 살 수 있을 텐데요.

흑 약쟁이들한테는 싸고 비싸고가 없어. 이제 선생 얘기로 돌
   아가지.

백 잠깐 댁 얘기 좀 더 하지요.

흑 그러든가.

백 뭐 좀 물어봐도 되겠습니까?

흑 되고말고.

백 아까 어디에 서 있었지요? 전혀 보지 못했는데.

흑 그러니까 선생이 멋지게 뛰어내릴 때 말씀이신가?

백 네.

흑 플랫폼에 있었지.

백 플랫폼이라.

흑 그렇소.

백 하지만, 나는 보지 못했는데.

흑 거기 플랫폼에 그냥 서 있었지. 남의 일에는 신경 끄고 말
   이야. 그런데 교수 선생이 오시더만. 허겁지겁.

백 아무도 없다는 걸 확인하려고 주위를 잘 살폈는데. 특히
   애들이 없나 하고. 하지만 아무도 없었습니다.

흑 없었지. 나 빼고.

백 허 댁이 도대체 어디 있을 수 있었는지 모르겠어요.

흑 음. 교수 선생, 내가 유령이라도 된다는 거요? 거 무섭네.
   기둥이나 뭐 그런 거 뒤에 있었을 수도 있잖소.

백 기둥 같은 건 없었어요.

흑 그래서 지금 무슨 얘기가 하고 싶은 거요? 마지막 순간에
   공중에서 크고 시커먼 천사가 내려와 선생의 허연 궁둥짝
   을 붙잡아 구해준 덕분에 선생이 박살나지 않았다는 건가?

백 아니. 그런 생각을 하는 건 아닙니다.

흑 그런 건 가능하지 않지.

백　　그래요. 불가능해요.

흑　　한데 선생이 그런 식으로 말하고 있잖소.

백　　그런 식으로 말한 적 없습니다. 천사니 뭐니 하는 소리를
　　　한 사람은 댁이지요. 나는 천사 같은 이야기는 한 적이 없
　　　어요. 천사를 믿지 않으니까.

흑　　그럼 믿는 게 뭐요?

백　　많은 것들을 믿지요.

흑　　좋아.

백　　뭐가 좋다는 겁니까?

흑　　많은 것들이라니까 좋다고.

백　　나는 많은 것들을 믿는다니까요.

흑　　이미 한 얘기요.

백　　아마 과거에 믿던 많은 것들을 지금은 믿지 않겠지요. 하
　　　지만 그렇다고 해서 아무것도 안 믿는다는 뜻은 아닙니다.

흑　　그럼 예를 하나만 들어보쇼.

백　　대개 이런저런 것들의 가치지요.

흑　　이런저런 것들의 가치라.

백　　그래요.

흑　　좋아. 이런저런 어떤 거?

백　　많지요. 예를 들어 문화적인 것. 책과 음악과 예술. 뭐 그

런 것들.

흑   좋아.

백   그게 나한테 가치가 있는 것들이지요. 문명의 기초이기도
하고. 어쨌든 과거에는 가치가 있었습니다. 이젠 별로 그
런 것 같지 않지만.

흑   어쩌다 그렇게 된 거요?

백   이제 사람들이 거기에 가치를 부여하지 않아요. 나 역시
마찬가지고. 어느 정도는. 내가 그 이유를 말할 수 있을지
자신이 없군요. 어쨌든 그 세계는 거의 사라졌어요. 곧 완
전히 사라지겠지요.

흑   내가 지금 제대로 따라가고 있는 건지 모르겠소, 교수 선생.

백   따라오고 말고 할 게 없어요. 괜찮습니다. 내가 사랑했던
것들은 아주 약했어요. 아주 부서지기 쉬웠지요. 나는 그
걸 몰랐습니다. 절대 파괴되지 않을 거라고 생각했지요.
한데 그렇지가 않더군요.

흑   그래서 플랫폼에서 뛰어내린 거로군. 자기 일도 아닌 문제
로 말이야.

백   내 일입니다. 그게 바로 교육이 하는 일이니까요. 교육을
통해 세상은 내 것이 됩니다.

흑   흠.

백   뭐가 흠입니까?

흑   글쎄. 이거 꽤 센 말이구나, 뭐 그런 생각을 하고 있었소.
     내가 답을 얻은 건지는 잘 모르겠지만. 답이 없는 것 같기
     도 하고. 어쨌거나 그런 생각들이 다 무슨 소용이냐고 물
     어볼 수밖에 없구만. 그런 생각이 선생을 플랫폼에 딱 잡
     아두지 못한다면 말이야. 선셋 리미티드*가 시속 130킬로
     미터로 달려오고 있는데.

백   좋은 질문이군요.

흑   나도 그렇게 생각했소.

백   하지만 거기에도 어떤 답을 드릴 수는 없겠네요. 어쩌면
     내 행동이 논리에 맞지 않는지도 모르겠습니다. 모르겠어
     요. 하지만 상관없습니다. 내가 만물의 죽음을 증언하는
     자리에 나서는 것은 좀 이상하다고 생각하지 않느냐, 댁의
     질문은 그거였지요. 나 역시 이상하다고 생각하지만 그렇
     다고 해서 상황이 달라지는 건 아닙니다. 누군가는 그 자
     리에 있어야 합니다.

흑   하지만 그것 때문에 선생이 여기 계속 붙어 있을 생각은

---

* 뉴욕에서 로스앤젤레스까지 달리는 급행열차. 이 작품의 주인공들이 있던 역에
서는 정차하지 않고 그냥 통과하는 것으로 설정되어 있다.

없다.

백   그래요. 없습니다.

흑   어디 내가 제대로 알아들었는지 봅시다. 선생은 지금까지
선생이 선셋 리미티드에 뛰어드는 걸 막아줬던 게 오로지
그 문화니 뭐니 하는 것들뿐이라고 말하고 있소.

백   큰 거지요.

흑   그런데 그게 박살이 나버렸다는 거고.

백   그래요.

흑   이거 영락없는 문화 약쟁이로군.

백   뭐 그렇게 부르고 싶다면. 아니 전에는 그랬지요. 어쩌면
댁의 말이 맞을지도 모르겠네요. 어쩌면 나는 아무런 믿음
이 없는지도 몰라요. 내가 믿는 건 선셋 리미티드지요.

흑   젠장, 교수 선생.

백   정말 젠장이네요.

흑   믿음이 없다.

백   내가 믿었던 것들은 이제 존재하지 않습니다. 존재한다고
믿는 척하는 건 바보 같은 짓이지요. 서구 문명은 결국 연기
가 되어 다하우* 강제수용소의 굴뚝으로 날아가버렸는데

---

* 나치 독일이 최초로 세운 강제수용소.

내가 얼이 빠져 그걸 알지 못한 겁니다. 지금은 압니다만.

흑   당신 골칫덩이야, 교수 선생. 그거 알고 계셨나?

백   뭐, 댁이 내 문제에 말려들 이유는 없습니다. 가봐야겠어요.

흑   친구는 있소?

백   없습니다.

흑   친구가 한 명도 없다는 거요?

백   없습니다.

흑   농담이겠지, 교수 선생. 한 명도?

백   사실상 없어요. 없습니다.

흑   그래 그 친구 얘기를 해보쇼.

백   어떤 친구요?

흑   사실상 없는 친구.

백   대학에 친구가 하나 있지요. 가까운 친구는 아니지만. 가
     끔 점심을 함께 먹어요.

흑   하지만 그 정도가 최대한이다.

백   무슨 뜻입니까?

흑   친구라고 할 때 교수 선생에겐 그 정도뿐이다.

백   그렇습니다.

흑   음. 뭐. 그러니까 그 사람이 교수 선생한테 최고의 친구라
     면, 그 사람이 그냥 교수 선생의 최고의 친구인 셈이네. 안

그렇소?

백   모르겠네요.

흑   그 사람한테 어떻게 하셨나?

백   내가 그 사람한테 어떻게 했냐고요?

흑   그렇소.

백   아무 짓도 안 했지요.

흑   음 흠.

백   그 사람한테 아무 짓도 안 했습니다. 왜 내가 그 사람한테 뭔가 했을 거라고 생각하는 겁니까?

흑   글쎄. 하긴 했소?

백   아니요. 도대체 내가 그 사람한테 무슨 짓을 했다고 생각하는 겁니까?

흑   나는 모르지. 나야 선생이 말해주기를 기다리고 있는 거니까.

백   그럼 말해줄 게 없군요.

흑   그 사람한테 편지나 그런 걸 남기지도 않았고? 선생이 그 기차를 타겠다고 결심했을 때 말이야.

백   그래요.

흑   최고의 친구인데?

백   그 사람은 내 최고의 친구가 아닙니다.

흑   방금 우리가 그렇게 딱 결론내린 줄 알았는데.

백   방금 댁 혼자 그렇게 딱 결론내렸지요.

흑   선생이 이런 생각을 한다는 걸 그 사람한테 말한 적도 없고?

백   없습니다.

흑   젠장, 교수 선생.

백   내가 왜 말해야 합니까?

흑   나야 모르지. 어쩌면 그 사람이 최고의 친구니까?

백   말했잖아요. 우리는 그렇게 가깝지 않다고.

흑   그렇게 가깝지 않다.

백   그래요.

흑   그 사람은 최고의 친구인데 다만 선생에게 그렇게 가깝지 않을 뿐이야.

백   뭐 그렇게 말하고 싶다면.

흑   죽는 것 같은 시답잖은 얘기로 성가시게 하고 싶을 만큼 가깝지는 않은 거지.

백   (방을 둘러보며) 보세요. 그냥 집에 갈 거고, 가는 길에 자살하려 하지 않겠다고 내가 약속을 한다면 어떻겠습니까?

흑   내가 선생의 헛소리에는 절대 귀를 기울이지 않겠다고 약속을 하면 어떻겠소?

백　그러니까 나는 뭡니까, 여기 갇힌 죄수인가요?

흑　잘 알면서 그런 소릴. 어쨌든 선생은 여기 오기 전에 이미 죄수였잖소. 사형수. 아버지는 뭘 하셨나?

백　네?

흑　선생 아버지는 뭘 하셨느냐고 물었소. 어떤 일을 하셨느냐는 거요.

백　변호사였습니다.

흑　변호사라.

백　그렇습니다.

흑　어떤 일을 하는 변호사?

백　정부 일을 하는 변호사였지요. 형사사건이나 그 비슷한 걸 다루지는 않았습니다.

흑　음 흠. 형사사건 비슷한 건 뭐요?

백　글쎄요. 그러니까 뭐 이혼 같은 것.

흑　그래. 말이 되는 것 같군. 그 양반은 어떻게 돌아가셨소?

백　돌아가셨다고 말한 적 없는데요.

흑　돌아가셨소?

백　네.

흑　어떻게 돌아가셨는데?

백　암으로요.

흑 암이라. 그럼 한참 앓았겠구만.

백 네. 그랬지요.

흑 뵈러 갔었소?

백 아니요.

흑 왜?

백 가고 싶지 않아서요.

흑 그래 왜 가고 싶지가 않았던 거요?

백 모르겠어요. 그냥 그랬습니다. 어쩌면 아버지를 그런 모습
으로 기억하고 싶지 않았나보지요.

흑 헛소리. 아버지가 와달라고 했나?

백 아니요.

흑 하지만 어머니는 그랬겠지.

백 그랬을지도요. 기억이 안 나네요.

흑 왜 이러시나, 교수 선생. 와달라고 했잖아.

백 좋아요. 그랬습니다.

흑 그래서 어머니한테 뭐라 했소?

백 가겠다고 했지요.

흑 그런데 가지 않았고.

백 네.

흑 왜?

백 돌아가셨으니까요.

흑 아, 하지만 그게 아니잖아. 그전에 갈 시간이 있었는데 안 간 거잖아.

백 그런 것 같네요.

흑 돌아가실 때까지 기다린 거로군.

백 그래요. 나는 아버지를 보러 가지 않았습니다.

흑 아버지는 병상에 누워 암으로 죽어가고 있어. 어머니는 아버지 옆에 앉아 있고. 손을 잡고서. 아버지는 온갖 통증을 다 겪고 있지. 두 사람은 선생더러 아버지가 죽기 전에 마지막으로 한 번 보러 오라고 하고 선생은 가지 않겠다고 해. 선생은 결국 가지 않아. 혹시 내가 잘못 말한 데가 있으면 말해보쇼.

백 그런 식으로 말하고 싶다면야 뭐.

흑 그럼 교수 선생 같으면 어떻게 말하겠소?

백 모르겠습니다.

흑 사실이 그렇잖아. 안 그런가?

백 그런 것 같네요.

흑 같기는 뭐가 같아. 그런 거요, 아닌 거요?

백 그러네요.

흑 자. 어디 보자, 기차 시간표를 어디에 뒀더라.

흑인은 탁자 서랍을 열고 뒤진다.

흑   다음 시외 급행열차가 몇시에 오는지 찾아보쇼.

백   그게 웃음거리로 삼을 일인지 잘 모르겠군요.

흑   그렇게 말하는 걸 들으니 다행이네, 교수 선생. 나도 잘 모
      르겠거든. 그저 시간이 지날수록 점점 더 놀라게 될 뿐. 그
      뿐이야. 그런데 어째서 자신은 못 보는 거요, 여보? 유리처
      럼 다 들여다보이는구만. 그 안에서 바퀴가 돌아가는 게
      다 보여. 톱니바퀴도. 그리고 빛까지도. 좋은 빛이군. 참된
      빛이야. 선생은 그게 안 보이시나?

백   네. 안 보입니다.

흑   아무려나, 축복이 있기를, 형제여. 축복하고 지켜주시기
      를. 거기 빛이 있으니까.

      둘 다 앉는다.

백   교도소에는 언제 갔습니까?

흑   오래전에.

백   무슨 일로요?

흑   살인.

백   정말입니까?

흑   살인자도 아니면서 자기가 살인자라고 주장하겠소?

백   아까 교도소를 철창이라고 하던데.

흑   그래서?

백   흑인들은 보통 교도소를 철창이라고 부릅니까?

흑   아니. 우리처럼 늙은 촌 껌둥이들만 그러지. 우리는 뭐든 지 있는 그대로 부르는 버릇이 있거든. 철창을 부르는 말 이 몇 개나 되는지 따져보라면 정말 짜증날 거야. 그게 몇 개인지 세야 한다면 정말 짜증날 거라구.

백   철창 이야기를 많이 알고 있습니까?

흑   철창 이야기라.

백   네.

흑   모르겠는데. 전에는 철창 이야기를 좀 하기도 했는데 이제 는 별로 당기지가 않아서 말이야. 그런 거 말고 좀 밝은 이 야기를 하는 게 좋지 않겠어?

백   결혼한 적은 있나요?

흑   결혼이라.

백   네.

흑   (작은 소리로) 어이쿠 이 양반이.

백 뭐요.

흑 이거 철창 이야기로 돌아가는 게 낫겠군. (고개를 흔들며 소
    리 없이 웃음을 터뜨린다. 눈을 감으며 콧등을 잡는다.) 어이구야.

백 자식은 있습니까?

흑 없수다, 교수 선생, 나한테는 아무도 없어. 내 가족은 모두
    죽었어. 아들이 둘 있었지. 오래전에 죽었지만. 하긴, 그렇
    게 말하자면, 내가 알던 사람들은 거의 다 죽었어. 선생도
    이걸 잘 생각해보는 게 좋을걸. 내가 선생 건강의 위험 요
    소일지도 모르니까 말이야.

백 늘 문제를 많이 일으켰나요?

흑 그랬소. 그랬지. 그러고 싶었으니까. 어쩌면 여전히 그런
    지도 모르지. 칠 년을 그렇게 썩었는데 거기서 더 썩지 않
    은 게 행운이라고 봐야지. 사람들을 많이 해쳤어. 슬쩍 치
    기만 했는데도 다시 못 일어나더라니까.

백 하지만 이제는 문제를 일으키지 않잖습니까?

흑 그래.

백 하지만 여전히 그러고 싶다고요?

흑 글쎄, 어쩌면 나는 그냥 그럴 운명을 타고난 건지도 몰라.
    나 자신의 업보에 엉덩이를 물려버린 거야. 하지만 지금
    은 다른 편으로 건너와 있지. 그래도 문제가 있는 사람들

을 도우려면 문제가 있는 곳으로 갈 수밖에. 선택의 여지
가 많지 않아.

백   그러니까 문제가 있는 사람들을 돕고 싶다는 거네요.

흑   그렇지.

백   왜요?

흑인이 머리를 기울이고 백인을 살핀다.

흑   선생은 아직 그 얘기를 들을 준비가 안 됐어.

백   한번 짧게 답해보시죠.

흑   그게 짧은 답이었소.

백   여기서 얼마나 오래 살았지요?

흑   그러니까 이 건물에?

백   네.

흑   육 년. 거의 칠 년이네.

백   왜 여기 사는지 이해가 안 됩니다.

흑   어디하고 비교해서?

백   어디라도요.

흑   뭐 여기가 선생이 말하는 그 어디라도에 들어간다고 해도
     되지 않을까. 다른 건물에 산다 해도 그게 그거겠지. 여기

도 괜찮아. 혼자 처박혀 있을 수 있는 침실도 있고. 저기
사람들이 죽때릴 수 있는 소파도 하나 있고. 대개 약쟁이
에 코카인에 절어 있는 놈들이지만. 물론 놈들이 가져갈
수 있는 건 죄다 들고 가버리니까 나는 아무것도 소유하진
않아. 그게 좋지. 제대로 된 사람들과 어울리기만 하면 늘
뭔가를 갖고 싶은 마음이 결국은 다 치료가 된다니까. 한
번은 녀석들이 냉장고를 들고 나갔는데, 누가 층계에서 그
걸 보고 도로 올려다놓게 한 일도 있었지. 지금은 저기 저
커다란 놈을 갖고 있지만. 돈을 더 주고 바꾼 거요. 아쉬운
건 딱 하나, 음악이야. 침실에 강철 문을 하나 다는 게 목
표요. 그럼 다시 음악을 좀 들을 수 있을 테니까. 문짝하고
틀을 둘 다 구해야 돼. 지금 궁리를 하고 있지. 텔레비전에
는 아무 관심도 없지만 음악은 그리워.

백   여기가 끔찍한 곳 같지 않나요?

흑   끔찍해?

백   네.

흑   뭐가 끔찍하다는 거지?

백   무시무시하잖아요. 무시무시한 생활입니다.

흑   무시무시한 생활?

백   그래요.

흑   젠장, 교수 선생. 이게 뭐가 무시무시하다는 거야. 대체 뭔 소릴 하는 거야?

백   이 장소 말입니다. 정말 무시무시한 곳이에요. 무시무시한 사람들로 가득하고.

흑   어이구야.

백   이 사람들은 구할 가치가 없다는 걸 알아야 합니다. 구할 수 있다 하더라도 말이에요. 구할 수도 없지만. 그걸 알아야 해요.

흑   뭐 나야 늘 도전을 좋아했으니까. 옥살이를 끝내기 전에 거기서 목사 일을 시작했지. 그거야말로 도전이었소. 형제들은 많이 참석했지만 사실 관심은 전혀 없었어. 하느님 말씀 같은 데는 그렇게 관심이 없을 수가 없었지. 그 형제들은 그저 이력서에 그걸 적고 싶었던 거야.

백   이력서?

흑   이력서. 거기에는 정말 못된 짓거리를 한 형제들도 있는데, 녀석들은 눈꼽만치도 후회를 안 해. 그저 잡힌 게 억울할 뿐이지. 재미있는 건 그 가운데 대다수가 정말로 하느님을 믿는다는 거야. 어쩌면 여기 밖에 있는 사람들보다 믿음이 훨씬 강할지도 몰라. 적어도 나는 그랬지. 그걸 좀 따져보고 싶을지도 모르겠군, 교수 선생.

백 나는 그만 가는 게 좋을 것 같네요.

흑 갈 필요 없소, 교수 선생. 나는 뭘 하고? 나 혼자 여기 앉아 있으라는 거요?

백 댁은 내가 필요 없잖습니까. 혹시 나한테 무슨 일이 일어나 책임을 느끼게 될까봐 그러는 거지요.

흑 그게 뭐가 다른 거요?

백 나도 모르겠습니다. 이만 가봐야겠습니다.

흑 좀만 있다 가쇼. 여기가 틀림없이 선생네보다 즐거울 텐데.

백 내가 여기 있는 게 얼마나 이상한 일인지 전혀 모르시는 것 같군요.

흑 조금은 알 거 같은데.

백 가야겠습니다.

흑 뭣 좀 물어봅시다.

백 좋습니다.

흑 모든 게 죄다 그냥 이상하게 돌아가는 그런 날을 겪어봤소? 그러니까 모든 게 그냥 딱딱 맞아 돌아가는 그런 날?

백 무슨 말을 하는 건지 잘 모르겠습니다.

흑 그냥 그런 날. 그냥 누가 마법을 부린 것 같은 날. 모든 게 다 결국은 제대로 되는 그런 날.

백 모르겠습니다. 겪어봤을지도 모르지요. 왜요?

흑   혹시 선생이, 그러니까, 긴 가뭄 같은 기간을 보낸 게 아닐
까 그런 생각이 들어서 말이야. 그러다보니 결국 세상이
원래 그런 거다, 그렇게 생각하게 된 거지.

백   세상이 원래 그런 거다.

흑   그렇지.

백   그런 게 어떤 건데요?

흑   나도 모르겠소. 그냥 긴 가뭄 같은 거 말이야. 어쨌거나 내
말은 말이오, 설사 겉으로는 그렇게 보인다 해도, 그래도
해가 매일 똑같은 개의 궁둥짝을 비추는 건 아니라는 걸
알아야 한다는 거요. 내 말이 이해가 되쇼?

백   내가 그냥 일진이 나빴다는 얘기라면 그건 터무니없는 소
리입니다.

흑   일진이 나빴다고는 생각하지 않아, 교수 선생. 지금 선생
의 인생이 나쁘다고 생각하지.

백   그래서 내가 인생을 바꿔야 한다고 생각하신다?

흑   뭐야, 지금 내 말이 우습게 들린다는 거요?

백   가야겠습니다.

흑   여기서 나하고 조금 더 개길 수도 있잖소.

백   그럼 철창 이야기나 좀 들어볼까요?

흑   철창 이야기 같은 건 들을 필요 없잖아.

백 왜요?

흑 어차피 선생은 모든 걸 의심하잖소. 지금도 내가 선생을 골탕 구렁텅이에 빠뜨리려 한다고 생각하잖아.

백 그럼 그런 게 아니다.

흑 아, 아니지. 빠뜨리고 있지. 다만 선생이 그걸 알기를 바라지 않을 뿐.

백 뭐, 어쨌든 나는 가야겠습니다.

흑 선생도 아직 거리에 나설 준비가 안 되었다는 걸 알잖소.

백 가야 합니다.

흑 선생이 아무 할 일이 없다는 건 내가 잘 아는데.

백 그걸 댁이 어떻게 압니까?

흑 계획대로라면 선생은 지금 여기에 있지도 않았을 테니까.

백 무슨 말인지 알겠습니다.

흑 선생한테 철창 이야기를 좀 해주면? 그럼 그냥 있을 거요?

백 좋습니다. 잠깐 있지요.

흑 그러셔야지. 좋아. 자 그럼 철창 이야기를 들려드리지.

백 진짜 있었던 일입니까?

흑 아 그럼. 진짜 있었던 일이지. 나는 그렇지 않은 얘기는 몰라.

백 좋습니다.

흑 좋아. 어느 날 줄을 서서 배식을 받고 있는데 내 뒤에 있
던 깜둥이가 배식 담당한테 싸움을 거는 거야. 콩이 식었
다며 콩그릇에 국자를 내던진 거지. 그 바람에 콩이 나한
테 튀었어. 뭐, 콩알 몇 개 때문에 싸울 생각까진 없었지만
열은 좀 받더라구. 방금 깨끗한 옷으로 갈아입은 참이었거
든. 왜 있잖소, 카키색 옷, 셔츠하고 바지. 일주일에 두 번
겨우 갈아입거든. 그래서 그 깜둥이한테 뭐라고 좀 했지.
어이 이봐, 조심하라구, 뭐 그런 얘기 말이야. 그러고는 그
냥 갔어. 그냥 냅두자, 그렇게 생각하면서 말이야. 그냥 냅
두자. 그랬는데 녀석이 뭐라 그러더라구. 그래서 돌아서서
놈을 보는데 녀석이 칼로 나를 푹 찌르는 거야. 나는 칼을
보지도 못했어. 그냥 피가 튀었지. 철장에서들 쓰는 면도
칼이 아니었어. 이탈리아 나이프였지. 왜 날이 탁 튀어나
오는 거 있잖아. 검은색 바탕에 은색이 섞인 거. 곧장 고개
를 숙이고 배식대 밑으로 들어가면서 손을 뻗어 탁자 다리
를 잡아 뜯었지. 쉽게 떨어지더군. 다리 끝에는 크고 기다
란 못이 툭 튀어나와 있었어. 그걸로 그 깜둥이 머리를 두
들겨패주었지. 난 멈추지 않았어. 그게 머린지 뭔지 알아
볼 수 없을 때까지 말이야. 그러다 못이 그놈 머리에 박히
는 바람에 그놈 몸을 발로 딛고 뽑아내야 했지.

백   그 사람이 뭐라던가요?

흑   놈이 뭐라더냐고?

백   줄을 섰을 때 말입니다. 뭐라던가요?

흑   내 입으로 되풀이하지는 않을 거야.

백   그건 부당한 것 같은데요.

흑   부당하다.

백   그렇습니다.

흑   흠. 자, 나는 지금 정성을 다해 유혈이 낭자했던 큰집 이야기를 하고 있어. 진짜로 있었던 얘기지. 그런데 내가 비워 놓은 곳을 선생이 알아서 채우지는 못하시겠다? 그 깜둥이가 한 말을?

백   꼭 그런 식으로 불러야 합니까?

흑   그런 식으로 부른다?

백   네.

흑   이거 이 지점에서 우리가 별 진전이 없구만, 응?

백   그냥 불필요해 보여서 그러는 겁니다.

흑   깜둥이란 말도 듣기 싫으면서 그 깜둥이가 지껄인 개소리를 얘기 안 해줬다고 지금 나한테 뭐라 그런다. 정말 이래도 되는 거요?

백   왜 꼭 그런 식으로 불러야 하는지 모르겠다는 것뿐입니다.

흑 아니 이건 내 이야기요, 안 그렇소? 어쨌거나 나는 거기에 아프리카계 미국인이나 유색인이 있었다는 기억은 전혀 없거든. 내 기억으로는 그저 깜둥이들 무리뿐이었어.

백 이야기나 계속하세요.

흑 그러다 어느 순간 칼을 뽑아 바닥에 던져버렸던 것 같아. 그 깜둥이 머리통을 한참 후려치고 있는데 놈의 친구가 뒤에서 나를 잡더군. 하지만 난 한 손으로 배식대를 잡고 있었기 때문에 꼼짝도 하지 않았지. 물론 그 자식이 칼을 집어든 것도, 그걸로 내 배를 쑤시려 한다는 것도 까맣게 몰랐어. 피가 흐르는 걸 느끼고 나서야 몸을 돌려 그 자식 머리통을 뽀개버렸지. 깜둥이 놈은 잽싸게 도망가더구만. 그때야 누군가 버튼을 눌러 경보기가 울리고 모두 바닥에 엎드려서 꼼짝도 못하게 됐지. 그 층 담당 교도관이 나한테 산탄총을 들이대면서 무기를 내려놓고 바닥에 엎드리라고 소리를 지르더군. 그 교도관이 막 나를 쏘려는데 간부가 들어와 쏘지 말라고 소리를 지르면서 나한테 몽둥이를 내려놓으라는 거야. 돌아보니 서 있는 사람은 나뿐이었어. 급식대 밑에 그 깜둥이 녀석 발이 튀어나온 게 보이더군. 놈은 거기로 기어들어가 있었던 거야. 그래서 몽둥이를 던졌지. 그다음은 기억이 잘 안 나. 사람들 말로는 내가 내 몸의 피를 반쯤 쏟았다는데. 핏속에서 미끄러진 기억은 나는데 난 그게 그 깜둥이 피인 줄 알았지.

백　　(건조하게) 대단한 이야기로군요.

흑　　그래. 하지만 사실 이건 진짜 이야기의 머리말에 지나지 않아.

백　　그 사람이 죽었나요?

흑　　아니 안 죽었어. 다 살았지. 다들 죽었다고 생각했지만 죽지 않았어. 그래도 그 녀석 완전히 망가져서, 놈 때문에 골치 썩을 일은 전혀 없었지. 눈알 하나가 사라진데다, 머리는 옆으로 기울이고 한쪽 팔은 축 늘어뜨린 채 걸어다니더군. 제대로 말도 못하고. 결국에는 다른 시설로 갔어.

백　　하지만 그게 다가 아니다.

흑　　아니지. 그게 다가 아니지.

백　　그래서 어떻게 되었는데요?

흑　　나는 의무실에서 깨어났어. 수술을 받은 거지. 비장이 찢어졌더라구. 간도. 또 어디가 찢어졌는지 나도 몰라. 거의 죽을 뻔했지. 그런데 이백팔십 바늘을 꿰매서 나를 붙여놓은 거야. 아팠어. 사람이 그렇게까지 아플 수도 있다는 걸 처음 알았지. 그런데도 다리에는 족쇄, 손에는 수갑을 채워 침대에 묶어놓았더군. 믿어지지 않겠지만. 그렇게 거기 누워 있는데 목소리가 들리더란 말이야. 아주 또렷하게. 그보다 또렷할 수는 없었어. 그 목소리가 이러는 거야. 하느님의 은혜가 아니라면 너는 여기 있을 수 없을 거다. 이야. 몸을 일으켜서 주위를 살펴보려 했지만 물론 움직일 수가 없었어. 사실 그럴 필요도 없었지. 거기엔 아무도 없었으니까. 그러니까, 누군가 분명히 있긴 했지만 내 눈에 보이는지 확인하려고 두리번거릴 필요는 없었단 얘기야.

백   좀 이상한 이야기라고 생각하지 않습니까?

흑   좀 이상한 얘기라고 생각하지.

백   내 말은, 그 사람한테 미안하다는 마음이 들지 않았느냐는 겁니다.

흑   이야기를 너무 앞서가고 있군.

백   그러니까 맥이 하느님을 찾을 수 있도록 같은 처지의 죄수가 절름발이에 애꾸에 반편이가 되었다는 이야기를 앞서간단 말이지요.

흑   어허.

백   그럼 그렇지 않다?

흑   모르겠어.

백   그런 식으로 생각해보지는 않았군요.

흑   아 그런 식으로 생각은 해봤지.

백   그런데?

흑   그런데 뭐?

백   그게 진짜 이야기가 아닐까요?

흑   글쎄. 선생 반대편에 서고 싶지는 않소. 보아하니 선생은 그게 진짜 이야기이기를 바라는 마음이 아주 강한 것 같아. 그러니 그것도 분명 그 일을 바라보는 한 방법이라고 해두지 뭐. 그건 인정해야겠지. 계속 선생 관심을 끌어야 하니까.

백   그냥 그런 척해준다.

흑   그래도 괜찮겠소?

백   그래서 나를 어디에 빠뜨린다고요? 골탕 구렁텅이에?

흑   그렇지.

백   좋습니다.

흑   이게 철창 얘기란 걸 잊지 마쇼.

백   알겠습니다.

흑   이건 선생이 꼭 찍어서 요청한 거야.

백   알겠어요.

흑   내가 하고 싶은 말은, 교수 선생, 하느님이 뭣 때문에 내 앞에 나타났는지 도무지 모르겠더라는 거요. 왜 나한테 말을 걸었는지 모르겠더라고. 알 도리가 없었지.

백 하지만 열심히 들었다면서요.

흑 글쎄 다른 선택이 있었을까?

백 모르겠습니다. 듣지 않는 것?

흑 어떻게 그럴 수가 있겠소?

백 그냥 안 들으면 되지요.

흑 하느님이 애초에 듣지도 않을 게 뻔한 사람한테 이야기를
   하고 돌아다닐 거라고 생각하는 거요? 하느님이 그렇게
   한가할 거라고 생각해?

백 무슨 말을 하고 싶은지 알겠네요.

흑 내가 들을 준비가 되어 있다는 걸 몰랐다면 하느님은 나한
   테 한마디도 하지 않았을 거요.

백 하느님은 기회주의자로군요.

흑 내 말은 완전히 바닥까지 떨어져서 어떻게든 크게 한 걸음
   을 떼지 않으면 안 되는 사람을 하느님이 눈여겨보는 것
   같다는 거야.

백 뭐 그런 얘기인 것 같군요.

흑 그리고 선생이 딱 그런 상황에 처해 있었다는 게 내 생각
   이라고. 선생도 물론 다 짐작하고 있겠지.

백 그럴 수도 있겠지요.

흑 그래 나도 그 정도는 알 수 있지. 나도 알 수 있다구. 물론

작은 문제가 하나 있긴 하지만 말이야.

백 그 문제라는 게.

흑 나는 하느님이 아니라는 거지.

백 그렇게 말하는 걸 들으니 반갑군요.

흑 나도 내가 하느님이 아니라서 마음이 놓여.

백 전에는 댁이 하느님이라고 생각했나요?

흑 아니. 그렇게 생각하지 않았어. 나는 내가 뭔지 몰랐어. 하
    지만 내가 책임을 져야 한다고 생각했지. 그 짐을 내려놓
    기 전까지는 그게 얼마나 무거운지 몰랐어. 그걸 내려놓을
    때만큼, 그냥 열쇠를 넘겨줘버릴 때만큼 달콤했던 순간은
    없었던 것 같아.

백 뭐 좀 물어볼게요.

흑 물어보쇼.

백 왜 댁 같은 사람들은 세상에 하느님의 존재를 믿고 싶어하
    지 않는 사람들도 있다는 걸 받아들이지 못하는 걸까요?

흑 나는 받아들여.

백 댁이 받아들인다고요?

흑 받아들이구말구. 내 말은, 그러니까 그게 사실이라고 믿는
    다는 거요. 매일 보니까. 그러니 받아들이는 게 낫지.

백 그런데 왜 우리 같은 사람을 그냥 내버려두지 못하는 겁니

까?

흑   자기 할 일이나 하도록 말이지.

백   네.

흑   증기 파이프에 목을 매든 말든.

백   네, 그게 우리가 하고 싶은 일이라면요.

흑   하느님이 그러지 말라고 하셨거든. 여기에 나와. (책을 들어
       올린다.)

교수가 설레설레 고개를 젓는다.

흑   선생은 행복을 원하지 않는 것 같구만.

백   행복이라고요?

흑   그래. 행복한 게 뭐가 문제요?

백   맙소사.

흑   왜, 지금 우리가 벌레가 든 통조림을 열기라도 한 거요?
       행복한 걸 왜 문제 삼는 거지?

백   인간의 조건과 정반대니까요.

흑   아. 선생의 조건과는 반대지. 그건 동의할 수밖에 없군.

백   행복이라. 웃기는 이야기입니다.

흑   그러니까 그런 건 없다는 거네.

백 없지요.

흑 누구한테도 없다.

백 없습니다.

흑 음. 우리가 어쩌다 이런 곤경에 빠지게 된 거요?

백 우리는 이런 곤경에서 태어난 겁니다. 고통과 인간 운명은 같은 말입니다. 그 둘은 서로를 설명해주지요.

흑 우린 지금 고통에 관해 얘기하고 있는 게 아냐. 행복에 관해 얘기하고 있는 거지.

백 아니 괴로우면 행복할 수 없는 거 아닌가요?

흑 왜 없어?

백 도무지 말이 안 되는 이야기를 하는군요.

흑인이 가슴을 움켜쥐며 몸을 뒤로 젖힌다.

흑 오, 교수 선생 입에서 심한 소리가 나오는군요. 설교자는 쓰러졌어요. 가슴을 움켜쥐고 있네요. 눈은 돌아가버렸군요. 잠깐. 여러분 잠깐만. 설교자의 눈이 깜빡이고 있어요. 살아나는 것 같네요. 설교자가 살아나는 것 같아요.

흑인은 허리를 펴고 몸을 앞으로 기울인다.

흑 중요한 건, 교수 선생, 인생에 괴로움이 없다면 자신이 진짜로 행복하다는 걸 어떻게 알 수 있느냐 하는 거 아니겠소? 뭐에 비교할 건데?

백 여기에 마실 건 없는 것 같네요.

흑 없소, 교수 선생. 술을 드시나?

백 이제 금주 강연을 듣게 되는 겁니까?

흑 내가 하진 않지.

백 힘든 하루였잖습니까. 댁은 술을 안 마시나보네요.

흑 안 마셔. 한창때 마실 만큼 마셨거든.

백 금주협회에 가입했나요?

흑 아니. 금주협회는 아니고. 그냥 끊었지. 사실 술꾼 친구들이 많았어. 뭐 대부분이 술꾼이었지. 그리고 대부분 죽었고.

백 술 때문에.

흑 그렇지. 술 때문이거나 술과 그리 멀지 않은 이유 때문에. 얼마 전에는 한 친구가 택시에 치였지. 그 친구가 어디 가다 그렇게 됐는지 아쇼? 술에 취해서 말이야.

백 글쎄요. 어디로 가고 있었습니까?

흑 위스키를 더 구하러 가고 있었지. 사실 집에도 잔뜩 쌓여 있었어. 하지만 술꾼이란 늘 술이 바닥날까봐 두려워하니까.

백   그래서 죽었나요?

흑   그래야지. 이미 땅에 묻은걸.

백   그 이야기에는 교훈이 있는 것 같군요.

흑   뭐, 그저 뭘 원하고 뭘 얻느냐 그런 얘기지. 괴로움과 행복. 내 다른 얘길 또하나 하리다.

백   좋습니다.

흑   어느 일요일에 우리집에 잔뜩 둘러앉아 술을 마시고 있었지. 일요일 아침이었어. 술꾼들이 모여앉아 술 마시기 가장 좋은 때지. 왜 그런지는 스스로 한번 생각해보시고. 어쨌든 내 친구 하나가 여자를 데리고 나타났지. 에벌린이라는 여자였어. 에벌린은 올 때부터 이미 술에 취해 있었지만 우리는 에벌린한테 술을 더 갖다 마시라고 했어. 곧 레지가, 아 내 친구 이름이야, 레지가 자기도 한잔하려고 부엌에 갔는데 술병이 없는 거야. 뭐, 레지도 한창때 술깨나 마시는 치들하고 어울려봤기 때문에 바로 술병을 둘 만한 곳을 뒤지고 나섰지. 그런데 장이며 물건들 뒤며 구석구석 다 뒤져도 찾을 수가 없었어. 레지는 어떻게 된 건지 금세 눈치채고 다시 자리로 돌아와서는 소파에 앉아 있는 에벌린 양을 봤어. 에벌린은 염소처럼 취해 있었지. 레지가 말했어. 에벌린, 위스키 어디 갔어? 그러니까 에벌린이 이러

는 거야. 아 가가 바바 랄라 가가. 레지가 다시 물었지. 에
벌린, 위스키 어디에 뒀냐니까? 아 랄라 블로글 블라블라.
레지는 조금씩 약이 오르기 시작했어. 그래서 에벌린 얼굴
에 자기 얼굴을 들이대고 이렇게 말했지. 아 로들 로들 블
라블 가가 블라블라. 그제야 에벌린이, 변기에 숨겨놨어
요, 그러더라구.

백   정말 재미있네요.

흑   좋아할 줄 알았어.

백   그래서 위스키가 진짜로 거기 있었나요?

흑   아 그럼. 거기가 술꾼들이 술병을 감출 때 애용하는 곳이
거든. 하지만 내가 하고 싶은 얘기는 이거요. 술꾼이 걱정
하는 건 술 때문에 죽는 게 아니라는 거. 실제로 그래서 죽
으면서도 말이야. 술꾼이 걱정하는 건 술로 죽을 기회가
오기도 전에 술이 떨어지는 거지. 배고프쇼? 이야기는 조
금 이따 다시 하면 돼. 어디까지 했는지 잊어버리지 않으
니까.

백   괜찮습니다. 계속하세요.

흑   만일 선생이 술꾼한테 술을 주면서, 당신 사실 이걸 원하
는 게 아니잖아, 하고 말하면 술꾼이 뭐라고 할 것 같소?

백   뭐라고 할지 알 것 같은데요.

흑 물론 아시겠지. 하지만 술꾼이 뭐라 해도 선생이 여전히 옳은 거요.

백 술꾼한테 사실은 그가 술을 원하는 게 아니라고 말한 게요?

흑 그렇지. 술꾼은 자기가 진짜로 원하는 걸 얻을 수가 없어. 어쨌든 자기는 얻을 수가 없다고 생각한다고. 그래서 그 대신 진짜로 원하지도 않는 걸 가지려 하니까 아무리 가져도 모자랄 수밖에.

백 그럼 술꾼이 진짜로 원하는 게 뭔가요?

흑 술꾼이 진짜로 원하는 게 뭔지 선생도 알잖아.

백 아니 모르겠습니다.

흑 아냐, 알아.

백 아니요, 모릅니다.

흑 흠.

백 흠 뭡니까?

흑 이거 대책 없는 분이시구만, 교수 선생.

백 그러시는 댁도 해변에서 보내는 하루처럼 유쾌한 분이라고 할 수는 없지요.

흑 술꾼이 뭘 원하는지 모르신다?

백 네. 모릅니다.

흑 누구나 다 원하는 걸 원하지.

백   그래서 그게 뭡니까?

흑   하느님한테 사랑받기를 원하지.

백   나는 하느님한테 사랑받고 싶지 않은데요.

흑   그거 마음에 드네. 보쇼, 선생은 바로 핵심으로 치고 들어
     가잖아. 술꾼도 사랑받고 싶어하지 않아. 말로는 말이야.
     그저 위스키 한 잔을 원할 뿐이지. 교수 선생, 선생은 똑똑
     한 사람이잖소. 어디 한번 어느 게 말이 되고 어느 게 말이
     안 되는지 말해보쇼.

백   나는 위스키 한 잔 역시 원치 않는데요.

흑   조금 전에 한 잔 달라고 했던 거 아닌가?

백   일반 명제로서 그렇다는 이야기입니다.

흑   우리가 지금 일반 명제 얘길 하는 게 아니잖소. 술 얘기를
     하는 거지.

백   나는 음주 문제는 없습니다.

흑   그래도 문제가 있기는 있잖소.

백   글쎄 나한테 어떤 문제가 있든 알코올로 다룰 수 있다고는
     상상할 수 없는데요.

흑   음. 그 표현 참 좋구만. 그럼 뭐로 다룰 수 있는 거요?

백   뭐로 다룰 수 있는지 댁도 아는 것 같은데요.

흑   선셋 리미티드로.

백 네.

흑 그게 선생이 원하는 거다?

백 그게 내가 원하는 겁니다. 그래요.

흑 그게 엄청나게 센 위스키야, 교수 선생.

백 그러니까 그건 내가 진짜로 원하는 게 아니다.

흑 그건 선생이 진짜로 원하는 게 아니지. 바로 그거요.

백 글쎄요. 나는 정말로 그걸 원하는 것 같은데요.

흑 당연히 그렇겠지, 여보. 그렇지 않으면 우리가 여기 앉아
    있지도 않을 테니까.

백 아니, 거기에는 동의하지 않습니다.

흑 상관없소. 어쨌든 그게 내가 들고 있는 패야.

백 신을 갈망하는 사람들에겐 그만큼 어떤 결핍이 있는 거겠
    지요. 나 같은 사람은 그렇게 생각한다는 걸 댁은 이해하
    지 못하는 것 같지만.

흑 잘 이해하지. 전적으로 동의하고.

백 동의한다고요?

흑 동의하구말구. 그 결핍이 바로 하느님이니까.

백 뭐, 말했다시피, 우리는 그냥 의견이 갈릴 수밖에 없겠네요.

흑 설마 토론의 장을 닫아버리겠다는 건 아니시겠지, 응?

백 이 지점에서 닫지는 않겠습니다.

흑　내가 할말이 조금 남았거든.

백　왜 아니겠어요?

흑　금주협회 모임에 한두 번 가긴 갔었소. 거기서도 하느님 얘기는 사람들이 별로 좋아하지 않았지. 하지만 거기서 가장 중요한 게 또한 하느님 얘기라는 건 잠깐만 있어봐도 알 수 있었어. 문제는 금주협회에 하느님이 충분치 않다는 거였어. 하느님이 너무 많다는 게 아니라. 나는 어떤 것들엔 아주 아둔하지만 그래도 마침내 금주협회의 진실이 그런 거라는 걸 알게 됐어. 그리고 그건 아마 다른 많은 경우에도 진실일 거야.

백　글쎄, 이거 유감이지만, 나한테는 신이라는 관념 자체가 쓰레기 더미에 불과합니다.

흑인이 두 손을 가슴에 얹고 몸을 뒤로 기댄다.

흑　오 주여 자비를, 오 우리를 구하소서 예수여. 교수 선생이 우리를 죄다 신성모독으로 몰아넣고 있습니다. 우리는 이제 절대 구원받지 못할 거요.

흑인은 눈을 감고 고개를 저으며 소리 없이 웃음을 터뜨린다.

백　　댁은 그게 악한 말이라고는 생각하지 않는군요.

흑　　오 자비를. 그래요, 교수 선생. 그렇게 생각하지 않아. 하지만 선생은 그렇게 생각하잖소.

백　　생각이고 뭐고 없습니다. 그건 그냥 사실일 뿐입니다.

흑　　아니 그건 그냥 사실일 뿐이라고 말할 수는 없지. 그건 선생에 관한 가장 큰 사실이야. 거의 유일한 사실이나 다름없어.

백　　하지만 그게 그렇게 나쁘다고 생각하지는 않는 것 같군요.

흑　　그게, 나는 그게 치료 가능하다는 걸 알고 있으니까. 그러니 그렇게 나쁘지는 않은 거지. 저 위에 계신 분이 그걸 어떻게 생각하느냐 하는 얘기라면, 그분은 그런 걸 하도 많이 봐서 선생이 생각하는 만큼 그렇게 골치 아파하지는 않을 거라고 말할 수 있을 것 같군. 보쇼, 누군가가 선생더러 선생이 존재하지 않는다고 말한다면 어떨까. 그리고 선생은 거기 그렇게 앉아 그 말을 듣고 있다면. 그다지 열받거나 하지는 않겠지, 안 그렇소?

백　　그렇겠지요. 그냥 그 사람이 안됐다는 생각이 들겠지요.

흑　　내 보기에도 그래. 심지어 그 사람을 좀 도와주려고 할지도 모르지. 그래서인지 내 경우에는 그분이 나한테 크게 소리를 질러대기까지 했지. 나는 어떤 깜둥이가 내 몸을 사과 속처럼 도려내는 바람에 두 동강이 났다가 원래대로 다시 꿰매는 수술을 받은 뒤에 자빠져 있었거든. 어쨌거나 이 말은 꼭 해야겠는데, 하느님이 하느님이라면 언제라도 선생 가슴에 대고 이야기를 할 수 있다는 거야. 또 이 말도 반드시 해야겠는데, 하느님이 나한테 말을 했다면, 실제로 말을 했고 말이야. 하느님은 다른 누구한테도 말을 할 수 있다는 거야.

흑인이 손가락으로 탁자를 가볍게 세 번 치더니 교수를 본다.

정적.

흑 자. 이 미친 깜둥이가 무슨 짓을 하려는 건지 궁금하겠지. 이놈은 자칫하면 마법을 걸 테니까. 지금도 대놓고 알아듣지도 못할 말을 해대잖아. 그러니 여길 뜨는 게 좋겠지. 이 깜둥이가 지갑을 훔치려 할지도 모르고 말이야. 여기서 무슨 일이 일어나기 전에 어서 기차역에 가봐야겠지. 교수 선생, 우리가 선생을 어쩌면 좋을까?

백 난 가야겠습니다.

흑 여기 있으면서 나하고 좀 놀 줄 알았는데.

백 보세요. 나도 댁한테 큰 신세를 졌다는 건 압니다. 적어도
   세상눈으로 보자면 말이지요. 내가 뭘 좀 드리고 그걸로
   그냥 계산이 끝난 걸로 하면 안 될까요? 돈을 좀 드릴 수
   도 있습니다. 뭐 그런 식으로 하면 어떨까요.

   흑인이 교수를 살핀다. 대답은 하지 않는다.

백 천 달러를 드리지요. 아. 그건 좀 적은 것 같네요. 뭐, 삼천
   을 드릴 수도 있습니다.

흑 선생이 지금 어떤 곤경에 처해 있는지 정말 모르는 거요?
   그런 거요?

백 무슨 말씀인지 모르겠군요.

흑 모르는 게 분명하군.

백 나는 그저 어떤 식으로든 이걸 청산하고 싶을 뿐입니다.

흑 댁이 청산을 이야기할 사람은 내가 아니지.

백 정말로 하느님이 나를 댁한테 보낸 거라고 믿는 겁니까?

흑 아, 그보다 심각하지.

백 무슨 뜻이지요?

흑 믿는 거하고 믿지 않는 건 완전히 다르다는 거지. 믿는 사

람이라면 결국은 믿음의 샘에 이를 수밖에 없고 그럼 더 멀리 볼 필요도 없지. 더라는 게 없으니까. 하지만 믿지 않는 사람은 문제가 있어. 그런 사람은 세상을 해명해보겠다고 나서지만 들먹이는 것마다 진실이 아닐뿐더러 오히려 새로운 문제가 두어 개씩 드러나지. 하느님이 이 땅을 다 만들어놓고 그 위를 걸어다녔다면 아침에 일어나서 진짜 바닥에 발을 디디면서 이게 어디서 왔나 고민할 필요가 없잖아. 하지만 하느님이 만든 게 아니라면 심지어 진짜라는 게 뭐냐 하는 것부터 완전히 다 새로 이야기할 수 있어야 돼. 그리고 그 빛에 비추어 모든 걸 판단해야 하고. 그게 빛이라면 말이야. 선생 자신도 포함해서. 한 가지가 걸리면 모든 게 다 걸리는 거니까. 자, 어떻게 생각하시나, 교수 선생? 선생은 진짜요?

백 그 이야기에는 사줄 만한 게 없네요.

흑 괜찮소. 이런 얘기는 이미 시장에 나온 지 오래고 또 아직 한참 더 시장에 있을 테니까.

백 댁은 거기 있는 걸 모두 다 믿나요? 성경에 있는 걸?

흑 글자 그대로의 진실이라고 말이오?

백 네.

흑 아마 아니겠지. 하지만 내가 무법자라는 건 선생도 이미 알고 있을 텐데.

백 　댁이 거기에서 동의하지 않을 만한 게 뭐가 있을까요?

흑 　어쩌면 원죄라는 개념. 이브가 사과를 먹어서 그거 때문에 모든 사람이 악해졌다는 거. 나는 그런 식으로 보지 않아. 나는 사람들이 대체로 처음에는 선하다고 생각해. 악은 각자가 자초하는 거라고 생각하지. 대부분은 갖지 말아야 할 것을 원하는 데서 생기는 거라고 말이야. 하지만 내가 여기 앉아서 나 스스로 이단이라고 말할 생각은 없어. 선생한테 이단자가 되지 말라고 설득하려고 하면서 말이야.

백 　댁은 이단인가요?

흑 　나를 골탕 구렁텅이에 빠뜨리려 하는군, 교수 선생.

백 　아니, 그렇지 않아요. 댁은 이단입니까?

흑 　사람이 마땅히 그래야 하는 만큼만 그렇지. 강한 믿음이 있는 사람도 사실은 그렇거든. 나는 의심하는 사람은 아니야. 하지만 질문은 하지.

백 　무슨 차이가 있지요?

흑 　글쎄, 질문을 하는 사람은 진실을 원한다고 생각하지. 의심하는 사람은 진실 같은 건 없다는 얘길 듣고 싶어하고.

백 　(성경을 가리키며) 저기 있는 것을 다 믿어야만 구원을 받는다고 생각하지는 않는다는 거지요?

흑　그래. 그렇게 생각하지 않아. 심지어 이걸 읽을 필요도 없다고 생각하지. 이런 책이 있다는 걸 아는 것도 필요 없을지 모르겠군. 이 책에 적힌 진실은 모두 인간의 마음에도 씌어 있다고 생각하니까. 오래전에 씌어졌고, 앞으로도 오랫동안 씌어질 거라고. 설사 이 책이 모조리 불타버린다 해도 말이오. 예수가 뭐라 말했더라? 나는 예수가 한마디도 지어낸 게 없다고 생각해. 그냥 있는 그대로를 말한 것뿐이라고 생각한다는 거지. 이 책은 무지하고 마음이 병든 사람들을 위한 안내서야. 완전한 사람은 이런 게 전혀 필요 없겠지. 게다가 이 책을 읽어보면 여기에는 올바른 길보다 잘못된 길에 관한 얘기가 훨씬 많다는 걸 알게 될 거요. 자, 왜 그럴까?

백　모르겠는데요. 왜 그렇습니까?

흑　난 선생한테서 듣고 싶은데.

백　생각을 좀 해봐야겠습니다.

흑　좋지.

정적.

백　뭐가 좋다는 겁니까?

흑 좋으니 어서 생각을 해보시라구.

백 뭘 생각하려면 나는 댁보다 시간이 조금 더 걸릴 수도 있습니다.

흑 상관없소.

백 상관없다.

흑 그래. 내 말은, 그 말을 받아들이는 방법이 두 가지가 있는데, 나는 좋은 쪽으로 받아들이겠다는 거요. 그저 그게 내 본성이니까. 또 그렇게 해야 내가 선생의 세계가 아니라 내 세계에서 살게 되는 거고.

백 왜 내 세계가 그렇게 나쁘다고 생각합니까?

흑 아 그렇게 나쁜지는 모르겠어. 오래 안 간다는 건 알겠지만.

백 알겠습니다. 준비됐나요?

흑 준비됐소.

백 설교의 변증법은 늘 악의 입장을 전제한다, 내가 보기에는 그게 댁의 질문에 대한 답입니다.

흑 어이쿠.

백 어떤가요.

흑 암말의 숨만큼이나 세구려, 교수 선생. 나도 그딴 똥 같은 소릴 내 형제들한테 좀 퍼붓고 싶어 죽겠어. 이야. 그런데 보쇼. 여기서는 지금 우리 둘만 얘기하고 있잖소. 다른 사람 없이. 그래서 말인데 방금 뭐라고 한 거요?

백　댁의 질문에 답을 한 거지요. 성경은 경계하는 이야기로 가득차 있습니다. 그렇게 따지면 모든 문학이 그렇지만. 다 우리더러 조심하라고 말하는 거지요. 무엇을 조심하는 가? 잘못된 방향으로 가는 것. 잘못된 길로 가는 것. 잘못된 길은 몇 개인가? 그 수는 엄청나다. 올바른 길은 몇 개인가? 오직 하나다. 따라서 댁이 말하는 불균형이 생기는 겁니다.

흑　어이쿠. 내 얘기 좀 들어봐쇼, 교수 선생. 선생은 텔레비전에 나가도 되겠어. 선생처럼 잘생긴 사람은 말이야. 그거 알고 있었소?

백　그만하시죠.

흑　진지하게 하는 얘기요. 조금 전 그 똥 같은 소릴 나한테 퍼붓기 전까지는 선생이 정말로 교수인지 긴가민가했거든.

백　나를 놀리는 걸 즐기고 있는 것 같군요.

흑　그런 짓은 하지 않아, 교수 선생.

백　글쎄요. 내가 보기에는 그런 것 같은데요.

흑　여보, 아니라고 맹세한다니까. 선생이 방금 한 얘기 같은 건 나는 절대 못할 거야. 정말 감탄했소.

백　왜 자꾸 나를 여보라고 부르는 겁니까?

흑   그냥 옛날 남부에서는 그렇게 불렀거든. 아무 문제 될 게
     없어. 싫으면 그만두도록 하리다.

백   그냥 무슨 뜻인지 잘 몰랐을 뿐입니다.

흑   선생이 친구라는 뜻이야. 모든 걱정을 다 그만두란 뜻이지.

백   말이 쉽지 어디 그렇게 되겠습니까.

흑   아 그래 그럴 것도 같군. 하지만 우린 여기서 지금 얘기만
     하는걸. 그냥 얘기만.

백   달리 뭐가 있지요?

흑   달리 뭐라니 무슨 소리요?

백   다른 이단 얘기는 없느냐고요?

흑   이 시점에서?

백   이 시점에서요. 네.

흑   있지. 하지만 얘기는 안 할 거요.

백   왜요?

흑   그냥. 내가 한 짓을 선생한테 얘기하지 말았어야 했어.

백   왜요?

흑   선생은 타락한 천사들처럼 하느님과 담을 쌓은 채로 여기
     내 탁자에 앉아서 내가 또다른 이단 얘기를 해주기를 기다
     리고 있어. 선생 마음을 사로잡고 선생의 불신을 뒷받침해
     줄 이단 얘기를 말이야. 하지만 난 그런 거 안 해. 그뿐이야.

백   그럼 하지 마세요.

흑   걱정 마쇼. 안 할 테니까.

백   가야겠습니다.

흑   다즌스 게임이 좀 심각해질 때마다 가야겠다고 하는군.

백   다즌스 게임이 뭐지요?

흑   사실 다즌스 게임도 아니지. 그냥 토론일 뿐이야.

백   다즌스 게임이 뭡니까?

흑   형제들 둘이 서서 서로 욕을 하다가 먼저 열받는 쪽이 지
        는 거지.

백   그런 게임을 하는 이유가 뭐지요?

흑   이기고 지는 거지. 다른 모든 것의 이유와 똑같아.

백   상대방을 화나게 해서 이긴다는 거네요.

흑   바로 그거야.

백   이해를 못하겠군요.

흑   선생은 이해를 못하는 게 당연해. 백인 선생은.

백   그런데 왜 나한테 얘기를 한 겁니까?

흑   선생이 물어봤으니까.

백   그러니까 댁이 말하는 게 좀 짜증이 나서 가겠다고 하면
        내가 지는 거로군요.

흑   글쎄, 좀 전에 말했듯이, 이건 다즌스 게임도 아니니까. 우

린 그저 얘기나 하는 거지.

백   하지만 댁은 그렇게 생각하잖습니까?

흑   아 그럼, 나야 그렇게 생각하지.

백   그럼 내가 지지 않고 여기를 떠나려면 얼마나 오래 있어야 할 것 같습니까?

흑   그건 좀 대답하기 어려운 문제군. 선생이 떠나고 싶지 않을 때까지 있어야 한다고 말하는 게 최선일 것 같은데.

백   내가 떠나고 싶지 않을 때까지 있어야 한다.

흑   그렇지.

백   그런 다음엔 떠날 수 있다.

흑   그렇지.

　　교수가 한 손으로 머리 옆을 훑고 뒷목을 잡는다. 고개를 숙이고 눈을 감는다. 이윽고 그가 고개를 든다.

백   왜 그걸 다즌스라고 부르지요?

흑   모르겠는데.

백   어떤 모욕을 주는 건가요?

흑   아, 상대방 어머니 얘기를 할 수도 있지. 그건 민감한 부분이라고 할 수 있잖아. 그럼 상대방이 이성을 잃고 뒤를 쫓아올 수도 있어. 하지만 그런다는 건 방금 나온 자기 어머니 얘기가 사실이라고 인정하는 거나 마찬가지지. 꼭 이렇게 말하는 거랑 같단 얘기야. 우리 어머니가 그렇다는 걸 네가 어떻게 알았는지 모르겠지만, 너는 염병 정말이지 그런 말을 해서는 안 되는 거였고 그래서 내가 지금 네 엉덩짝을 갈겨주려는 거다. 내가 무슨 말을 하려는지 알겠나?

백   알 것 같군요.

흑   글쎄, 모르는 것 같은데.

백   그러니까 그게 댁이 친구들하고 하는 게임이란 이야기인가요?

흑   내가? 아니. 나는 다즌스 게임 안 해.

백   뭐 좀 물어봐도 될까요?

흑   그럼.

백   댁은 왜 여기 있는 겁니까? 여기서 뭘 얻는 거지요? 똑똑한 분 같아 보이는데.

흑   내가? 나는 그저 루이지애나 출신의 멍청한 촌 깜둥이일 뿐이야. 이미 말했잖소. 내 머리로는 생각을 해본 적이 없다고. 여기 적혀 있지 않으면 나는 아무것도 몰라.

흑인이 성경을 탁자에서 들어올렸다가 다시 내려놓는다.

백	반쯤은 댁이 나를 놀리며 즐기고 있다는 생각이 드는군요. 내 말은, 댁이 어떻게 여기서 살 수 있는지 모르겠다는 겁니다. 어떻게 이런 데가 안전하다고 생각할 수 있는지 모르겠다는 거예요.

흑	뭐 그 말은 일리가 있는 것 같군, 교수 선생. 어쨌든 안전 문제에 관해서는 말이지.

백	여기 있는 사람들이 약을 못하게 막아본 적이 있나요?

흑	내가 아는 바로는 없소만.

백	그럼 도대체 뭡니까? 이해가 안 되는데요. 내 말은, 가망이 없다는 겁니다. 이곳은 도덕적 나환자촌에 지나지 않아요.

흑	이야, 교수 선생. 도덕적 나환자촌? 내 연필이 어디 갔지?

흑인이 부엌 식탁 서랍을 뒤지는 척한다.

백	사실이 그래요.

흑	선생이 그냥 여기 쭉 있었으면 좋겠구만. 그걸 내 책 제목으로 삼아야겠어.

백	책?

흑	『도덕적 나환자촌에서』. 이야, 이 말 입에서 굴러가는 것도 마음에 드네.

백 농담이겠지요.

흑 내가 책을 쓰지 않는다는 건 선생도 알잖소.

백 음, 나는 아직도 이해를 못하겠습니다. 뭔가 좋은 일을 해
볼 수도 있는 곳으로 왜 안 가는 겁니까?

흑 좋은 일이 필요한 곳이 아니라 말이지.

백 심지어 하느님도 어떤 지점에서는 포기한다고요. 지옥에
서 목사 일을 하는 사람은 없잖습니까. 그런 이야기는 들
어본 적이 없어요.

흑 그래 없지. 말 한번 잘했어. 목사 일은 살아 있는 사람들을
위한 거니까. 그래서 주변의 형제를 책임져야 하는 거 아
니겠소. 일단 숨이 끊어지면 더는 도와줄 수가 없으니 말
이야. 그뒤로는 다른 담당자들 손으로 넘어가는 거지. 그
러니까 지금 보살펴야 한다는 거야. 어쩌면 형제의 열차
시간표까지 감시해야 하는 건지도 모르지.

백 스스로 형제를 지키는 사람이라고 생각하는군요.

흑 생각한다는 게 딱 맞는 말이라고 보지는 않지만.

백 예수는 이 사업의 일부고.

흑 그래도 상관없겠소?

백 그러니까 구원이 불가능하다는 걸 모두 알고 있는데도, 예

수는 여기 이 시궁창에 와서 구원을 하는 데 관심이 있다는 거로군요. 하지만 예수가 왜 그러겠어요? 그렇게 한가하지도 않다면서. 왜 여기로 오겠습니까? 도덕적, 영적으로 공허한 건물과 실제로 그냥 텅 비어 있는 건물이 예수한테 무슨 차이가 있겠습니까?

흑   음. 교수 선생, 완전히 신학자시네. 미처 몰라봤소이다.

백   또 익살을 부리시는군요.

흑   그 말이 무슨 뜻인지도 모르겠어. 걱정하지 말고 그냥 대놓고 욕하쇼. 상처 안 받으니까.

백   그건 그러니까, 내 생각에 그 말은 진지하지 않다는 뜻인 것 같습니다. 그러니까 댁이 하는 말이 진심이 아니라는 거지요. 냉소적으로 들린다는 말이에요.

흑   음. 내가 하는 말이 진심이 아니라고 생각하신다.

백   가끔은요. 효과를 노리고 하는 말 같다는 생각이 듭니다.

흑   음. 어디, 효과를 노리고 얘기를 한번 해보리다.

백   해보시지요.

흑   형제의 목을 움켜쥔 선생의 두 손을 풀 수만 있다면 선생은 영원한 생명을 얻을 것이다. 내가 선생한테 이런 말을 한다면?

백   그런 건 없지요. 사람은 모두 죽습니다.

흑 예수가 말한 건 그게 아니지. 예수는 영원한 생명을 얻을 거라고 했어. 생명. 그걸 오늘 얻는다는 거야. 손에 쥔다는 거지. 그걸 볼 수 있단 얘기야. 그 생명은 빛을 발하지. 무게도 좀 나갈 거야. 많이는 아니겠지만. 손이 닿으면 따뜻하겠지. 약간이겠지만. 그리고 그건 영원해. 선생은 그걸 가질 수 있는 거야. 지금. 오늘. 하지만 선생은 그 생명을 원하지 않아. 그걸 얻으려면 형제를 갈고리에서 풀어줘야 하기 때문에 원치 않는 거야. 실제로 형제를 붙들어 선생의 품에 안아야 하거든. 형제의 피부색이 어떻든 무슨 냄새가 나든 상관없이. 설사 그 형제가 안기는 걸 원하지 않아도 말이야. 선생이 그렇게 하지 않는 이유는 형제가 그럴 자격이 없기 때문이지. 그 점에 관해서는 논쟁할 여지가 없지. 실제로 그 형제는 그럴 자격이 없으니까. (흑인은 신중하게 몸을 천천히 앞으로 기울인다.) 선생은 그게 정당하지 않기 때문에 그렇게 하지 않는 거야. 그렇지 않나?

침묵.

흑 안 그래?
백 나는 그런 것은 믿지 않습니다.

흑   내 질문에 대답이나 하쇼, 교수 선생.

백   나는 그런 맥락에서 생각하지 않아요.

흑   그건 나도 알지. 어서 질문에 대답해보쇼.

백   댁이 하는 말에도 어느 정도 진실이 담겨 있다고 생각합
    니다.

흑   내가 들을 수 있는 얘기는 그 정도뿐이로군.

백   그래요.

흑   뭐, 괜찮아. 받아들이지. 그 정도가 어디야. 우리는 여기서
    빵부스러기만 먹고 사는데.

백   정말 가봐야겠습니다.

흑   그냥 있지. 잠시만. 다른 이야기를 할 수도 있잖소. 야구
    좋아하시나? 이럼 어떨까? 내가 먹을 걸 좀 준비하지.

백   배고프지 않은데요.

흑   그럼 커피는?

백   그러지요. 하지만 커피만 마시고 일어나겠습니다.

흑   (일어서며) 그러지요. 이 사람이 그러지요 라고 말하네.

      흑인이 싱크대에 있는 주전자에 채운 물을 커피메이커에 붓는다.

흑   알겠지만 나는 보통때는 이렇게 무례하지 않아요. 사람이

내 집에 와서 식탁에 앉았는데 아무것도 권하지 않는다? 하지만 선생의 경우에는 전략을 세워야 했던 것 같아. 내 패를 제대로 내놓기 위해서. 선생이 슬며시 밤거리로 빠져 나가는 것을 막기 위해서 말이야.

흑인이 통에 담긴 커피를 커피메이커에 덜고 플러그를 꽂는다.

백   지금은 밤이 아닌데요.

흑   어떤 밤을 이야기하느냐에 따라 다르지.

흑인이 식탁으로 돌아와 앉는다.

흑   좀 개인적인 질문을 하리다.

백   그거 좋겠네요.

흑   선생 자신의 얘기를 좀 들어봅시다. 선생한테 도대체 뭐가 문제라고 생각하쇼? 어쩌다가 선셋 리미티드라는 선택밖에 남지 않게 된 거요?

백   나한테 문제는 전혀 없다고 생각합니다. 마침내 진실과 대면하게 된 것이라고 생각해요. 내가 다르다고 해서 그걸 미친 거라고 할 수는 없지요.

흑   다르다.

백   그렇습니다.

흑   누구하고 달라?

백   누구하고도.

흑   자신을 끝장내려는 다른 사람들은 어떻소?

백   뭐가 어떠냐는 거지요?

흑   글쎄, 어쩌면 그런 사람들이 선생하고 비슷한 사람들일지도 모르니까. 그런 사람들이 날 때부터 선생과 동류일지도 모르잖소. 단지 그런 사람들은 그렇게 붙어다니지 않는 것뿐이지.

백   그렇게 생각하지 않습니다.

흑   그렇게 생각하지 않는다.

백   네. 그런 사람들하고 집단치료를 받은 적이 있어요. 그런데 거기 있는 누구한테서도 동류의식을 느낀 적이 없었습니다.

흑   다른 교수 선생들은 어떻소? 그쪽과도 동류의식이 없나?

백   (역겹다는 표정으로) 맙소사.

흑   아니라는 뜻으로 받아들이면 되겠구만.

백   나는 그 사람들을 혐오하고 그 사람들도 나를 혐오해요.

흑   아아 잠깐만. 선생이 그 사람들을 좋아하지 않는다고 해서 그게 비슷하지도 않다는 뜻은 아니잖소. 방금 뭐라 그랬더라? 혐오?

백 혐오.

흑 그거 아주 센 말이야, 안 그런가?

백 유감스럽게도 성에 찰 만큼 세지는 못하네요.

흑 그래 어쩌다 다른 교수 선생들을 혐오하게 됐소?

백 댁이 무슨 생각을 하고 있는지 압니다.

흑 내가 무슨 생각을 하고 있는데?

백 내가 그 사람들하고 비슷하기 때문에, 나 자신을 혐오하듯 그 사람들을 혐오하는 것이라고 생각하고 있겠지요.

흑 (앉은 채 등을 뒤로 젖히며) 이야, 교수 선생. 나한테 선생 같은 머리가 있었다면 내가 어떤 어마어마한 일을 했을지 상상이 안 돼. 아마 마약왕 같은 게 됐겠지. 롤스로이스를 타고 돌아다니고 말이야.

백 또 익살이로군요.

흑 아니 아니야. 그러니까 아까는 아니었단 얘기요. 뭐 좀 물어봅시다.

백 그러세요.

흑 약 같은 걸 드시나?

백 아니요.

흑   선셋을 타려고 기다리는 순례자들을 위한 약 같은 게 없나?

백   자살 충동을 느끼는 우울증에 필요한 약 말인가요?

흑   그렇지.

백   네. 있지요. 전에 먹어본 적 있습니다.

흑   그래서 어떻게 됐소?

백   아무 일도 없었습니다.

흑   전혀 도움이 되지 않았다?

백   네. 커피가 다 된 것 같네요.

흑   알고 있소. 그런 약이 대부분의 경우에는 효과가 있나?

백   네. 대체로는.

흑   하지만 선생한테는 없다.

백   나한테는 효과 없었습니다. 그래요.

흑   (일어서며) 그걸 어떻게 생각하쇼?

백   모르겠네요. 그걸 내가 어떻게 생각해야 합니까?

흑   (부엌 조리대로 걸어가면서) 모르겠소. 교수 선생. 나는 그저
     바깥 저 어딘가에 있을지도 모르는 선생의 지지자들을 몇
     명 찾아주려는 것뿐이야.

백   지지자들이요?

흑   (커피메이커의 플러그를 뽑고 컵을 꺼내며) 그래. 그 말이 마음
     에 드쇼?

백 사람들이 거리에서도 그런 말을 쓰나요?

흑 아니. 철창에서 배운 말이야. 철창에 오는 변호사들한테서 몇 마디 주워듣고 그걸 이렇게 저렇게 써보는 거지. 늘 그러더군. 네 지지자들. 어떤 다른 녀석의 지지자들. 네 마누라의 지지자들. 크림하고 설탕 넣나?

백 아니요. 그냥 블랙으로.

흑 그냥 블랙으로.

백 왜 나한테 지지자들이 있어야 하는 거지요?

흑 있어야 한다고는 하지 않았는데. 난 그저 혹시 있는 건 아닌지, 우리가 열심히 찾아보지 않은 건 아닌지 궁금했을 뿐이야.

흑인은 커피메이커와 컵을 식탁으로 가져와 커피를 따른다.

흑 저 밖에 있을 수도 있지. 혹시 약이 안 듣는 말기 통근자들이 선생 친구가 될 수 있을지도 모르잖아.

백 말기 통근자들?

흑 말이 근사하게 들리잖소, 응?

백 괜찮군요.

흑 (앉으며) 아무도 없다.

백 아무도. 네.

흑 흠.

백 나는 어떤 집단에 끼는 사람이 아닙니다. 그러고 싶었던 적도 없고. 그랬던 적도 없습니다.

흑 어떤 집단에 끼지 않는다.

백 그래요.

흑 글쎄. 사람들은 가끔 어떤 걸 손에 쥐고 나서야 그걸 자기가 쭉 원했다는 걸 알게 되기도 하던데.

백 그럴 수도 있겠지요. 하지만 그런 사람들도 자기가 뭘 원하지 않는지는 안다고 봅니다.

흑 모르겠소, 교수 선생. 나는 그저 내 눈에 보이는 걸 기준으로 삼고 가려고 해. 아무리 단순한 것이라도 도무지 이해할 수 없는 면이 있기 마련이지. 아침에 열차 플랫폼에는 많은 사람들이 서 있어. 일하러 가려고 기다리고 있는 거지. 백 번은 그랬을 거야. 어쩌면 천 번일지도 몰라. 그건 그냥 열차 플랫폼일 뿐이야. 달리 이렇다 저렇다 이야기할 게 없어. 하지만 그 플랫폼 가장자리에서 기다리고 있는 한 통근자에게는 그게 다른 걸 수도 있지. 어쩌면 그게 세상의 맨 가장자리일 수도 있단 말이야. 우주의 가장자리일 수도 있고. 이 사람은 모든 내일의 끝을 바라보면서 이제

까지 있었던 모든 어제에 커튼을 치고 있어. 그러니까 이 사람은 종류가 다른 통근자인 셈이지. 매일 출퇴근하는 사람들하고는 몇 세상이 떨어져 있는 사람인 거야. 그 사람들하고는 아무런 관계가 없어. 어때, 맞는 것 같소?

백 모르겠습니다.

흑 선생이 모른다는 걸 알아. 그래, 그래. 선생이 모른다는 걸 알아.

두 사람은 커피를 마신다.

흑 매일 그 지하철을 타시나, 교수 선생?

백 네.

흑 그 사람들은 어떻게 생각하지?

백 지하철을 타는 사람들이요?

흑 지하철을 타는 사람들.

백 그 사람들은 전혀 생각하지 않으려고 합니다.

흑 그 사람들하고 얘기해본 적은 있나?

백 그 사람들하고 얘기를 해요?

흑 그렇지.

백 무슨 얘기를요?

흑   아무거나.

백   없어요. 맙소사 없습니다.

흑   맙소사 없다고?

백   네. 맙소사 없습니다.

흑   욕을 한 적은?

백   그 사람들을 욕해요?

흑   그렇지.

백   내가 왜 욕을 합니까?

흑   그야 난 모르지. 있나?

백   아니요. 당연히 없지요.

흑   그러니까 내 말은, 그 사람들이 못 듣는 곳에서.

백   무슨 뜻입니까?

흑   뭐 그냥 아주 작은 소리로. 마음속으로. 혼잣말로.

백   뭐 때문에요?

흑   나야 모르지. 뭐 그냥 그 사람들이 방해가 되니까. 아니면
     그 사람들 생긴 게 마음에 들지 않거나. 냄새가 마음에 들
     지 않거나. 하는 짓이 마음에 들지 않거나.

백   그래서 내가 작은 소리로 어떤 지저분한 말을 중얼거린다?

흑   그렇지.

백   있을 것 같네요.

흑   얼마나 자주 그러는 것 같소?

백   이런 식으로 나를 심문하려는 건 아니겠지요, 설마.

흑   설마. 얼마나 자주?

백   모르겠습니다. 빈번한 편이에요. 그런 것 같군요.

흑   수를 대보라면?

백   수요?

흑   그래. 그냥 평균 잡아 말해보쇼.

백   모르겠는데요.

흑   모르긴 왜 몰라.

백   수라.

흑   나는 수를 좋아하거든.

백   하루에 두세 번, 어림짐작으로. 뭐 그 정도 같네요. 아마도.

흑   더 될 수도 있고.

백   아 그럼요.

흑   다섯 번일 수도 있고?

백   그럴 겁니다.

흑   열 번은?

백   그건 좀 많은 것 같군요.

흑   그럼 다섯 번으로 하면 되겠구만. 그 정도면 과한 건 아니
      겠어.

백   네.

흑   그럼 천팔백스물다섯 번이네. 어림잡아 이천 번이라고 할까?

백   그게 뭡니까, 일 년에?

흑   그렇지.

백   이천 번? 많네요.

흑   그래 많지. 그런데 그게 정확하긴 한가?

백   그런 것 같네요. 그래서?

흑   그래서. 선생 나이를 추측하지는 않겠지만 일단 좀 낮게 잡아서 통근 햇수 이십 년을 곱해보자구. 그럼 선생이 알지도 못하는 사람들 머리에 사만 번 욕을 퍼부었다는 얘기가 돼.

백   그래서 무슨 이야기를 하려는 겁니까?

흑   그냥 그런 걸 생각해봤느냐는 거지. 그게 이렇게 저렇게 하다가 마침내 도달하게 된 선생의 지금 꼬락서니와 관계가 있을지도 모르니까.

백   그건 그냥 더 큰 문제들의 증후에 불과합니다. 나는 본래 사람들을 좋아하지 않아요.

흑   그렇다고 해서 사람들을 해치지는 않을 거 아니오.

백   네. 당연히 그러지 않지요.

흑	확실한가.
백	당연히 확실하지요. 내가 왜 사람들을 해치겠습니까?
흑	나야 모르지. 선생 자신은 왜 해치는 거요?
백	그건 같지가 않지요.
흑	확실한 거요?
백	나는 그 사람들이 아니고 그 사람들은 내가 아닙니다. 나는 그 차이를 안다고 생각합니다.
흑	음.
백	또 음, 이로군요.
흑	정말 배고프지 않소?
백	네.
흑	아무것도 안 먹었는데.
백	괜찮습니다.
흑	선생이 문을 노려보는 게 보이는구만. 이거 전략을 세워야겠어.
백	정말 배고프지 않습니다.
흑	그렇게 활동적인 아침을 보내고도 식욕이 돋지 않는다는 거요?
백	네.
흑	선생이 주위를 둘러보는 게 보이는구만. 여기에 있는 건

다 깨끗해. 아니, 아무 말 마쇼. 괜찮으니까.

흑인이 의자를 뒤로 밀고 일어선다.

흑 난 뭘 좀 먹는 게 좋을 것 같아. 내 생각엔 선생도 그렇고.

흑인이 냉장고로 가서 냄비 몇 개를 꺼낸다. 레인지의 불을 켠다. 손을 씻고 수건에 닦는다.

흑 우정의 새로운 단계로 올라간 사람과 빵을 나누어 먹는다. 저 건너편 세상에서는 그렇게 한다는 얘길 어딘가에서 들었는데.

백 아마도.

흑 아마도란 말이 마음에 드는구만. 선생이 아마도라고 하는 건 다른 데서 바로 그거야 하는 말을 두 번 하는 것과 같거든.

백 왜요? 내가 아무것도 믿지를 않아서?

흑인은 냄비들을 데우려고 레인지에 올려놓고 냅킨과 포크와 나이프를 탁자로 가져와 늘어놓는다. 흑인이 자리에 앉는다.

흑   글쎄. 그건 문제라고 생각하지 않아. 나는 선생 목숨을 빼
     앗는 건 오히려 선생이 믿는 거라고 생각하니까. 선생이
     믿지 않는 것이 아니라. 뭐 하나 물어봅시다.

백   물어보세요.

흑   예수를 생각해본 적이 있나?

백   또 시작이시네.

흑   있소?

백   왜 내가 유대인이 아니라고 생각하는 거지요?

흑   뭐야, 유대인은 예수 생각을 하면 안 되는 건가?

백   그렇지는 않지요. 하지만 유대인은 예수를 다르게 생각할
     수도 있으니까요.

흑   선생 유대인이신가?

백   아닙니다. 공교롭게도. 아니에요.

흑   휴. 잠깐 걱정을 했잖아.

백   뭡니까, 유대인을 좋아하지 않나요?

흑   (웃음을 터뜨릴 듯한 표정으로 고개를 젓는다) 장난 좀 쳐본 거
     요, 교수 선생. 장난이라고. 선생 놀리는 게 왜 이렇게 재
     미있는지 모르겠네. 어쨌든 재미있어. 자, 선생은 잘 들어
     볼 필요가 있어. 아니, 지금 듣는 말을 믿을 필요가 있어.

이 얘기가 어디로 흘러가는 것이냐, 선생은 그걸 알고 싶어했지. 이 얘기의 핵심은 유대인 같은 건 없다는 거야. 백인도 없어. 깜둥이, 아, 유색인, 그런 것도 없어. 황금이 있는 금광 바닥 깊은 곳에는 그런 건 하나도 없어. 그냥 순수한 광석뿐이야. 그 영원한 것뿐이야. 선생은 그런 게 없다고 생각하지만. 선셋 리미티드가 들어올 때 사람들을 플랫폼에 그대로 붙잡아두는 그것. 거기에 뛰어들고 싶다는 마음이 들 때도 말이야. 모르는 사람들 머리에 저주가 아니라 축복을 퍼부어줄 수 있게 하는 그것. 그게 다 같은 거지. 그리고 그건 단 하나일 뿐이고. 단 하나.

백 그러니까 그게 예수라는 거로군요.

흑 어떻게 대답해야 할지 생각 좀 해봐야겠는걸. 하긴 이단 얘기가 하나 더 쌓인다고 선생한테 딱히 해가 될 것도 없을 것 같구만. 이미 잔뜩 쌓아놓았으니까. 자, 나라면 이렇게 말하겠소. 우리가 예수 얘기를 하는 건 맞지만, 이 예수는 광산 바닥의 그 황금으로 이해해야 된다고 말이야. 예수는 여기 내려와 인간의 형상을 가질 수 없어. 그 형상이 예수한테 맞게 만들어지지 않는다면 말이야. 만일 인간이 예수가 되지 않고는 예수도 인간이 될 방법이 없다고 말한다면 그건 아주 큰 이단이 되겠지. 하지만 괜찮아. 인간이 바위와 그렇게 다르지 않다고 말하는 것만큼 큰 이단은 아니니까. 한데 내 눈에는 바로 그게 선생 생각으로 보여.

백 그건 내 생각이 아닙니다. 나는 지성이 수위에 있다고 믿어요.

흑 그게 무슨 말이오?

백 수위요? 첫째라는 뜻입니다. 첫째로 꼽는 것이라는 말이지요.

흑 그런데 그게 지성이다.

백 그렇습니다.

흑 선셋 리미티드가 수위 아니었나?

백 네. 그것도요.

흑 하지만 나중에 오는 열차를 기다리는 그 모든 사람들이 수위에 있는 건 아니고.

백 아니지요. 그건 수위가 아닙니다.

흑 음.

백 음 뭐요.

흑 질기구만, 교수 선생. 질겨.

흑인이 일어서서 레인지 쪽으로 간다. 접시를 내리고 냄비 안에 든 것을 저은 다음 국자로 푼다. 흰 빵 한 덩이를 꺼내 네 조각으로 잘라 접시

위에 담아 탁자로 가져온다.

흑   그래 선생은 질겨.

흑인은 접시 두 개를 탁자에 내려놓고 자리에 앉는다. 흑인이 교수를
본다.

흑   교수 선생, 선생은 자신을 질문하는 사람으로 보고 있어.
그 점에 관해 나는 의심을 품고 있지만. 그렇다 하더라도
선생 삶의 탐구는 어디까지나 선생의 탐구야. 선생은 선생
자신이 깔아놓은 길에 서 있는 거니까. 그리고 그 사실 하
나만으로도 선생이 그 길을 계속 따라갈 이유는 충분하겠
지. 그 길을 따라가는 한 길을 잃을 일은 없을 테니까.
백   지금 하시는 이야기를 내가 이해하고 있는지 자신이 없군
요.
흑   흠, 교수 선생, 내가 하는 이야기를 선생이 이해 못한다는
말에 나는 아주 강한 의심을 품고 있소. 자, 내 식사 기도
를 하리다.

흑인이 두 손을 접시 양옆에 올려놓고 고개를 숙인다.

흑   주여 이 음식을 주신 것에 감사드리며 우리가 주에게서 받
     은 많은 것을 늘 잊지 않도록 지켜주시기를 기도합니다.
     주께서 오늘 우리에게 돌려주신 교수 선생의 생명에 감사
     드리고 교수 선생은 우리에게 필요한 분이니 주께서 계속
     지켜주시기를 기도합니다. (휴지) 왜 교수 선생이 필요한
     지는 잘 모르겠습니다. 그냥 필요하다고만 알고 있을 뿐입
     니다. 아멘.

     흑인이 고개를 든다. 교수를 보고 미소를 짓는다.

흑   좋아. 먹을 만한지 보쇼.
백   맛있어 보이는데요.

     두 사람은 먹기 시작한다.

백   맛있네요.

     두 사람이 먹는다.

백   아주 맛있는데요.

흑   맛있어야만 하지. 보쇼, 이건 영혼의 양식*이거든.

백   뭘 넣었습니까? 당밀?

흑   음. 요리사요, 교수 선생?

백   그렇지는 않고요.

흑   하지만 좀 한다?

백   네, 좀. 바나나, 그건 당연하고. 망고?

흑   망고를 한두 개 집어넣었지. 뿌리가 노란 순무도.

백   뿌리가 노란 순무요?

흑   뿌리가 노란 순무. 그건 찾기가 쉽지 않지.

백   아주 맛있는데요.

흑   하루 이틀 지나면 더 괜찮아지지. 이건 어젯밤에 만든 거
      라. 맛이 제대로 우러나려면 몇 번 끓여줘야 돼.

백   칠리처럼.

흑   칠리처럼. 그렇지. 내가 이거 만드는 법을 어디서 배웠는
      지 아쇼?

백   루이지애나에서요?

흑   바로 여기 뉴욕 게토에서. 이런 요리는 여러 군데서 영향

---

* soul food. 미국 남부 흑인의 음식이라는 뜻도 있다.

을 받은 거지. 저기 저 냄비 안에는 세상의 많은 부분이 들어가 있다오. 여러 나라. 여러 사람.

백　백인도요?

흑　그건 피할 수만 있다면 피해야지.

백　정말이오?

흑　장난이오, 교수 선생. 장난. 이 외곽 지대 레스토랑들에 있는 프랑스 요리사들 아쇼?

백　개인적으로는 모릅니다.

흑　그 작자들이 뭘 요리하는 걸 좋아하는지 아쇼?

백　아니요.

흑　췌장. 양胖. 골. 아무도 안 먹는 그딴 쓰레기를 써. 왜 그런지 아쇼?

백　그게 도전해볼 만해서인가요? 새 영역을 개척해야 하니까?

흑　흰둥이치고는 아주 똑똑하군. 도전이라. 맞아. 그 작자들이 요리하는 재료는 엄청나게 싸지. 대부분은 다 내다버리는 거거든. 고양이한테 주거나. 하지만 가난한 사람들은 아무것도 안 버려.

백　맞는 말 같습니다.

흑　고급 스테이크를 맛좋게 만드는 데는 별 기술이 필요 없어. 하지만 고급 스테이크를 살 수 없다면 어쩌지? 그런데 맛은 좋은 걸 먹고 싶다면? 그럼 어쩔 거요?

백　새 영역을 개척해야겠죠.

흑　개척이라. 맞아, 교수 선생. 그럼 언제 개척을 하겠소?

백　원하는 게 없을 때지요.

흑　만점짜리 답만 하시는군. 그럼 그게 누구겠소? 원하는 걸
　　얻지 못하는 사람이?

백　가난한 사람들이지요.

흑　이 친구 정말 마음에 든다니까. 그래 맛이 어떠신가?

백　아주 좋은데요.

흑　자 그 접시 이리 주쇼.

백　조금만이요.

흑　괜찮아, 교수 선생. 선생은 먹어야 돼. 오늘 아주 바쁜 날
　　을 보냈잖소.

　　흑인이 교수의 접시에 요리를 더 담아서는 탁자로 돌아와 교수 앞에
　내려놓는다.

흑　커피 좀 더 드시겠소?

백　네. 그럼 좋겠네요.

흑인이 커피포트를 탁자로 가져와 교수의 컵에 커피를 따르고 커피포트를 탁자에 내려놓은 다음 자리에 앉는다. 두 사람은 계속 먹는다.

백   와인 한 잔을 곁들이면 좋을 거라는 생각은 안 해봤나요?

흑   어이쿠야. 그랬으면 좋았을 것도 같구만.

백   하지만 마시지는 않을 거다.

흑   아 마실 수도 있지. 한 잔이라면.

백   예수도 와인을 마셨지요. 예수도 제자들도.

흑   그래 그랬지. 성경에 따르면. 물론 성경에는 예수가 변기에 와인을 감추어놨다는 얘기는 안 나오지만.

백   거기가 정말 감추는 데 애용하는 곳인가요?

흑   아 그럼. 처음 가보는 곳에서도 혹시 모른다면서 변기 물통 뚜껑을 열어보는 술꾼들이 있다니까.

백   정말입니까?

흑   아니. 그럴 수도 있다는 거지. 실제로 그런다 해도 나는 전혀 놀라지 않을 거요.

백   지금까지 해본 가장 심한 짓이 뭐였습니까?

흑   감옥 얘기를 또 하자고.

백   뭐 어때요?

흑   뭐 어떠냐는 것 중에서도 무슨 얘기를 듣고 싶은데?

백 교도소 식당에서 그 사람을 팬 게 가장 심한 짓이었나요?

흑 아니. 그렇지 않아.

백 그래요? 그럼 가장 심한 게 뭐였습니까?

흑 말 안 할 거요.

백 왜요?

흑 선생이 벌떡 일어나 소리를 지르며 문밖으로 달려나갈 테니까.

백 엄청나게 나쁜 짓이었군요.

흑 엄청나게 나쁜 짓이었지. 그래서 말 안 하려는 거야.

백 그러니까 물어보기 겁나네요.

흑 설마.

백 누구한테 말한 적이 있나요?

흑 아 그럼. 그게 날 가만 내버려두지를 않았거든. 영혼은 입을 다물 수도 있지만 영혼의 하인은 늘 목소리를 내지. 그런데 그렇게 목소리를 내는 것도 다 이유가 있는 거야. 주인의 생명은 하인에게 달려 있는데 이 주인은 가만 놔두면 죽어버리거든. 바로 죽어버려.

백 그걸 누구한테 말했습니까?

흑 내 친구였던 하느님의 사람에게 말했지.

백 그랬더니 뭐라던가요?

흑   한마디도 안 하더군.

백   그런데 내가 저지른 가장 심한 일은 궁금하지 않은가보
      네요.

흑   아 궁금하지.

백   하지만 그게 뭐냐고 묻지는 않는군요.

흑   그럴 필요가 없지.

백   왜요?

흑   내가 그 자리에서 봤으니까.

백   흠, 나는 생각이 좀 다를 수도 있는데.

흑   그래. 그럴 수도 있겠지. 좀더 드시려나?

백   아니요. 배가 꽉 찼습니다.

흑   생각보다는 배가 고팠나보구려.

백   네. 그랬습니다.

흑   좋아.

백   이게 댁의 신앙을 시험하는 걸로 보세요?

흑   뭐가, 선생이?

백   네. 내가요.

흑   아니지, 교수 선생. 선생이 시험하는 건 내 신앙이 아니야.

백   댁은 모든 걸 흑과 백으로 보는군요.

흑   실제로 흑과 백이지.

백 그편이 세상을 이해하기가 더 쉬워지긴 하겠군요.

흑 내가 세상을 이해하는 일에 얼마나 시간을 쓰지 않는지 알면 놀랄 거요.

백 댁이야 하느님을 이해하려고 애를 쓰지요.

흑 아니, 그렇지 않아요. 나는 그저 하느님이 내게서 무엇을 원하시느냐 하는 걸 이해하려고 애쓸 뿐이야.

백 그리고 그게 댁한테 필요한 전부고요.

흑 만일 하느님이 우리한테 필요한 전부가 아니라면 우리는 엄청나게 곤란해지지. 선생이 하고 싶은 말이 내 세계관이 편협하다는 거라면 그건 동의할 수밖에 없겠소. 물론 나는 뛰어내릴 작정을 하고 그런 옷을 입고 플랫폼에 가지는 않는다는 점을 지적할 수는 있겠지만.

백 적절한 지적입니다.

흑 내가 이해할 수 없는 일들은 많아. 나도 그걸 알지. 다시 말해야겠구만. 만일 이 책에 없는 거라면 나는 그걸 모를 가능성이 아주 많아. 나 자신도 성경을 읽기 전에는 그 수위니 뭐니 하는 거에 빠져 있었지.

백 수위니 뭐니 하는 거.

흑 그래. 선생만큼은 아니었지만. 그래도 상당히 빠져 있었어. 나는 상당히 멍청했지. 하지만 사십 년 동안 나한테 아

102

무 소용 없던 것이 어느 날 갑자기 중요하게 될 거라고 믿을 만큼 멍청하진 않았어. 물론 멍청하긴 했지만, 그 정도로 멍청하지는 않았다는 거야. 그때 나는 구하기만 하면 얻을 수 있는 걸 봤고, 그걸 구하기로 했지. 내가 한 건 그게 다야. 사실 어려웠어. 지금 이 자리에서 말할 수 있소, 교수 선생. 그건 어려운 일이었다구. 나는 만신창이가 되어 누워 있었지. 병원 침대에 사슬로 묶여 있었어. 너무 아파서 울고 있었지. 내가 살아난다 해도 결국은 그놈들 손에 죽고 말 거라고 생각했어. 그래서 나는 그렇게 말하려고 했지. 여러 번 그랬어. 그러다 얼마 후에 그만두었지. 모든 걸 포기해버렸어. 그런데 문득 그 말을 해버렸어. 이렇게 말한 거야. 날 좀 살려주세요. 그러니까 살려주시더라구.

두 사람은 앉아 있다.

흑 오랜 침묵이로군.
백 그냥 침묵입니다.
흑 자. 이게 내 얘기요, 교수 선생. 쉽게 말하면 말이오. 어쨌든 나는 예수 없이는 움직이지 않아. 아침에 일어나면 그

냥 예수의 허리띠를 잡으려고 하지. 아, 가끔 가다 수동 조
작으로 빠져들려고도 하지만 자제를 하지. 자제를 한다고.
자제를 해.

백 수동 조작?

흑 그 말이 마음에 드쇼?

백 괜찮은데요.

흑 난 아주 멋지다고 생각하는데.

백 그러니까 도저히 어찌 해볼 수 없는 상황에 처해서 패배를
인정하고 절망에 빠졌는데, 그런 상태에서 뭔지는 몰라도
실체도 없고 감각도 없는 어떤 것을 잡게 되어 그것을 붙
들면서 살려달라고 매달렸다. 이러면 적절하게 표현한 셈
인가요?

흑 뭐, 그렇게 이야기하는 것도 한 가지 방법이겠구만.

백 전혀 말이 안 되는데요.

흑 글쎄, 아까 이야기할 때 말이 안 되는 건 하나도 없다고 선
생이 말하는 걸 들은 것 같은데. 세계 역사니 뭐니 그런 얘
기를 하면서 말이야.

백 그게 아닙니다. 더 크게 보자는 거였지요. 하지만 댁이 이
야기하는 건 여러 가지를 전체적으로 바라보는 하나의 관
점이 아닙니다. 그저 한 가지를 보는 관점일 뿐이지요. 그

리고 나는 그것이 말이 안 된다고 생각합니다.

흑 예수가 선생한테 이야기를 하면 어떻게 하겠소?

백 왜요? 예수가 그럴지도 모른다는 생각이 드나요?

흑 아니. 그건 아니야. 하지만 모르는 거니까.

백 나야 그럴 만큼 선한 사람도 아닌데요 뭐.

흑 아니, 교수 선생. 전혀 그런 게 아니야. 선할 필요가 없어.
그냥 조용히만 있으면 되지. 내가 주를 대신해 이야기할
수는 없지만, 내 경험으로 보건대 예수는 누구든 들으려고
하는 사람에게는 말을 한다고 나는 믿고 있소. 분명히 말
하지만 선할 필요는 없어.

백 글쎄요, 만일 하느님이 나한테 말하는 소리가 들리면, 댁
이 나를 벨뷰*까지 데려다줘도 가만히 있지요. 댁이 제안
한 대로.

흑 하느님이 이야기하는 게 말이 되면 어쩔 거요?

백 그래도 달라질 건 없습니다. 미친 건 미친 거니까.

흑 말이 돼도 달라질 건 없다.

백 없지요.

흑 음. 뭐, 이 정도면 내가 들어본 수위 사례 가운데서도 최악

---

* 뉴욕의 지명으로 백인의 집이 있는 곳.

이로구만.

백　뭐. 나야 늘 내 길을 걸어왔으니까. 이히 칸 니히트 안더스.[*]

흑　뭐라고 한 거요?

백　독일어입니다.

흑　독일어 하쇼?

백　그렇지는 않고요. 그냥 조금. 방금은 인용한 겁니다.

흑　하지만 독일 사람들은 좋은 일을 별로 하지 않았잖아, 안 그렇소?

백　모르겠습니다. 독일 사람들은 문명에 많은 걸 주었지요. (휴지) 히틀러 전에는.

흑　그러고 나서 히틀러를 주었지.

백　그렇게 말하고 싶으시다면.

흑　뭐 내가 한 짓은 아니니.

백　문화가 인류의 불행에 이바지하는 경향이 있다는 게 댁의 믿음인 것 같네요. 사람이 알면 알수록 불행해질 가능성이 높다는 게.

---

[*] Ich kann nicht anders. 종교개혁 때 마르틴 루터가 자신의 글을 철회하라는 요구를 받고 이를 거부하며 한 말로, '나는 달리 행동할 수 없다'는 뜻.

흑   우리가 알고 있는 어떤 사람의 경우처럼.

백   그런 경우처럼.

흑   한데 내가 그런 말을 한 것 같지는 않은데. 외려 선생이 그
     이야기를 한 것 같기도 해.

백   나는 절대 그런 말 하지 않았습니다.

흑   음. 하지만 그렇게 믿기는 하고?

백   아니요.

흑   아니라고?

백   모르겠습니다. 사실일 수도 있겠지요.

흑   어라 왜? 맞는 것 같지 않은데, 안 그런가?

백   그게 저기 저 책에 맨 먼저 나오는 거지요. 에덴동산. 영을
     파괴하는 지식. 선을 파괴하는 지식.

흑   이 책은 안 읽은 줄 알았는데?

백   그 이야기야 다 아는 거잖아요. 그게 아마 거기서 가장 유
     명한 이야기일걸요.

흑   그래 왜 그렇다고 생각하쇼?

백   하느님의 입장에서 볼 때 모든 지식은 헛된 것 같습니다.
     어쩌면 사람들한테 자기가 악마를 능가할 수 있다는 불건
     전한 착각을 줄 수도 있고.

흑   이야, 교수 선생. 내가 찾을 때는 어디 있었던 거야?

백 조심하는 게 좋을 겁니다. 내가 지금 어떤 꼴이 됐는지 잘 보셔야지요.

흑 보고 있지. 그게 당면한 주제잖소.

백 더 어두운 그림이 늘 정확한 그림이지요. 세계의 역사를 읽는다는 것은 유혈과 탐욕과 어리석음의 대하소설을 읽는 겁니다. 그 의미는 아주 분명하지요. 그런데도 우리는 미래가 어떻게든 달라질 거라고 상상합니다. 하지만 내가 보기에는 우리가 지금까지 버티고 있는 것도 신기한 일입니다. 더 오래 버티지 못할 것이 분명해요.

흑 거 아주 센 말이네, 교수 선생. 그게 선생 가슴에 있는 얘기야, 안 그렇소?

백 그렇습니다.

흑 뭐 나도 그런 생각에 공감할 수 있어.

백 그래요?

흑 그럼.

백 놀랍군요. 뭡니까, 그걸 생각해보겠다는 건가요?

흑 생각해봤지. 이미 오랫동안 생각해왔어. 선생이 말한 것만큼 훌륭하지는 않지. 하지만 아주 비슷해.

백 이야 놀랍군요. 그래서 어떤 결론에 도달했습니까?

흑 도달하지 않았어. 아직 생각중이니까.

백   네. 뭐, 나는 이제는 생각하지 않습니다만.

흑   상황은 바뀔 수 있는 거요.

백   아니 바뀔 수 없습니다.

흑   선생이 틀릴 수도 있지.

백   그렇게 생각하지 않습니다.

흑   물론 그런 일이 선생 인생에 많지는 않겠지.

백   뭐가요?

흑   틀리는 게.

백   나는 내가 틀리면 인정합니다.

흑   그렇지 않은 것 같은데.

백   뭐, 댁도 자기 의견을 가질 자격은 있으니까요.

    흑인이 등을 뒤로 기대고 교수를 물끄러미 바라본다. 그가 손을 뻗어
탁자에서 신문을 들더니 다시 등을 기대고 안경을 매만진다.

흑   여기 좀 보자고. 3면 기사야.

    흑인은 신문을 정성스럽게 접는다.

흑   그래. 여기 있군. 친구들이 전하는 바에 따르면 그는 모든

충고를 무시하고 자신의 길을 가려고 했다.

흑인이 안경을 매만진다.

흑 속을 털어놓는 사이인 한 친구가 말했다. (흑인이 고개를 든
다)—여기 이건 인용이요—그 개자식한테는 아무런 이야
기도 할 수 없었습니다. (흑인이 다시 고개를 든다) 이런 말을
신문에서 쓸 수 있는 거요? 개자식? 한편 155번가 역에 있
다가 몸에 피가 튄 목격자들은—4면으로 이어짐.

흑인은 엄지에 침을 묻혀 힘겹게 신문을 넘기더니 다시 접는다.

흑 —현장에서 만났을 때, 다가오는 통근 열차를 향해 몸을
던진 그 남자의 마지막 말이 "내가 옳다"였다고 입을 모아
이야기했다.

흑인은 신문을 내려놓고 안경을 매만지며 안경테 너머로 교수를 본다.

백 아주 재미있군요.

혹인은 안경을 벗고 고개를 숙이더니 콧마루를 두 손가락으로 누르며 고개를 젓는다.

흑   오 교수 선생. 음. 선생은 놀라운 사람이야.

백   내가 즐거움이 되었다니 다행입니다.

흑   흠, 선생은 아주 특별해.

백   나는 내가 특별하다고 생각하지 않습니다.

흑   그렇게 생각하지 않는다.

백   네. 그렇게 생각하지 않아요.

흑   선생이 어떤 높은 곳에서 다른 그런 통근자들을 내려다보는 걸 수도 있다고 생각하지 않나?

백   다른 그런 통근자들도 내가 빠져들게 된 심연의 구덩이에 함께 들어가 있는 사람들이라고 봅니다. 그 사람들이 그 구덩이를 달리 본다 한들, 그것 때문에 어떻게 내가 특별해진다는 것인지 모르겠네요.

흑   음. 선생이 하는 말은 듣고 있소. 하지만 계속 그 통근자들에게로 생각이 돌아가는구만. 그 사람들이 선셋 리미티드를 기다리는 사람들 아니겠소? 어쩌면 그 사람들도 약간은 특별할 수도 있다는 생각이 드는군. 그러니까 내 말은, 그 사람들이 우리처럼 그냥 매일 오가는 사람들보다 더 깊은 구덩이에 있다는 거지. 더 깊고 더 어두운 구덩이에. 선생만큼 깊이 내려가 있는 건 아니지만, 그래도 어쩌면 아주 깊이 내려가 있을지도 모른다는 거야.

백 그래서요?

흑 그래서 그 사람들이 절망과 자멸에 빠진 선생의 형제들일 수는 없는 건가? 동병상련이란 게 있는 줄 알았는데?

백 정말이지 모르겠네요.

흑 어디 내가 한번 얘길 해보지.

백 얼마든지.

흑 내 생각에 선생한테는 그 사람들보다 더 나은 이유가 있어. 그러니까 그 사람들의 이유란 그저 여기가 싫다는 것뿐이지만, 선생의 이유에는 좋아하지 않는 게 뭐고 왜 그걸 좋아하지 않는가 하는 게 있지. 선생한테는 더 똑똑한 이유들이 있는 거야. 더 우아한 이유들이.

백 놀리는 겁니까?

흑 아니. 그렇지 않아.

백 하지만 댁은 내가 똥 같은 걸로 가득차 있다고 생각하잖습니까?

흑 그렇게 생각하지 않아. 아 똥 같은 걸로 가득차면 죽을 수도 있다는 건 의심하지 않지. 하지만 지금 우리가 여기서 보고 있는 게 그거라고 생각하진 않는다는 거야.

백   우리가 보고 있는 게 뭐라고 생각하는데요?

흑   모르겠소. 선생이 나를 낯선 곳으로 끌고 왔어. 선생한테
      는 선셋 리미티드를 타는 데 세계 수준의 우아한 이유가
      있고, 다른 녀석들에겐 아마 그냥 기분이 좋지 않다는 게
      전부겠지. 사실 선생은 심지어 그렇게까지 불행하지 않을
      수도 있어.

백   그러니까 내가 받은 교육이 나를 자살로 내몰고 있다고 생
      각하는 건가요?

흑   어, 아니야. 나는 그냥 질문을 하고 있는 거요. 잠깐. 대답
      하시기 전에.

    흑인은 메모장과 연필을 가져와 입꼬리 쪽으로 혀를 내밀고 얼굴을 찌
푸린 채 힘겹게 쓰기 시작한다. 교수를 놀리려는 짓이다. 흑인은 곁눈질
로 교수를 보며 웃음을 짓는다. 글을 쓴 종이를 찢어 접은 다음 셔츠 호
주머니에 넣는다.

흑   좋아. 계속해보쇼.

백   그건 내가 지금까지 들어본 가장 터무니없는 소리라고 생
      각합니다.

흑인이 호주머니에서 접은 종이를 꺼내 건너편으로 내민다. 교수가 종이를 펼치고 소리 내어 읽는다.

백 그건 내가 지금까지 들어본 가장 터무니없는 소리라고 생각합니다. 아주 똑똑하군요. 하고 싶은 말이 뭡니까?

흑 하고 싶은 말은 변하지 않지. 하고 싶은 말은 늘 똑같아. 전에도 했던 이야기이고 앞으로도 늘 다시 말할 방법을 찾게 될 얘기지. 빛이 선생 주위를 가득 채우고 있다. 다만 선생이 어둠밖에 보지 못할 뿐이다. 그 어둠은 바로 선생이다. 선생이 그 어둠을 만드는 것이다.

백 글쎄, 나는 댁 같은 신앙이 없습니다. 이쯤에서 끝내는 게 어떨까 싶습니다만.

흑 혹시 그냥 새로 출발을 해보겠다는 생각 같은 건 절대 하지 않으시나?

백 했지요. 한 번. 그뒤로는 안 합니다만.

흑 신앙이라는 게 어떨 때는 그저 달리 아무것도 할 수 없는 때 생기기도 하지.

백 글쎄요, 나한테는 달리 할 수 있는 게 좀 있어서요.

흑 그건 그냥 뒀다가 나중에 써먹을 수도 있을 것 같은데. 그냥 싹 끝내고 새 출발을 해보는 거야. 다시 시작하라는 말은 아니야. 그건 다들 해봤지. 내가 말하는 새 출발이란 싹 다 끝내고 완전히 새롭게 시작한다는 거야. 그냥 떠나버린다는 뜻이지. 그러니까, 자신의 모든 것, 자신이 가진 모든 것, 자신이 해온 모든 것으로 인해서 마침내 위스키 병 바닥에 이르렀거나 선셋 리미티드를 타는 편도 티켓을 끊게 됐다면, 도대체 뭐 하나라도 남겨야 할 이유를 댈 수가 없겠지. 그럴 이유가 전혀 없을 테니 말이야. 만일 선생이 그 모든 것에 문을 쾅 닫아버린다면, 물론 추울 거고 또 외로울 거고 또 모진 바람도 불 거야. 그런데 내가 하고 싶은 말은 그게 다 좋은 징조라는 거지. 선생은 아무 말 할 필요 없어. 그냥 옷깃을 세우고 계속 걷기만 하면 돼.

백 그렇게 못합니다.

흑 해야지.

백 못해요.

흑 커피 좀 더 드시려나?

백 아니요. 됐습니다.

흑 왜 사람들이 자기 목숨을 끊는다고 생각하쇼?

백 모르겠습니다. 여러 가지 이유가 있겠지요.

흑 그렇지. 하지만 그 여러 가지 이유에도 어떤 공통점이 있지 않을까?

백　내가 남 이야기를 대신 할 수야 없지요. 내 이유의 핵심은 점차 환상을 믿는 척하지 않게 되었다는 겁니다. 그뿐이에요. 현실의 본질을 점차 깨닫게 된 거지요. 세계의 본질을.

흑　세계적인 이유로군.

백　좋을 대로 생각하십쇼.

흑　우아한 이유야.

백　아까도 그렇게 말했지요.

흑　거기에 반대하지는 않으신다는 거구만.

교수는 어깨를 으쓱한다.

흑　그건 선생의 형제가 지하실의 증기 파이프에 넥타이로 목을 매면서도 전혀 알지 못할 이유지. 그 사람은 그 사람 나름의 멍청한 이유가 있겠지만, 혹시 우리가 잘 교육시켜서 그 사람이나 그 사람 친구들도 훨씬 우아한 이유를 몇 가지 갖다 댈 수 있다는 걸 알려주면 이제 많은 사람들이 더 기쁜 마음으로 자신을 끝장낼 수도 있겠구만. 어떻게 생각하쇼?

백　이번에는 정말 익살을 부린다는 걸 알겠군요.

흑   이번에는 선생 말이 맞는 것 같구만. 선생이 마침내 나를 그리로 몰아간 것 같아.

백   음 흠.

흑   오. 교수 선생이 나한테 음 흠 소리까지 내시고. 이거 조심해야겠는걸.

백   네 그러는 게 좋을 겁니다. 내가 골탕 구렁텅이도 슬슬 준비하고 있을지 모르니까요.

흑   그래도 선생은 여전히 선생의 이유는 세계와 관련된 것이고 그 사람의 이유는 주로 그 자신과 관련된 것일 뿐이라고 생각하잖소.

백   그 말이 진실일 거라고 생각합니다.

흑   내 눈에는 다른 진실이 보이는데. 바로 내 맞은편에 앉아 있는 진실이.

백   그게 뭐지요?

흑   형제를 사랑해야 한다. 아니면 죽는다.

백   무슨 말인지 모르겠습니다. 내가 아는 어떤 것과도 관계없는 다른 세상이네요.

흑   선생이 아는 세상은 뭔데.

백   듣고 싶지 않을 겁니다.

흑   당연히 듣고 싶은데.

백   아니라고 봅니다만.

흑   어서 말해보쇼.

백   알았습니다. 세상은 기본적으로 강제노동수용소이고, 이 수용소의 노동자들, 순진해빠진 노동자들은 제비뽑기로 매일 몇 명씩 끌려가 처형을 당한다는 겁니다. 내가 세상을 그렇게 보는 게 아닙니다. 세상이 실제로 그렇게 돌아간다고 생각합니다. 대안적 견해들이 있느냐? 물론 있지요. 하지만 그 가운데 철저한 검토를 버텨낼 관점이 있느냐? 없습니다.

흑   어이쿠.

백   자. 그 열차 시간표를 다시 보고 싶은가요?

흑   따라서 어쩔 도리가 없다?

백   없지요. 사람들이 세상을 낫게 만들려고 노력할수록 어김없이 세상은 더 나빠졌습니다. 예전에는 이 격언에 예외가 있을 거라고 생각했지요. 하지만 지금은 그렇게 생각하지 않습니다.

흑인은 등을 기대고 앉아 탁자를 내려다본다. 고개를 가볍게 젓는다.

백   달리 또 무슨 이야기를 하고 싶으신가요?

흑 모르겠소. 그 말은 꼭 기차역으로 달려가는 사람의 말처럼 들리는군.

백 바로 그런 말이지요.

흑 그런 사람을 어떻게 생각하쇼?

백 나도 댁과 같습니다. 생각하지 않아요. 과거에는 생각했지요. 하지만 지금은 생각하지 않습니다. 지금은 고통을 최소화하는 문제를 생각하지요. 그게 내 인생입니다. 왜 그게 모두의 인생이 아닌지 잘 모르겠고요.

흑 기차에 치이면 좀 아플 거라고는 생각하지 않으시나?

백 그렇지 않습니다. 계산을 해봤지요. 시속 120킬로미터로 달리는 기차는 뉴런보다 빠릅니다. 전혀 통증이 없을 겁니다.

흑 한동안 선생하고 꼭 붙어다녀야겠군, 안 그렇소?

백 그러지 않길 바랍니다.

흑 과거에도 이런 인생을 그린 건 아니었을 텐데, 그때는 어떤 걸 그렸소?

백 모르겠습니다. 이건 아니었지요. 댁의 인생은 과거에 계획했던 대로인가요?

흑 아니, 그렇지 않지. 나는 원하던 것 대신 필요한 걸 얻었소. 그게 우리가 얻을 수 있는 최고의 행운이라고 할 수 있지 않을까.

백 네. 뭐.

흑 선생 입장에서 선생 인생을 내 인생과 비교할 수는 없겠
지, 안 그런가?

백 정말 솔직히 말해서, 그렇지요. 비교할 수 없습니다.

흑 음.

백 미안합니다. 가야겠습니다.

흑 가실 필요야 없지.

백 내 말이 불쾌하셨을 텐데.

흑 그 정도로 가죽이 얇지는 않다오, 교수 선생. 그냥 계쇼.
선생 때문에 감정 상하는 거 없으니까.

백 내가 고마워해야 한다고 생각할 게 분명한데, 미안하게도
내 마음은 그렇지가 못하네요.

흑 아 교수 선생, 나는 그런 생각 하지 않아.

백 가야겠습니다.

흑 내가 지금 여기서 마른 우물을 파고 있는 거요?

백 그 고집은 존경스럽네요.

흑 내가 어떻게 하면 선생을 조금 더 잡아둘 수 있을까?

백 왜요? 내가 오래 있으면 하느님이 나한테 이야기라도 할
것 같아서 그러는 건가요?

흑 아니, 나한테 이야기를 할 것 같아서 그러지.

백 그래도 내가 시간을 조금 더 내줄 만큼은 빚을 졌다고 생각한다는 걸 압니다. 내가 배은망덕하다는 것도 알고요. 하지만 배은망덕은 하느님의 사람에게는 죄가 될지 몰라도 영적 파산자에게는 죄가 되지 않지요.

흑 빚 같은 건 없어, 교수 선생.

백 정말 그렇게 생각하나요?

흑 그럼. 정말 그렇게 생각하지.

백 네. 정말 마음이 좋으시네요. 내가 뭐라도 보답할 수 있는 게 있으면 좋겠지만 그런 게 없군요. 그러니 그냥 작별 인사를 하는 게 어떨까요. 댁은 또 댁의 인생을 계속 살아갈 수 있도록 말입니다.

흑 그럴 수 없지.

백 그럴 수 없다고요?

흑 그럼.

백 내가 뭘 하기를 바라는 겁니까?

흑 모르겠소. 선생이 내일 아침 잠에서 깼을 때 열차 앞으로 뛰어들기를 바라지 않게 되는 건 어떨까. 선생은 그저 바라기만 하면 되는데 그건 어떨까. 그렇게 할 것 같소?

백 내가 뭘 포기해야 하느냐에 달려 있겠지요.

흑 내가 그걸 종이에 적어 내 호주머니에 집어넣겠소.

백 내가 붙들고 있는 게 도대체 뭐라고 생각하나요? 말기 통근자가 죽을 만큼 소중하게 여기는 게 도대체 뭐라고 생각하는 겁니까?

흑 모르겠소. 모르겠어.

백 당연히 모르겠지요.

흑 이제 나하고 이야기하고 싶지 않은 거요?

백 가죽이 두꺼운 줄 알았는데요.

흑 아주 두껍지. 그래도 뼈가 받쳐주는 건 아니야.

백 왜 그렇게 생각하는 겁니까? 왜 뭔가 있을 거라고 생각하지요?

흑 모르겠어. 그냥 기차가 어서 자기를 쳐주기를 바라는 사람은 마음에 뭔가 있을 수밖에 없는 것 같아. 대부분의 사람들은 어쩌면 따귀나 한 대 갈겨주는 걸로 정리가 될 거야. 선생은 어떤 것에도 관심이 없다고 하지만 나는 그걸 안 믿어. 나는 죽음이 아무것도 아닌 거라고 절대 믿지 않아. 선생이 붙들고 있는 게 도대체 뭐라고 생각하느냐고 물었지만 나는 모른다고 말할 수밖에 없어. 아니면 내가 그것을 표현할 말을 모르는 거거나. 어쩌면 선생은 알면서도 말하지 않는 걸 수도 있지. 하지만 그 잘난 도약을 했을 때 선생은 뭔가를 붙들고 있었고 그걸 가지고 뛰어내린 거라고 나는 믿어. 참혹하게 죽더라도 꼭 붙들고 있는 거. 지금 난 적당한 말을 찾고 있소, 교수 선생. 말이 선생 마음에 이르는 길이라고 믿기 때문에 그 말을 찾는 거야.

백 나 같은 처지에 있는 사람은 누구나 자신의 마음의 움직임에 자동적으로 눈을 감게 된다고 생각하는 겁니까?

흑 선생 같은 처지에 있는 사람은 누구나 자동적으로 눈을 감는다고 생각해. 하지만 그게 다는 아니지. 우리는 나머지 제3의 기차 여행자 얘기도 계속하고 있는 거야. 그 사람들은 이 열차를 타고 선생은 다른 열차를 타지만.

백 나는 그런 이야기는 하지 않았는데요.

흑 했고말고. 그냥 기분이 나쁜 그 모든 명칭이 흰둥이들을 위한 기차도 있지만 선생을 위한 다른 기차도 있는 거지. 선생의 고통은 세계의 고통과 똑같으니까 말이야. 이 기차에는 전망칸이랑 식당칸도 필요하지.

백 뭐. 생각이야 원하는 대로 할 수 있는 거니까. 내 동의가 필요한 건 아니지요.

흑 나도 알아. 하지만 그건 골탕 구렁텅이로 가는 길은 아닌데.

백 글쎄요. 골탕 구렁텅이도 이제 어떤 공동의 불행이라는 모양을 갖추게 된 것 같군요. 혐오하는 사람들끼리 어울리며 구원을 찾는.

흑   젠장, 교수 선생. 나를 정말 구렁텅이에 빠뜨리는군그래. 어디서 그런 말을 끄집어내는 거요?

백   특별히 댁을 위해 만들어낸 표현이었습니다. 한번 즐겨보시라고. 이제 내가 대단한 창녀란 걸 아시겠지요?

흑   아니 그렇지 않아. 선생은 똑똑한 분이야. 나한테는 너무 똑똑하지.

백   구렁텅이가 입을 크게 벌리는 게 느껴지는데요.

흑   어떻게 입을 벌리는지 알고 싶구만.

백   정말 그렇게 생각해요? 내가 댁한테는 너무 똑똑하다고?

흑   그럼 그렇게 생각하지. 만일 선생이 온갖 방법으로 나를 갖고 놀려 들면 내가 버텨낼 가능성이 얼마나 된다고 생각하는지 궁금하군.

백   알겠습니다.

흑   내가 지금 해야 하는 일은 시간을 더 버는 거요. 하지만 뭘로 벌어야 할지를 모르겠구만.

백   선셋 리미티드에 타려고 하는 사람에게 뭘 제안해야 할지 모르겠다는 거겠지요.

흑   아니. 그게 아니야. 내가 곧 교체당해 나갈 것 같은 기분이 드는구만.

백　　그렇게 될지도 모르지요. 자살하려는 사람들을 다루어보
　　　신 적이 있나요?

흑　　아니. 선생이 처음이지. 이 약쟁이하고 코카인에 절어 있
　　　는 애들은 자살하고는 가장 거리가 멀어. 걔네들은 선생이
　　　무슨 소리를 하는지도 모를 거요. 걔네들도 매일 아침 일
　　　어나면 고통을 느껴. 심한 고통이지. 하지만 기차역으로
　　　가지는 않아. 그 고통 때문에 약을 맞는 것 아니냐, 뭐 그
　　　렇게 말할 수는 있겠지. 그래서 서둘러 밖에 나가 그걸 구
　　　하는 거라고. 사실 그것도 얼마든지 할 수 있는 얘기야. 하
　　　지만 그래도 우리한테는 이런 질문이 남아. 도대체 어떤
　　　고통 때문에 급행열차를 타는 사람들은 검은 천을 덮고 신
　　　문 가판대 옆에 뻗어 누워 있게 되는 건가. 우리가 지금 얘
　　　기하는 건 어떤 고통일까? 만일 사람들이 슬픔 때문에 자
　　　살을 하는 거라면, 그렇게 죽은 사람들을 해가 지기 전에
　　　죄다 땅속에 묻는 것만 종일 해야 할 거야. 그래서 나는 똑
　　　같은 질문으로 계속 돌아가게 되는 거야. 만일 선생이 도
　　　저히 견딜 수 없는 게 선생이 이미 잃어버린 것 때문이 아
　　　니라면, 어쩌면 그건 선생이 잃지 않으려고 하는 것 때문
　　　일 수도 있으니까. 포기하느니 차라리 죽고 싶은 것 때문
　　　일 수도 있으니까.

백　하지만 죽으면 포기하겠지요.

흑　아니 포기하는 게 아니지. 선생이 여기 없게 되는 거지.

백　뭐. 나는 도와드리지 못하겠네요. 그 모든 걸 놓아버리는 것이 내가 마침내 이르게 된 곳이니까. 거기에 이르느라 많은 노력을 했지요. 내가 포기하고 싶지 않은 게 하나 있다면 바로 그겁니다.

흑　그 말을 다른 식으로 할 수는 없는 거요?

백　내가 포기하고 싶지 않은 게 하나 있다면 포기하는 겁니다. 나는 그게 나를 끝까지 가게 해줄 거라고 봐요. 나는 거기에 의지하고 있습니다. 내가 믿었던 것들은 아주 약한 거였지요. 이미 말했다시피 말입니다. 그것들은 오래 남아 있지 않을 거고, 나 또한 마찬가지입니다. 하지만 그게 내가 결정을 내린 진짜 이유라고 생각하지는 않아요. 그보다 깊은 이유라고 생각합니다. 상실에는 익숙해질 수 있거든요. 익숙해져야만 하고요. 내 말은, 음악 좋아하시지요, 그렇지요?

흑　좋아하지.

백　댁이 아는 최고의 작곡가는 누굽니까?

흑　존 콜트레인. 두말이 필요 없지.

백　그 사람 음악이 영원히 지속될 거라고 생각합니까?

흑   글쎄. 영원은 긴 시간이오, 교수 선생. 그러니 아니라고 대답할 수밖에. 영원히 지속되지 않을 거요.

백   그렇다고 해서 그게 가치가 없어지는 건 아니잖아요, 그렇지요?

흑   그렇지, 없어지지 않지.

백   자, 세상을 한 줄 한 줄 포기해나갑니다. 초연하게. 그러다 어느 날 자신의 용기가 시시껄렁하다는 걸 깨닫습니다. 아무런 의미가 없다는 걸 말입니다. 자신을 말살하는 일에 스스로 공범자가 된 셈인데 달리 어떻게 해볼 도리가 없지요. 자신이 하는 모든 일이 앞쪽 어딘가에 있는 문을 닫아버리게 됩니다. 그러다 마침내 문이 딱 하나만 남게 되는 거지요.

흑   어두운 세계로구만, 교수 선생.

백   네.

흑   선생한테 일어난 최악의 일이 뭐였소?

백   어느 날 아침 예수가 보낸 사절이 지하철 플랫폼에서 내 몸을 낚아챈 것.

흑   진지하게 하는 말이야.

백   나도 마찬가지입니다.

흑   오늘 아침 이전에는. 뭐가 최악의 일이었소?

백 모르겠습니다.

흑 그래, 그럼 모른다고 해둡시다. 그래도, 그게 선생 자신의 일이었다고 생각하시나? 아니면 선생과 가까운 다른 사람의 일이었나?

백 나하고 가까운 다른 사람일 겁니다.

흑 그게 맞을 거라고 생각해. 그게 선생한테 말해주는 게 뭐 없을까?

백 있지요. 사람들한테 가까이 가지 마라.

흑 어이쿠, 대책 없는 분이시구만.

백 내가 달리 어떻게 댁의 사랑을 얻겠습니까?

흑 그 말이 맞을 것도 같구만. 어디 이렇게 한번 얘기해봅시다. 나는 세상이 선생이 허락하는 만큼만 나아질 수 있다고 믿어. 선생이 사는 세상이 어둡다 해도, 그게 복음으로 가는 길에서 그리 놀라운 건 아니야.

백 나도 그게 진실이라고 확신합니다.

흑 이야 환호라도 하고 싶구만. 교수 선생의 말에 귀를 기울일지어다.

백 하지만 어떤 아주 탁월한 세상이 있다는 걸 나더러 어떻게 믿으라는 건지 당혹스럽군요. 그런 세상이 존재하지 않는다는 걸 이미 알고 있는데.

흑 아주 탁월하다.

백 네.

흑 정말이지 그 말 마음에 드네. 아주 탁월하다.

백 진짜로 그런 세상이 있다고 믿습니까?

흑 그럼, 믿지, 교수 선생. 믿고말고. 나는 구하기만 하면 그게 나타난다고 생각해. 그냥 맞는 줄에 가서 서기만 하면 돼. 맞는 표를 사기만 하면 돼. 일반 통근열차를 타고 급행열차에서는 멀찌감치 떨어져 있기만 하면 돼. 다른 통근자와 함께 플랫폼에 붙어 있기만 하면 된다고. 어쩌면 그 사람한테 고개를 끄덕이고 싶어질지도 몰라. 안녕하고 인사를 하고 싶어질지도 모르고. 그 사람들도 다 여행자거든. 또 그 가운데 몇 사람은, 대부분의 사람들은 가고 싶어하지 않을 곳에도 가봤을 테고. 그 사람들도 가고 싶지 않았겠지. 혹시 그 사람들이 어쩌다 자기가 거기에 가게 됐는지 이야기해줄지도 모르지. 그럼 선생은 직접 가보는 수고를 덜 수도 있는 거 아냐. 직접 가지 않는 걸 고마워하게 될 여행을 하는 수고를 말이야.

백 네. 뭐, 그런 일은 일어나지 않겠지만.

흑 왜?

백 나는 그런 세상을 믿지 않으니까요. 나는 그냥 그 기차를 타고 싶습니다. 보세요, 나는 이만 가보는 게 어떨까요?

흑   커피 좀더 마시는 게 어떻겠소?

백   고맙지만 됐습니다.

흑   내가 뭘 할 수 있을까?

백   감당할 수 없는 일을 떠맡았다는 사실을 그냥 받아들여야
     할지도 모르겠군요.

흑   그거야 받아들이지. 하지만 그런다고 해서 내가 갈고리에
     서 풀려나는 건 아니야.

백   내가 이해하지 못한다고 생각하는군요. 하지만 내가 진짜
     로 이해하는 것들을 댁이 듣고 싶어할지 잘 모르겠습니다.

흑   어디 한번 들어봅시다.

백   속만 뒤집힐 텐데요.

흑   처음 뒤집히는 것도 아닌데 뭐.

백   생각보다 심합니다.

흑   괜찮소.

백   이건 정말 듣고 싶지 않을 텐데요.

흑   아니 듣고 싶어. 선택의 여지가 없거든.

교수는 뒤로 등을 기대고 흑인을 살핀다.

백 좋습니다. 어쩌면 댁의 말이 맞을지도 모르지요. 자, 내 복음은 이런 겁니다, 목사님. 나는 어둠을 갈망합니다. 죽음을 달라고 기도해요. 진짜 죽음을. 죽은 다음에 내가 살아서 알았던 사람들을 또 만나야 하는 거라면 도무지 어째야 할지를 모르겠습니다. 그건 최악의 공포가 되겠지요. 최악의 절망이. 만일 내가 어머니를 다시 만나 그 모든 걸 다 다시 시작해야 한다면? 게다가 이번에는 고대해 마지않는 죽음이라는 전망도 없는 상태라면? 자, 그건 최악의 악몽이 될 겁니다. 그야말로 카프카지요.

흑 젠장, 교수 선생. 선생을 낳아준 어머니가 보고 싶지 않다는 건가?

백 네, 보고 싶지 않습니다. 댁의 속이 뒤집힐 거라고 말했잖아요. 나는 죽은 사람들은 죽은 사람들이기를 바라요. 영원히. 그리고 나도 그들 가운데 하나가 되기를 바라요. 댁은 물론 그들 가운데 하나가 될 수 없겠지요. 댁이 죽은 자들 가운데 하나가 될 수 없는 건 존재가 없으면 공동체도 만들 수 없기 때문입니다. 공동체가 없다. 그 생각만으로도 내 마음은 따뜻해집니다. 정적. 암흑. 고독. 평화. 그 모든 것이 심장박동이 한 번만 뛰고 나면 찾아온다니.

흑 젠장, 교수 선생.

백   마저 들으세요. 나는 내 정신 상태가 어떤 염세적 세계관
     의 결과라고 생각하지 않습니다. 나는 이게 세계 자체라고
     생각해요. 진화의 결과, 지능을 가진 생명은 어쩔 수 없이
     궁극적으로 다른 무엇보다도 이것 한 가지를 깨닫게 되는
     데, 그것은 바로 무용성입니다.

흑   음. 내가 제대로 이해하는 거라면 선생은 지금 멍청해 빠
     지지 않은 사람이라면 모두 자살을 해야 한다고 이야기하
     는 거로구만.

백   네.

흑   농담 따먹기 하는 게 아니고?

백   아니요. 농담 따먹기 하는 게 아닙니다. 사람들이 세상을
     진실로 있는 그대로 본다면. 자신의 삶을 진실로 있는 그
     대로 본다면. 꿈이나 환상 없이 본다면. 나는 사람들이 가
     능한 한 빨리 죽는 쪽을 선택하지 않을 이유를 하나도 대
     지 못할 거라고 믿습니다.

흑   젠장, 교수 선생.

백   (차갑게) 나는 하느님의 존재를 믿지 않습니다. 그걸 이해
     할 수 있습니까? 이봐요, 주위를 좀 둘러봐요. 보이지 않
     나요? 고통에 찬 사람들이 외치고 악을 쓰는 소리가 하느
     님의 귀에는 가장 기분좋은 소리일 게 분명합니다. 나는

이런 토론이 혐오스럽습니다. 애초에 존재를 믿지도 않는 것을 끝도 없이 욕하는 것 외에는 아무 낙이 없는 시골 무신론자가 떠드는 것 같잖습니까. 댁이 말하는 유대라는 건 고통의 유대일 뿐 그 이상도 이하도 아닙니다. 만일 그 고통이 단지 되풀이되는 것일 뿐 아니라 정말로 집단적이기까지 하다면 세상은 순전히 그 고통의 무게 때문에라도 우주의 벽에서 떨어져나와, 앞으로 밤이 몇 번이나 더 찾아올지 몰라도, 그 얼마 남지 않은 밤들을 거치며 우그러들고 불타올라 재조차 남지 않게 될 겁니다. 정의? 우애? 영생? 맙소사, 이보세요. 나한테 죽음에 대비하게 해주는 종교를 보여줘봐요. 허무에 대비하게 해주는 종교를요. 그럼 그 교회에는 내가 나갈지도 모르지요. 하지만 댁의 교회는 더 많은 삶에만 대비하게 합니다. 꿈과 환상과 거짓에만. 사람들 마음에서 죽음의 공포를 몰아내주기만 한다면 사람들은 하루도 더 살지 않을 겁니다. 다음 악몽에 대한 공포가 아니라면 누가 이 악몽을 원하겠어요? 모든 기쁨 위에는 도끼의 그림자가 드리워져 있습니다. 모든 길은 죽음으로 끝나요. 아니면 더 나쁜 것으로. 모든 우정도 모든 사랑도. 고문, 배반, 상실, 고난, 고통, 노화, 모욕, 무시무시하게 집요한 병. 이 모든 것이 단 하나의 결말에 이릅니다.

댁도 또 댁이 좋아하게 된 모든 사람과 모든 것도 예외가
아니에요. 진정한 우애가 있는 셈이지요. 이게 진정한 유
대입니다. 모든 사람이 종신회원이에요. 댁은 나의 형제가
나의 구원이라고 말하는 거지요? 나의 구원? 뭐 그럼 그
형제에게 저주가 있기를. 모든 형태와 형식과 종류의 저
주가 있기를. 내가 그 형제에게서 나 자신을 보느냐고요?
네. 보지요. 내 눈에 보이는 그게 역겨운 겁니다. 내 말을
이해하겠습니까? 내 말을 이해할 수 있어요?

흑인은 머리를 숙이고 앉아 있다.

백   미안합니다.

흑   괜찮소.

백   아니. 미안합니다.

흑인은 고개를 들어 백인을 본다.

흑   그렇게 느낀 지 얼마나 오래됐소?

백   평생.

흑   그리고 그게 진실이고.

백   진실은 그보다 더 심하죠.

흑   뭐가 그보다 더 심할 수 있는지 모르겠군.

백   분노는 사실 좋은 시절에나 생기는 겁니다. 이제 그런 분
      노마저 거의 남아 있지 않아요. 사실 내 눈에 보이는 형체
      들은 서서히 속이 비어버렸습니다. 이제는 거기에 아무런
      내용이 없습니다. 그냥 모양만 있는 겁니다. 기차, 벽, 세
      상. 또는 사람. 사람이란 울부짖는 공허 속에 알 수 없는
      몸짓을 하며 대롱대롱 매달려 있는 하나의 물건이지요. 그
      생명에는 아무런 의미가 없습니다. 그 말에도. 내가 왜 그
      런 것과 함께하려고 하겠습니까? 왜?

흑   젠장.

백   이제 댁이 뭘 구한 건지 알겠지요.

흑   구하려고 했지. 구하려고 하고 있고. 열심히.

백   네.

흑   내 형제를.

백   댁의 형제.

흑   그렇지.

백   그래서 내가 여기 있는 겁니까? 댁의 아파트에?

흑   아니. 그래서 내가 여기 있는 거지.

백   내가 무슨 교수냐고 물어봤지요. 나는 어둠의 교수입니다.

낮의 옷을 입은 밤이지요. 자 이제 댁이 하는 모든 일이 잘
되기를 빌지만 나는 가야겠습니다.

교수가 의자를 뒤로 밀며 일어선다.

흑   몇 분만 더 계쇼.
백   아니. 이제 시간이 없습니다. 안녕히 계세요.

교수는 문 쪽으로 몸을 돌리고 흑인은 일어선다.

흑   왜 이래요, 교수 선생. 다른 얘기를 할 수도 있잖소. 약속
      하지.
백   다른 얘기를 하고 싶지 않습니다.
흑   밖에 나가지 마쇼. 밖에 뭐가 있는지 알잖소.
백   아 네. 알고말고요. 밖에 뭐가 있는지도 알고 밖에 누가 있
      는지도 알지요. 나는 그 앙상한 뺨에 코를 비비러 달려가
      는 겁니다. 자신이 그렇게 소중한 존재로 대접받는다는 걸
      알면 틀림없이 놀랄 테지요. 나는 그 목을 끌어안고 오래
      되어 말라비틀어진 귀에 소곤거릴 겁니다. 내가 왔어요.
      내가 왔습니다. 자 이제 문을 열어주세요.

흑   그러지 마쇼, 교수 선생.

백   미안합니다. 댁은 착한 분이지만, 나는 가야겠습니다. 나
      는 댁의 이야기를 다 들었고 댁은 내 이야기를 들었고 이
      제 더는 할 이야기가 없습니다. 댁의 하느님은 한때는 무
      한한 가능성의 새벽에 서 있었을 게 분명한데 그 하느님이
      만들어놓은 건 결국 이거네요. 그나마 이제 끝이 나고 있
      고요. 댁은 내가 하느님의 사랑을 원한다고 하지요. 하지
      만 나는 원하지 않습니다. 혹시 용서는 원할지도 모르겠지
      만 용서를 구할 상대가 없네요. 되돌아가는 건 불가능합니
      다. 바로잡는 것도 불가능해요. 전에는 어쩌면 가능했을지
      도 모르지요. 하지만 지금은 아닙니다. 지금은 무無의 희
      망밖에 없습니다. 나는 그 희망에 매달리고 있고요. 자 이
      제 문을 열어주세요. 부탁합니다.

흑   그러지 마쇼.

백   문 열어요.

    흑인이 사슬을 푼다. 사슬이 덜거덕 소리를 내며 바닥에 떨어진다. 흑
인이 문을 열고 교수는 퇴장한다. 흑인이 문간에 서서 복도를 바라보고
있다.

흑   교수 선생? 그 말이 진심이 아니란 걸 알고 있어. 교수 선
        생? 아침에 내가 거기 가 있을 거야. 거기 있을 거라고. 들
        리쇼? 아침에 내가 거기에 있을 거라구.

흑인이 문간에서 무너지며 무릎을 꿇는다. 울음을 터뜨릴 것 같다.

흑   내가 거기 있을 거야.

흑인이 고개를 든다.

흑   저 사람 말은 진심이 아니었어요. 당신도 그게 진심이 아
        니란 걸 아시잖아요. 당신도 그게 진심이 아니란 걸 아시
        잖습니까. 당신이 왜 나를 거기 내려보냈는지 모르겠습니
        다. 이해를 못하겠어요. 내가 저 사람을 돕기를 원하셨다
        면 왜 나한테 할말을 주시지 않은 겁니까? 저 사람한테는
        할말을 주셔놓고. 나더러 어쩌란 말입니까?

흑인이 무릎을 꿇고 몸을 앞뒤로 흔들며 운다.

흑   괜찮아요. 괜찮습니다. 당신이 나한테 두 번 다시 말을 하

지 않는다 해도 내가 당신 말을 지킬 거라는 걸 아시는 거죠. 내가 그럴 거라는 걸 당신은 아시는 겁니다. 내가 충실하게 지킬 거라는 걸 아시는 겁니다.

흑인이 고개를 든다.

흑 그러면 된 건가요? 그러면 된 겁니까?

『선셋 리미티드』에서 코맥 매카시는 다짜고짜 등장인물 두 사람을 수직으로 세워놓은 바늘의 뾰족한 끝 같은 곳에 올려놓는다. 흑인 남자 한 사람, 백인 남자 한 사람. 흑과 백을 그곳에서 만나게 해 체스라도 두게 하려는 것일까? 어떤 면에서는 그렇다고 말하고 싶은 생각도 든다. 두 사람은 처음부터 끝까지 둘이서만 말을 주고받는데, 마치 최고 고수들이 벌이는 체스 시합처럼 한 수 한 수가 의미심장하고 변화무쌍하며 내내 긴장이 팽팽하기 때문이다. 물론 둘이 실제로 게임을 하는 것은 아니지만, 만일 게임이라고 한다면 인류의 운명을 건 게임을 한다고 말할 수도 있을 듯하다. 과장으로 들리는가? 그러나 『로드』라는 짧은 소설이 인류의 운명을 이야기한다고 말해도 과장이 아니듯이, 『선셋 리미티드』또한 그렇다고 말해도 과장이라고 할 수는 없을 것 같다. 매카시는 그런 거창한 주제를 냉정한 표정으로 우리 눈 앞에 쑥 들이밀어 한순간에 우리를 극한 상황에 몰아넣고도 그 것이 전혀 부자연스럽지 않게 느껴지게 하는 재주가 있다. 이번 에 매카시는 자신의 목표에 집중하기 위해 소설적 장치를 대부 분 걷어내고— 매카시 자신은 이 작품을 "극 형식의 소설"이라 고 부르고 있다— 앞서 말했듯이 바늘 끝처럼 위태롭고 좁은 공 간에 단 두 사람만 남겨놓는다. 이곳은 아주 심각한 문제들이 한 점으로 단단하고 뾰족하게 응축되어 있다는 면에서도 바늘 끝 같고, 또 여기서 밀려나는 순간 천길 나락으로 떨어질 것 같다는 느낌이 든다는 면에서도 바늘 끝 같은 곳이다. 이 공간은 뉴욕 게토에 있는 흑인의 방으로 설정되어 있다. 흑인은 빈민가에서 목사 비슷한 일을 하는 사람이고 백인은 대학교수다. 두 사람은 근본적인 문제를 두고 생각이 그야말로 흑과 백처럼 다르다. 이 들은 삶과 죽음이 갈리는 순간에 만나 이 방에 와 있다. 책장이 열리면 두 사람은 이 방에서 바로 그 삶과 죽음의 문제를 이야기 하기 시작한다. 또 인간을 이야기하고, 신을 이야기하고, 구원을 이야기한다. 그들의 이야기는 갈수록 무거워져, 마치 엄청난 바 윗덩이가 위에서 두 사람이 올라가 있는 바늘 끝을 짓누르는 듯 한 느낌이 든다. 매카시의 작품에서 보통 겪는 일이지만, 독자

또한 그 바윗덩이가 곧 무너져내릴 것 같은 압박과 긴장을 견디며 그들의 대화를 따라갈 수밖에 없고, 역시 매카시의 작품에서 보통 겪는 일이지만, 그렇게 따라간다 해도 마지막에 희망과 평온이 찾아올 것이라는 보장은 어디에서도 찾을 수 없다. 오히려 하루하루 그냥 그렇게 흘러가는 것 같던 일상이 시커먼 공허 속에서 아무런 안전망 없이 외줄타기를 하는 것이었음을 깨닫게 될지도 모른다. 그러나 그렇게 깨닫는 순간 독자는 비로소 흑과 백 두 인물 외에 제3의 인물로서 그들의 자리에 함께 앉을 자격을 얻게 될 수도 있다. 그렇게 그 자리에 앉게 된 독자들에게 부디 그 고통스러운 경험에 값하는 보답이 있기를!

이 작품은 미국에서 실제로 무대에 올라갔고 영화로도 제작되었지만, 번역은 이것을 텍스트로 읽는 독자를 먼저 고려했다. 그럼에도 옮긴이는 최기창, 유경렬 두 배우에게 이 번역을 극처럼 읽어줄 것을 부탁했고, 그것을 듣는 과정에서 많은 것을 배웠다. 두 분에게 감사드린다.

정영목

지은이 **코맥 매카시**
1965년 첫 소설 『과수원지기』로 문단에 데뷔했으며, 주요 작품으로는 『로드』『선셋 리미티드』『핏빛 자오선』『노인을 위한 나라는 없다』 등이 있다. 평단과 언론으로부터 코맥 매카시 최고의 작품이라고 평가받은 『로드』는 2007년 퓰리처상을 수상했다.

옮긴이 **정영목**
서울대학교 영문학과를 졸업하고 동 대학원을 졸업했다. 전문번역가로 활동하며 현재 이화여대 통역번역대학원 교수로 재직중이다. 지은 책으로 『완전한 번역에서 완전한 언어로』『소설이 국경을 건너는 방법』이 있고, 옮긴 책으로 『로드』『신의 아이』『바르도의 링컨』『말 한 마리가 술집에 들어왔다』『새버스의 극장』『미국의 목가』『에브리맨』『울분』 등이 있다. 『로드』로 제3회 유영번역상을, 『유럽 문화사』로 제53회 한국출판문화상(번역 부문)을 수상했다.

문학동네 세계문학
선셋 리미티드

1판 1쇄 2015년 1월 26일 | 1판 4쇄 2021년 10월 15일

지은이 코맥 매카시 | 옮긴이 정영목
책임편집 이현자 | 편집 홍유진 조연주 | 독자모니터 이상훈
디자인 윤종윤 이원경 | 저작권 김지영 이영은 김하림
마케팅 정민호 정진아 김혜연 정유선 | 홍보 김희숙 함유지 김현지 이소정 이미희
제작 강신은 김동욱 임현식 | 제작처 한영문화사(인쇄) 경일제책사(제본)

펴낸곳 (주)문학동네 | 펴낸이 염현숙
출판등록 1993년 10월 22일 제406-2003-000045호
주소 10881 경기도 파주시 회동길 210
전자우편 editor@munhak.com | 대표전화 031) 955-8888 | 팩스 031) 955-8855
문의전화 031) 955-3579(마케팅) 031) 955-2634(편집)
문학동네카페 http://cafe.naver.com/mhdn | 트위터 @munhakdongne
북클럽문학동네 http://bookclubmunhak.com

ISBN 978-89-546-3425-0 03840

www.munhak.com

개와
꽃과
친구가
있는 날

개와 꽃과 친구가 있는 날

초판 1쇄 인쇄 2016년 5월 12일 초판 1쇄 발행 2016년 5월 19일

지은이 강은엽
펴낸이 연준혁

출판2분사편집장 박경순
책임편집 박지혜
사진 이성준

펴낸곳 (주)위즈덤하우스 출판등록 2000년 5월 23일 제13-1071호
주소 (410-380) 경기도 고양시 일산동구 정발산로 43-20 센트럴프라자 6층
전화 031)936-4000 팩스 031)903-3893 홈페이지 www.wisdomhouse.co.kr

값 12,000원 ISBN 978-89-6086-932-5 03810

개와 꽃과 친구가 있는 날 / 지은이: 강은엽. -- 고양 :
위즈덤하우스, 2016
    p. ; cm

ISBN 978-89-6086-932-5 03810 : ₩12000

산문집[散文集]

818-KDC6
895.785-DDC23   CIP2016011619

개와 꽃과 친구가 있는 날

따뜻한 킨포크 라이프,
모두를 위한 집 이야기

강은엽 지음

위즈덤하우스

사랑은
자신 이외에 다른 것도 존재한다는 사실을
어렵사리 깨닫는 일이다.

~~~~~~~

Iris Murdoch
아이리스 머독

●

내가 아는 한 동물사랑에 관해서 강은엽 교수님만큼 열정적인 사람은 찾아보기 힘들다. 동물들의 안위와 행복을 위해서라면 그 어떤 수고로움을 마다하지 않고 언제나 한결같이 자신의 마음을 내어주신다. 동물을 대하는 방식의 차이에서 비롯된 이웃의 무례한 언사와 모욕들도 의연하게 넘기는 모습을 보면서 인생 후배인 나는 지혜와 방편을 얻기도 한다. 간혹 동물 사랑이 지나쳐 일상의 균형이 깨진 사람들을 보곤 하는데, 이 책을 읽고 나면 다양하면서도 균형 잡힌 삶의 무늬를 유지하는 비밀을 알게 된다. 어린 시절부터 자연과 교감하며 자란 시간들, 교수님께 받은 사랑을 되돌려주는 동물들, 정원을 가득 채운 나무와 꽃 그리고 텃밭의 식물들, 다정함과 지혜를 나누는 가족들과 친구들이 있는 한 영원히 늙지 않는 현역으로 건재하실 것이다.

임순례(영화감독, 동물보호시민단체 카라 대표)

●●

"이 세상에 식물도 동물도 하나 없이 오직 인간만이 살고 있다면 이 지구는 얼마나 끔찍할까? 상상만 해도 두려운 일이다." (본문 중에서)
조각가 강은엽의 에세이 《개와 꽃과 친구가 있는 날》은 남보다 먼저 도시 아파트를 떠나 청계산 계곡마을 산자락에 터를 마련하고 개와 꽃과 더불어 사는 전원생활에 대한 감동적 다이어리이자 아름다운 자화상이다. 소태, 막둥이, 꽃순이, 똘똘이, 슬기, 누룽지, 두부 등 10여 마리의 가족견과 이웃집 오리, 근자에 식구가 된 닭들에 대한 이야기는 생명에 대한 진지한 태도와 품격 높은 인간미가 깊은 공명을 자아낸다.

고추, 아스파라거스, 호박, 콩과 같은 작물들, 정원의 다채로운 꽃과 나무들 역시 가족의 일원으로 이야기의 주인공이 된다. 그는 텃밭을 갈고 씨 뿌리고 수확하는 농부가 되어, 또는 꽃을 심고 가꾸는 정원사가 되어 경작과 재배의 경험을 자연의 섭리와 대지의 신비를 깨닫게 하는 심오한 통찰력으로 구사한다.

강은엽의 품격은 인간적 심성과 짝을 이루는 예술적 감성에서 우러난다. 그가 텃밭과 정원을 만들 때는 땅에 그림을 그리고 공간을 조각하는 대지예술가요, 개와 함께 살기 위한 집을 지을 때는 집단 주거공동체를 꿈꾸는 진취적인 건축가이다. 그리고 글을 쓸 때는 어머니 전숙희 선생의 필치를 이어받은 수려한 문체의 수필가이다.

작가는 청계산을 산책하며 나무와 대화하고 숲과 교감하는 감정이입적 감흥을 작업으로 옮겼다. 병충해로 잘려나간 둥치 큰 나무 토막을 시멘트로 캐스팅하여 경외심을 불러일으키는 현대 조각품을 만들고, 토막들을 눕히거나 세워서 나무로 살기 위해 견뎌야 했던 장고한 세월의 흔적을 판화로 찍었다. 작품이 전달하는 고요한 전율, 그것은 작가가 나무와 숲, 나아가 그와 더불어 살고 있는 동물과 이웃 사람들, 아니 지구상의 모든 생명에 대해 보내는 숭고한 '오마주'의 현현이 아닌가?

김홍희(미술평론가, 서울시립미술관장)

아주 작은 행복에 대한
이야기를 시작하며

어디에나 계절은 찾아든다. 그러나 모두에게 같은 모습으로 찾아들지는 않는다. 나는 내가 사랑하는 5월의 정원과 겨울 숲에 대해 그리고 내가 건너온 지난 열아홉 번의 봄·여름·가을·겨울에 대해 이야기하려 한다. 또한 나의 소박한 한 끼가 되어주는 텃밭의 채소들에 대해, 정원에 날아들었던 산비둘기와 박새, 방울새에 대해, 나와 함께 기쁨과 슬픔을 나누었던 개 누룽지와 막둥이, 똘똘이와 슬기를 비롯해 내 손을 거쳐간 많은 동물들과 나눈 우정에 대해 이야기하려 한다.

나는 이제부터 서툴렀던 초보 농사꾼이 절기에 따라 무엇을 심어야 할지 알게 된 지난날을 기억해낼 것이다. 내가 왜 여기에 있게 되었는지 그 수많았던 우연과 필연에 대해, 그리고 짙은 어둠이 내려앉도록 텃밭에서 땀 흘리는 나를 묵묵히 지켜주던 충직한 반려견 두부가 안긴 뭉클한 감동을 이야기할 것이다.

그간 이곳의 하늘과 바람과 햇빛은 오로지 나만을 위한 것이었다. 소소할지언정 단 한 순간도 쉬지 않고 행복으로 피어났던 나의 집, 눈을 뜨면 언제나 그렇게 있어줬던 창밖의 하늘과 눈부신 햇빛을 이제 당신과 나누려 한다.

Contents

Prologue

Part 1

개와 꽃, 사람을 위한 집을 짓다

Part 2

식물들의 집, 텃밭

개와 꽃,
사람을 위한
집을 짓다

"우리는 위대한 일을 할 수 없습니다.
다만 위대한 사랑으로 작은 일을 할 수 있을 뿐입니다."

Mother Teresa (마더 테레사)

어느 날
갑자기

언제부터였는지는 몰라도 내 마음속에는 해안가 언덕에 멋진 목조 주택을 짓고 싶다는 생각이 자리잡고 있었다. 바다가 보이는 창가에 기대어 석양에 붉게 빛나는 잔물결을 바라보는 내 모습을 그리며 제법 구체적으로 그 꿈같은 날을 상상하곤 했다. 꿈은 언제나 파도처럼 부풀었다가 꺼져버리는 거품처럼 사라지곤 했다. 그러다가 불현듯 뜻하지 않은 순간에 꿈이 목전으로 다가왔다. 아파트로 이사를 오면서 임대를 줬던 집이 팔리게 되었고 묻혀 있던 꿈이 현실이 될 기회가 온 것이다. 마침 지인의 소개로 바닷가에 소나무가 우거진 숲이 매물로 나왔다는 이야기를 듣게 되었다. 그날부터 나는 무엇에 홀린 듯 서해 바다 언덕에 난 땅을 보러 다녔다. 꿈은 구체화된 그림으로 진화하고 있었다. 직장인 학교와 멀어도 안 되었고 가끔은 문화생활도 필요했기에 서울과 멀어서도 안 되었다. 작업실이 있어야 했고 텃밭도 필요했다. 온실도 하나 가지고 싶었다. 개들이 마음 놓고 뛰어놀아도 될 만큼의 넓은 마당도 필요했다. 이런 꿈을 꾸는 동안 나는 참 행복했다.

그러나 우리의 삶이 언제나 잘 짜인 각본대로 완성되지는 않는 법이다. 이미 오랜 시간이 지난 일이지만 나는 여전히 그날의 아침이 선명하게 기억난다. 두 마리의 개를 데리고 병원으로 가는 길에 쇼윈도에서 보았던 드레스의 모양이며, 한가로운 가로수를 따라 내 피부에 닿았던 가을날의 햇살조차 선명하게 느껴진다. 운명이었을까? 우리 삶의 전환점이 이렇게도 우연히 아무렇지도 않게 나타날 수 있다는 것이 여전히 놀랍다. 되돌아보는 지금 이 순간에도 그날의 일이 너무나 어이가 없어 마치 타인의 삶을 바라보듯 웃음짓게 된다. 지금 나는 충분히 행복하고 감사하며 살고 있지만, 그날 그런 선택을 하지만 않았어도 어쩌면 지금쯤은 바닷가 언덕에 꿈꿔왔던 집을 짓고 그려왔던 삶을 살고 있을지도 모르겠다. 벌써 19년 전 10월의 일이다.

그날은 당시 살고 있던 아파트에서 아이를 낳은 소태의 새끼 막둥이와 꽃순이를 데리고 동물병원으로 가던 날이었다. 소태는 찹쌀떡처럼 말랑하면서도 묵직해서 품 안에서 내려놓고 싶지 않은 사랑스러운 개였는데 어느 날 갑작스러운 발작으로 새끼들만 남겨놓은 채 떠나가버렸다. 그런 이유로 고아가 되어버린 막둥이와 꽃순이가 더욱 애틋했다. 10월이어서 조금은 쌀쌀하지만 따사롭고 산책하기 좋은 날이었고 간만에 여유를 부리면서 병원으로 가는 길은 소박한 행복으로 가득 찼다. 10분쯤 걸어가면 닿는 곳이어서 우리에게 딱 맞는 산책길이기도 했다. 병원에 도착해서 이런저런 검사를 마칠 무렵 원장님이 잠깐 내게 보여줄 것이 있다면서 따라와보라고 손짓을 했다. 입원한 개들이 있는 뒤편으로 돌아가 보니 여러 아이들이 서로 꺼내달라는 듯 울부짖었다. 그중 조금 큰 우리 앞으로 다가가 보니 아기 누렁이 한 녀석이 두 발을 앞으로 내뻗고 엎드려 있다가 사람 소리에 고개를 들고 올려다본다. 아기 누렁이와 눈을 마주친 순간 그 처참한 모습에 그만 고개를 돌려버리고 말았다. 두 앞다리는 가죽이 벗겨진 채 생살이 드러나 차마 볼 수가 없었다. 눈빛으로 어찌된 사연이냐고 내가 물었나 보다. 원장님은 그날 아침 문 앞에 이 아기가 부상을 당한 채 버려져 있었다며, 이 녀석이 진돗개라는 걸 강조한다. 아마도 내게 좋은 개라는 인상을 심어주고 싶었던 것 같다. 사실 진돗개 여부는 중요하지 않았다. 그저 낯선 공간에서 극심한 스트레스를 받으며 고통으로 헥헥 거리는 녀석의 고통을 빨리 줄여줬으면 좋겠다는

생각뿐이었다. 중환견인 녀석을 모두가 퇴근한 병원에 홀로 남아 있게 할 수는 없어 주인이 나타날 때까지만 내가 돌보겠다고 한 것이 시작이었다. 끝내 주인은 나타나지 않았고, 한번은 개 주인이라며 나타난 남자를 보여주자 누렁이가 아무 반응도 하지 않아 개장수인 걸 알게 된 일도 있었다. 결국 나는 누렁이를 우리 가족으로 맞아들이기로 했다. 아파트에 살면서 얼마나 무모한 결정이었는지. 이미 소태의 두 아기들, 그리고 똘똘이라는 발바리까지 세 마리의 개 가족들이 있는 상황이었다. 이 아기 누렁이에게 우리는 '누룽지'라는 이름을 지어줬다. 겨우 4개월 된 여자 아기를 가족으로 받아들이기로 한 결정이 훗날 나와 우리 가족의 삶을 이렇게나 바꿔놓을 줄은 누구도 생각하지 못했다.

누룽지는 우리 가족이 된 후 2개월에 걸쳐 세 번의 수술을 받고 나서야 겨우 붕대를 풀었고 그 사이 불임수술도 받았다. 여러 종류의 개와 함께 살아야 했기 때문에 원치 않는 임신을 막기 위해서였다. 무럭무럭 자라 건강이 회복될 6개월 무렵에는 커다란 몸집의 진돗개로 성장했다. 작은 개들과 함께 산책을 나가야 했고, 엘리베이터에서 이웃과 만나는 일도 잦아졌다. 누룽지를 만나자마자 자지러지게 놀라는 사람도 있었고 언짢은 표정과 말을 하는 사람도 있었다. 결국

반상회에서까지 누룽지를 문제 삼게 되었다. 이런 이유로 갑작스럽게 이사를 결정해야만 했다. 가장 간단한 방법은 누룽지를 어딘가로 보내는 것이었을 텐데, 나는 단 한 순간도 그런 생각을 떠올려본 적이 없었다. 누룽지는 이미 우리의 가족이었다.

서로를 존중하면서
함께 살 수 있는 곳

막연했던 전원생활의 꿈은 이렇듯 뜻하지 않은 계기로 현실이 되었다. 급하게 이사를 할 수밖에 없는 사정을 들은 어머니는 오래 전부터 소유하고 있던 지금의 집터에 집을 짓도록 허락하셨다. 그토록 원했던 바다가 보이는 언덕은 아니었지만, 그렇게 모든 일이 퍼즐처럼 맞춰지고 있었다.

청계산 자락 깊은 골짜기에 위치한 집터는 서울에서는 대중교통을 이용하더라도 한 시간이 걸리지 않는 가까운 시골에 속했다. 한편으로는 세속을 초월하고 싶으면서도 한편으로는 문화생활을 포기하기 어려웠던 나에게 안성맞춤인 곳이었다. 처음 이곳에 온 것에 불만이던 아이들도 모두 이곳을 사랑하게 되었다.

이사를 결정한 1996년 12월, 나는 아파트 주민들에게 더 이상 폐가 되지 않기 위해서 누룽지만을 데리고 재직하고 있는 학교의 게스트하우스로 거처를 옮겼다. 이후 건축이 완성되는 다음 해까지 가족들과 떨어져 살았다. 이런 결단은 정말 엄청난 모험이었다. 나는 건축가 정기용 선생에게 새 집의 설계를 부탁했다. 내가 선생에게 주문한 조건은 간단했다. '사람과 동물과 식물이 함께 사는 공간'이 되도록 해달라는 것과 '디자인이 없는 디자인'이기를 부탁한 것이 전부였다. 매우 단순해 보이는 주문이었지만, 건축가에게는 무척이나 까다롭고 골치 아픈 주문이었는지도 모르겠다. 이미 나에겐 다섯 마리의 개 가족들이 있었고 나의 미래의 계획에는 텃밭과 정원의 식물들까지도 포함되어 있었다. 정기용 선생과는 어떻게 하면 개들과 한 공간에서 서로의 삶을 존중하면서 서로에게 방해 받지 않으면서 살 수 있을까를 고민했고 한편으로는 정원의 식물들만이 아니라 주위의 자연과 함께 어우러지는 환경을 만들어갈 방법도 고심했다. 설계를 의뢰한 날부터 건축가 정기용 선생과 나는 거의 매일 만나 사람과 동물과 식물이 함께 살아갈 집에 대해 의견을 나누었다. 이것은 집을 설계한다기보다는 새로운 삶을 설계하는 일이었다.

참 멀리
돌아온 길

그렇게 이 마을에 살게 된 것이 1997년의 일이었다. 마을 원주민들의 표현대로라면 나는 외지인이었다. 처음 이곳에 이사를 와서 3년 정도는 아주 외톨이었다. 이후 한 집 두 집 인사를 나누게 되고 아직까지 외할아버지와 어머니의 함자를 기억하고 있는 사람들을 만나면서 내가 이들 못지 않은 토박이라는 사실이 드러나게 됐다. 이미 오래 전부터 이 마을과 보이지 않는 끈으로 엮여 있었다는 사실을 깨닫지 못한 채 이곳에 정착한 것이었다. 이곳 청계산 자락으로 오게 된 것은 어쩌면 내 안에 자리 잡고 있던 귀소본능이 자석처럼 나를 이곳으로 끌어들였기 때문인지도 몰랐다.

외할아버지와 외할머니는 원래 농사꾼은 아니었지만 2차세계대전 때 경주와 가까운 안강이라는 곳으로 피난해 사과농장을 사서 정착했다. 전쟁 중 의사인 아버지가 함경북도 무산의 철도병원장으로 차출되는 바람에 우리 가족 모두는 미국으로 치면 알래스카와도 같은 최북단의 오지에서 살게 되었다. 네 살까지의 유년 시절을 보낸 무산에서의 기억은 안강이나 청계동에서의 피난시절보다 더 생생하게 뇌리에 남아, 어쩌면 나라는 인격의 씨앗이 되었는지도 모른다. 이후 어떤 이유에서인지 안강에 자리를 잡은 아버지는 그곳에서 병원을 개업했고 내 동생들 둘도 안강에서 태어나서 자라게 됐다. 이곳에서 아버지는 의사로서 많은 인술을 베풀었다. 수십 년이 지난 최근에야 당시 아버지를 존경하던 몇 분이 아버지를 멘토로 삼아 인술의 꿈을 키워 의사나 간호사가 되었다는 사실을 알게 되었다. 해방이 되기 직전까지 나는 안강에서 어린 시절을 보냈고 많은 시간을 집에서 멀지 않은 외가의 사과 농장에서 보냈다. 외가에는 나와 동갑인 막내 이모가 있었다. 우리들의 놀이터는 과수원이었고 들판이었고 방천 둑이었다.

이때부터 외가의 농장 경영은 생업처럼 되어 외할아버지는 해방을 맞아 다시 서울로 돌아온 이후 한국전쟁이 일어나기 2개월 전에 서울에서 멀지 않은 이 청계동에 포도농장을 마련해 다시 농사꾼이 되었다. 거상의 셋째 아들이었던 외할아버지는 가업에는 관심이 없었고 연희전문학교에서 신학을 공부한 뒤 장로교 목사가 되었다. 외할아버지는 온 재산을 교회에 바치신 것뿐 아니라 평생을 돈을 벌어본 일이 없는, 아니 돈을 버는 재주가 없는 분이었다. 농장을 경영하게 된 것은 아마도 지혜로웠던 외할머니의 결단 때문인 것 같다. 땅이란 정직해서 노력한 만큼 수확을 얻을 수 있다는 것을 외할머니는 알았던 것이

다. 노동력이 부족해서였는지 여름내 가꾸었던 포도는 수확을 앞두고 밭떼기로 팔아 넘기곤 했고 남들이 수확해가고 남은 부스러기들을 주우러 다닌 기억이 생생하다. 외할머니는 주워온 포도들을 큰 항아리에 담아 포도주를 담그셨다. 외가에는 외할머니만의 비밀스러운 다락방이 있었는데, 외할머니가 아무도 몰래 슬쩍 다락방에서 내려올 때마다 할머니 손에는 마법처럼 홍시며 곶감, 엿, 강정, 어떤 때는 포도주스 같은 달콤한 음료가 담긴 목판이 들려 있었다. 어린 시절의 나는, 외할머니가 언제나 다락에 올라가시려나 기다리곤 했다.

외할아버지는 지금은 민속박물관에서나 볼 수 있을 법한 조악한 밀짚모자를 쓰고 땀에 절은 수건을 목에 걸친 채 포도넝쿨 아래에서 전지를 하거나 손수레 가득 밭에서 들어낸 돌들을 실어다 돌담을 쌓으셨다. 외할아버지가 돌담을 쌓는 모습을 보면서 어린 나는 끝없이 넓은 저 과수원에 언제 돌담을 다 쌓을 수 있을지 아득하기만 했다. 돌이켜보면 그것은 담이라기보다는 돌 하나하나 아귀를 맞추어가는 일종의 수도 여정과도 같았다. 농장은 너무나 넓어서 호기심에 가득 찬 동생들과 나에게는 언제나 새롭고 놀라운 탐험의 세계였다. 농장 구석진 곳에서 누군가의 무덤을 발견하게 되었을 때 우리는 두려움에 떨면서 무성한 풀과 돌더미에 덮인 무덤에 관해 온갖 이야기를 지어냈다. 각자의 마음속에 새겨진 공포의 대상으로부터 쫓기며 우리들만의 비밀은 쌓여가고 있었다.

　반세기가 지나 인근의 대학으로 출근을 하게 된 나는, 외할아버지가 땀 흘리며 쌓았던 그 미완성의 돌담을 지나 출근을 하게 되었다. 지금은 일대가 정리되어 옛터는 찾아볼 수 없게 되었지만, 여전히 그곳을 지날 때면 밀짚모자에 하얀 수건을 목에 걸치고 묵묵히 일하시던 외할아버지의 모습을 떠올리곤 한다.

어쩌면 고향을
찾고 있었는지 모른다

이곳에 오기 전까지 나는 고향을 가진 사람들을 많이 부러워했다. 가까운 사람들이 고향으로 떠난다는 말만 들어도 왠지 쓸쓸하고 우울해졌다. 고향이라는 단어는 내겐 마치 정지된 어느 한때의 풍경이면서 그리움의 모든 것을 담고 있는, 손에는 닿을 수 없는 추상적인 그림일 뿐이었다.

　수복 후 온 가족이 서울로 돌아가 살게 된 이후에도, 피난시절 건강이 나빠진 나는 혼자 이곳 포도농장에 남아 외로운 사춘기를 보내야 했다. 그래서인지 이곳에서 보낸 시절을 떠올리면, 요양 시절의 나른하고 지루한 시간을 견디느라 혼자 싸릿대에 실을 매어 망망한 호수에 낚싯대를 드리웠던 일들, 내가 스케치하던 하늘의 구름조각, 동생들이 헤엄치며 놀던 개울가, 그리고 모래 사이 발바닥에 닿던 조약돌들의 감촉이 생각난다. 지금의 호수 주변은 온갖 음식점이 즐비한 유원지가 되어버려 누구도 순수하고 맑았던 호수 본래의 모습은 상상할 수 없겠지만 내 안에는 아직도 그때의 모습이 그대로 살아 있다. 내가 그림 그렸던 하늘빛과 구름의 모습들이 그대로 살아 있고, 그 순간 내 머리 위로 쏟아지던 따가운 햇살의 느낌마저도 그대로이다. 바로 그런 이유 때문에 이미 오래 전부터 나의 영혼은 이곳에 정착해 있었던 것인지도 모른다. 어쩌면 나의 고향도 여기가 아니었을까?

흙에 대한
꿈

사춘기의 많은 날들을 외가의 농가에서 보낸 탓인지 내 안에는 흙 집에 대한 향수가 여전히 남아 있다. 25년이라는 세월이 흐른 뒤 미국에서 유학 생활을 마치고 돌아온 나는 어머니와 함께 학교를 세우는 일로 다시 이곳으로 돌아오게 되었다. 그때엔 이미 외가의 포도농장은 물론이고 집터의 흔적마저도 사라진 곳이었는데, 어머니가 왜 이곳에 학교를 세우기로 결심한 것인지 알 수 없었다.

내과의사였던 아버지는 사춘기에 결핵을 앓아 홀로 외가의 농가에서 요양하고 있던 나를 위해 책과 함께 초를 여유 있게 공급해주셨다. 하지만 전쟁 직후, 모든 물품이 부족하고 부실하기 짝이 없던 시대였던 데다가 전기도 들어오지 않았던 시골이었다. 촛불을 켜다 보면 타는 양보다 흘러내려서 버리는 양이 더 많았다. 흘러내린 촛농이 아까웠던 나는 그 촛농을 공처럼 뭉쳐두곤 했다. 이렇게 외딴 곳에 격리되어 있던 내게 가장 큰 위로가 되었던 것은 책과 더불어 이따금씩 받게 되는 위문편지나 엽서였다. 이때 받았던 한 장의 엽서가 운명처럼 나를 조각가의 길로 들어서게 만들었다. 편지 내용 같은 건 중요하지 않았다. 엽서 뒤의 한 장의 사진. 그 사진을 보는 순간 내 몸은 마치 벼락을 맞은 듯 강렬한 전율을 느꼈고, 수십 년이 지난 지금까지 그 순간의 기억은 너무도 생생하다. 사진 속의 이미지는 바로 미켈란젤로의 피에타 조각이었다. 아들 예수의 주검을 무릎에 안은 마리아의 비통함과 깊은 슬픔을 이토록 아름답게 승화시켜 놓은 작품을 만난 순간 나는 마치 무엇에 홀린 듯 똑같은 작품을 만들고 싶다는 생각에 사로잡혔다. 나는 바로 부엌으로 달려갔다. 어떻게 시골의 초가집에 그런 도구가 있었는지는 모르겠지만 양식을 먹을 때 쓰는 스테이크 나이프를 발견했고 그 뭉툭한 칼을 들고 뭉쳐두었던 양초덩어리를 깎아내기 시작했다. 이때 나는 아직 조각이라는 단어조차 들어본 적이 없던 문화의 문맹이었고 더구나 조각이라는 단어나 개념도 모르는 어린 소녀였다. 이곳은 철저히 도시와 격리된 농촌이었고 전쟁 직후라 생존만이 최고의 가치였던 시절이어서 예술이니 문화니 하는 단어들조차 어린 내겐 낯선 것들이었다. 손바닥만한 엽서 한 장에 담긴 이 흐릿한 이미지가 한 아이의 인생을 바꿔놓은 것이나 다름없었다. 이후 나의 일과는 포도농장 주변을 탐색하는 일과 할아버지 할머니의 농사짓는 모습을 따라다니면서 지켜보는 일, 어머니가 글 쓰시던 원고지 뒷면에 그림을 그리는 일이 되었다. 주로 지금의 백운호수에서 흘러내린 개천가에 앉아 하염없이 흘러가는 구름을 바라보다가 수많은 나무와 하늘과 구름을 그렸다. 나의 미술수업은 이렇게 독학으로 시작되었고 어느 날 가끔씩 공급물품을 들고 위문을 오던 고등학생 사촌 오빠에게 나의 피에타를 보여줬다. '오빠는 이걸 보면 뭐라고 할까?' 조심스럽게 내민 내 첫 작품을 본 오빠는 깜짝 놀라면서 한참을 이리저리 돌려가며 보았다. 그러고는 "너는 꼭 조각가가 되어야겠구나"라고 말했다. 나는 그때 '조각'이라는 단어를 처음 들었고 '이런 걸 조각이라고 하는 거구나' 속으로 생각하면서 이런 것도 몰랐던 내가 부끄러워 아무 말도 하지 못했다. 하지만 분명 오빠의 그 말 한마디는 내게 꿈과 용기를 주었다. 오랜 투병생활을 마치고 다시 학교로 돌아간 나는 당연히 미술반에 들어가게 됐고 대학 입학 때에도 조소과를 택하게 되었다.

어머니는 미국에서 석사를 마치고 돌아온 나를 믿고 예술고등학교 설립을 추진하셨다. 그리고 다시 12년 뒤 조형예술대학 설립도 함께 추진하게 되었다. 대학의 마스터플랜을 세울 무렵 후배의 소개로 정기용 선생을 처음 만났다. 1991년이었다. 만나고 보니 내가 감명 깊게 읽었던 하싼 화티의 《이집트 구르나 마을 이야기》를 번역한 분이라고 했다. 안 그래도 초가지붕의 흙집을 그리워했기에, 마을주민들 손으로 흙 벽돌을 구워 지은 구루나 마을 이야기를 나누며 정기용 선생과 금세 가까워지게 되었다. 이 책을 통해 나는 건축으로 세상을 바꿀 수 있다는 것을 알게 되었다. 정기용 선생은 "건축가는 집을 짓는 것이 아니라 문화를 창조하는 사람"이라고 말했다. 그리고 건축가

승효상 선생은 "건축가는 건축주에 봉사하는 것이 아니라 사회에 봉사하는 사람"이라고 말했다. 이 분들은 내게 건축에 대해 새로운 시각을 가지게 해주었다. 이후로 정기용 선생과 함께 흙 벽돌 제작에 대한 의견을 나누면서, 내 집을 짓게 된다면 반드시 흙집을 지어야겠다고 생각했다. 몇 년이 지나 꿈꾸던 집을 지을 날이 가까워졌다. 그러나 반드시 흙집을 지어야겠다던 꿈은 이룰 수가 없었다. 서둘러 이사를 하지 않을 수 없는 상황이 되어버렸기 때문이다. 흙집을 지을 준비가 전혀 되어 있지 않은 상황이었기에, 정기용 선생은 다음 집은 꼭 흙으로 짓자며 나를 위로했다.

새로운 삶을
담을 집

이 집을 지을 당시 이 일대가 모두 개발제한구역이었기에, 설계에 앞서 여러 가지 제약에 묶일 수밖에 없었다. 바닥 면적이 30평(99㎡)밖에 허용이 안 되니 작은 면적 안에 필요한 모든 공간을 구겨서 넣어야 했는데 우리는 이런 제약을 오히려 도전의 기회로 생각하기로 했

다. 부족한 실내 공간의 기능은 어쩔 수 없이 마당으로 확장해 나가야만 했고 많은 부분에서 욕심을 버리기로 했다. 당시 장성한 두 아들들은 외국에서 학교와 직장에 다니고 있었고, 작가인 딸은 시내에 작업실을 가지고 살고 있었다. 세 아이들 모두 방학이나 주말이면 집에 와서 지내야 했기 때문에 내 침실만이 아니라 여분의 방도 필요했다. 여기에 누룽지까지 네 마리의 개 가족들과 앞으로 생기게 될 식물 가족들의 공간도 설계 안에 반영해야 했다.

공간 구성은 매우 단순했다. 바닥 면적은 7m×15m의 직사각형으로, 직사각형의 절반인 15평 안에 침실과 화장실, 주방과 주방에 딸린 아주 작은 방이 위치했다. 나머지 15평에는 정원을 앞에 둔 식당을 겸한 거실이 있었다. 평면으로 보기에는 단순해 보이지만 양쪽 어디에서도 일직선상으로 거실이 보이고, 거실을 통해 정원까지 보이도록 한 건축가의 생각이 담겨 있었다. 이뿐만 아니라 거실 쪽의 천장은 일반 주택의 배 이상으로 높게 해 '공간의 사치'를 누릴 수 있었다. 수평적인 공간 면적은 비록 작을지 모르지만 수직적으로 높은 공간감이 보상해주었다. 이 높은 거실 천장은 물리적인 생활 공간이라기보다 자유로운 정신의 유영을 위한 공간이었다.

거실과 정원이 닿아 있는 자리에는 데크를 만들어 추운 겨울이 오

기 전까지는 이 야외 공간에서 보내기로 생각했다. 이 데크에는 어머니가 좋아하시던 등나무 넝쿨을 올려 그늘을 만들고 싶었다. 이사를 했을 때는 9월 말이었고 아직 공사가 마무리 되지 못한 곳들도 있어 어쩔 수 없이 데크 공사는 봄으로 미루기로 했다. 겨울 동안은 데크를 비롯해 어떤 정원을 만들지를 생각하며 또다시 즐거운 꿈을 꾸었다. 이듬해 봄, 고심 끝에 그렸던 넓은 데크가 만들어졌고 온 가족이 다 모여도 남을 만큼 긴 식탁 겸 작업 테이블이 갖추어졌다. 그런데 비 오는 날을 생각하면 아무래도 무언가로 지붕을 덮어야 할 것 같았다. 등나무를 심으려던 생각은 나중으로 미루었고 흰 캔버스 천으로 지붕을 덮을 수밖에 없었다. 이렇게 해서 정원은 확장된 거실이 되었다.

설계가 진전되어 갈 당시, 정기용 선생과는 공간을 나누고 배치하는 것 외에 소소한 문제들에 대해서도 이견을 좁혀가기 시작했다. 내가 창문에 대해 특별한 관심을 기울였기 때문이다. 오래 전 일이지만 내가 결혼하기 전 한때 경제적으로 힘들었던 우리 가족은 6개월마다 이사를 해야만 했다. 당시의 전세 계약 기간은 6개월이었는데, 주인이 6개월 뒤에 전세금을 올리거나 팔렸다거나 하는 이유를 대면 어쩔 수 없이 다시 짐을 싸야만 했다. 흡사 유목민의 시절이었다. 6개

월마다 이사를 하다 보니 정말 이상한 집들, 이상한 설계들을 만나게 되었고 생각 없이 낸 창문과 아무렇게나 생긴 벽면들 때문에 가구 배치에 애를 먹고 속상한 적이 한두 번이 아니었다. 엉망으로 난 창과 벽면에 맞춰 가구 배치를 하느라 동선도 말이 아니게 되고 공간도 비효율적이 되어버려 어떤 집에서는 가구가 방문을 가로막아 다른 방을 거쳐서 돌아다녀야 하는 불편을 겪기도 했다. 이런 경험들이 나를 유독 창문에 관심을 가지게 만든 것 같다. 내게 창이란 햇빛을 받아들이기 위함만이 아니라 많은 것을 생각하게 하는 중요한 요소였다. 지오 폰티는 《건축예찬》에서 '창은 한 폭의 그림'이라고 했다. 창은 외부세계와의 소통을 위해 열려 있는 장치처럼, 바람과 햇빛을 맞아들이고 밖의 풍경과 자연을 담아 한 폭의 풍경화가 되어준다. 그렇기에 창은 반드시 꼭 맞춤한 자리에, 그 자리에 있어야 하는 이유를 가지고 있어줘야 한다고 생각했다.

건축가와 나는 어디에 어떤 크기로 그리고 어떤 모양의 창을 낼 것인가로 수없이 많은 의견을 나누고 도면을 고쳐야만 했다. 창문은 또한 벽면의 위치와 크기와 모양을 결정짓게도 해준다. 벽면이란 외부와의 차단으로 만들어지는 것만이 아니라 우리를 외부세계의 위험한 모든 것으로부터 지켜주면서 이 벽면의 안쪽을 가장 안전한 피난처

와 안식처로 만들어준다. 외부세계와의 적당한 차단을 통해 정신적 안정감을 지켜주는 의지가 되어주는 곳. 만약 빛만 있고 그늘이 없다면 우리의 삶은 얼마나 지루하고 피곤할 것인가? 벽은 우리에게 불필요한 것을 차단함으로써 안식을 주는 그늘이면서 울타리다.

물론 기능적으로 벽면은 창문과 마찬가지로 생활에 필요한 가구를 적당하게 배치하거나 그림도 걸 수 있게 해주고 또는 비어 있음으로 여유를 주는 중요한 요소이기도 하다. 여기에서 건축가인 정기용 선생과 이 공간에서 살아가야 할 거주자인 나의 의견이 조금 달랐다. 정기용 선생은 나의 의견을 존중해 남향의 한쪽 벽면 전체를 유리로 만들었던 설계도를, 창문을 줄이고 벽면을 넓히는 방향으로 수정해주었다.

아주 작고
낮은 문

우리 집엔 보통의 집들과는 다르게 동물들을 배려한 문이나 창들이 있다. 현관문에는 문 아래쪽으로 또 하나의 문이 달려 있는데, 이건

우리 개 가족들이 다니는 소위 개구멍이다. 개들이 머리나 몸으로 밀면 앞뒤로 쉽게 열리도록 설계한, 개들의 키와 눈높이에 맞춘 문이다. 그런가 하면 이층 화장실과 계단에는 엉뚱한 위치에 낮은 창문이 있다. 이것 또한 개들의 습성과 눈높이에 맞춘 것으로 시야가 확 트인 높은 곳에서 온 동네를 내려다보도록 녀석들에게 주는 선물이었다. 누룽지에게는 4개월령의 아기 때 우리에게로 와서 열세 살의 할머니개가 되어 죽는 날까지, 이 높은 이층 계단 창 앞에 엎드려 동네를 내려다보는 것이 가장 큰 즐거움이고 일상 중의 하나였다.

미리 말해둘 것은 처음부터 우리 집은 개들이 마당에 묶여 살아야 하는 집이 아니었다는 것이다. 나는 개들의 본성대로 자유롭게 행동할 수 있는 환경을 만들어주기로 했고, 개들은 항상 사람 곁에 함께 있기를 바라기 때문에 나는 녀석들이 원하는 대로 살게 해주되 내게 큰 불편을 주지 않도록 몇 가지 장치를 해서 문제를 해결했다. 대리석이나 돌 바닥은 정말 싫었지만, 개들이 흙 묻은 발로도 마음껏 집안을 드나들어야 하기 때문에 어쩔 수 없이 돌을 바닥재로 사용했다. 돌의 선택에서도 고민을 많이 했다. 하얗게 연마된 대리석 바닥은 개들이 미끄러져 다칠 수도 있고 털이나 흙이 묻어도 잘 보이지 않을 것이기 때문에 검은색 돌을 쓰되 유리알처럼 연마하지 않은 상태의 돌을 선택했다. 신을 신고 다니는 집이나 마찬가지인 셈이라 거친 면을 선택한 것이다. 그런데도 오랜 세월 동안 걸레질을 하면서 돌의 표면은 매끄럽게 길이 들어버렸다. 이사 올 무렵엔 어렸던 막둥이는 열다섯 살에 노환으로 떠났고 꽃순이는 눈을 다쳐 실족사로 떠났지만 당시에는 녀석들의 방도 따로 하나 만들었다. 낮고 아늑한 땅굴을 좋아하는 개들의 본성에 맞춰 개들이 안정감을 가질 수 있도록 천정이 낮으면서 바깥세상도 내다볼 수 있도록 창문이 있는 공간이었다. 막둥이와 꽃순이는 이 방을 아주 마음에 들어 했다. 두 녀석이 떠나고 난 다음엔 남은 녀석들이 (집안에 실수를 했거나 싸웠을 때) 반성하는 공간이 되었다.

　개들의 수명은 길어야 15년이라서 우리의 가족으로 왔다가 떠나가버린 아이들도 벌써 여럿이다. 소태, 똘똘이, 만두, 꽃순이, 막둥이, 슬기, 누룽지, 그리고 바로 얼마 전 대문 앞에서 담배를 사러 나가던

형을 쫓아 나갔다가 골목으로 들어오는 차에 치여 죽은 헤니, 그리고 작년 열여섯 살에 구강종양과 뇌종양으로 고통받다가 떠나간 두부, 살구, 새콩이, 단풍이, 백설이까지. 사고로 죽은 헤니는 이제 겨우 다섯 살의 요크셔 테리어였다. 천수를 다하고 떠나도 슬프고 아쉬울 텐데 사고로 헤니를 잃은 사건은 우리에게 너무나 큰 슬픔과 아픔이었다. 담배 사러 나가던 형아를 따라 나갔다가 당한 사고였기에 형아는 그 자리에서 헤니에게 약속을 했고, 그렇게도 끊기 힘들었던 담배를 그날 이후로 피우지 않게 되었다.

이 집에 온 뒤로 개 가족은 계속 늘어나 지금은 열다섯 마리나 되어버렸다. 이 집을 설계할 때의 가족 구성원들은 이제 다 별이 되어 떠나갔거나 뒷전이 되어버렸고 이후 새로 온 개 가족들이 집안을 다 차지해버려서 나는 새로운 고민에 빠졌다. 이렇게 마구 헝크러진 상태로 살아야 할 것인지, 아니면 지금의 이 구성원들에 맞도록 뭔가 새로운 해결 방법을 찾아 이 집을 리모델링 할 것인지. 사람들은 나를 두고 더 이상 내가 이 집의 주인이 아니라 개들 집에 내가 얹혀 살고 있는 게 아니냐고 놀린다. 이제 더 이상은 절대로 개 가족을 늘이지 않기로 다짐했다. 서로가 불행해질 수밖에 없는 한계 지점에 와 있는 걸 깨달았기 때문이다.

버려야 할 것들,
버릴 수 없는 것들

갑작스러운 이사를 앞두고 짐 정리가 큰일이었다. 이 집은 아주 단순하면서도 작은 집이어서 그때까지 쓰던 가구며 집기들이 어울리지 않을 뿐 아니라 가구 자체가 별로 필요하지 않은 집이었다. 무엇을 버릴지 무엇을 가지고 가야 할지가 큰 고민거리였다. 짐을 싸기 위해 물건들을 꺼내 놓으면서 내가 이렇게 물욕이 많았었는지 부끄럽기까지 했다. 대체로 미술하는 사람들의 생리에는 수집벽이 있다. 고가의 물건을 수집하는 사람도 있겠지만 대개 일반인의 눈에는 하잘것없는, 더러는 쓰레기 수준의 물건까지도 보물처럼 여기곤 한다. 새로운 것, 내 눈에 멋진 형태, 나의 관심사와 맞는 물건들을 발견하면 고철더미나 쓰레기더미에서 또는 길거리에 굴러다니거나 남의 집 담장 밑에 버려진 것들조차 가리지 않고 주워오곤 했다. 심지어 산에 가서도 오랜 세월 풍화되어 마모된 그루터기나 벌집 부스러기, 잘생긴 솔방울 등 헤아릴 수 없이 많은 자연의 부스러기들을 수집하곤 했다. 이런 것들이야말로 내게 영감을 주고 나의 상상력을 자극하는 단서가 되었기 때문에 모두 내겐 소중한 보물이다. 세계 각국을 다니면서

주어온 온갖 돌, 화석, 흙, 조약돌 같은 것 역시 마찬가지다. 이런 하찮은 것들에서 괜찮은 무엇인가를 건져내는 것이 예술이기도 하다. 그러나 새 집에서는 절대로 짐을 늘이지 말자고 다짐했다.

　오래전에 한 건축가의 집을 방문한 적이 있는데, 그 분이 잠자는 공간을 보고 놀라움과 함께 깊은 공감을 한 경험이 있다. 그 분의 침실이란 아주 작은 골방 같았다. 누우면 발이 닿을 길이로 2미터나 될까 싶은 좁은 공간이었는데, 사람 하나가 겨우 누울 수 있는 작은 침대는 의자를 겸하고 있었고 소박한 탁상 위에 안경과 책 한 권이 놓여 있는 것이 인상적이었다. 그 분에게 이 넓은 터에 침실은 왜 이렇게 작게 만들었냐고 물었더니 사람에게는 자궁을 그리워하는 본성이 있는데, 이렇게 자궁 속처럼 아늑한 공간이야말로 가장 편안한 휴식을 줄 수 있지 않겠느냐고 반문했다. 그러고 보면 나는 공간에 대해서도 감정에 있어서도 많은 사치와 낭비를 하고 살았나 보다.

　오래전 아이들과 이집트 구루나 마을을 여행했을 때다. 하싼 화티의 '구루나 마을 프로젝트'는 도굴로 생계를 이어가던 사람들이 새로운 삶을 살아가도록 이집트 정부가 계획한 것이었는데, 구루나 마을의 모든 건축물들은 이 마을 사람들의 손으로 빚은 흙 벽돌로 지어졌다. 아이들과 힘들게 찾은 곳이기 때문에 마을 구석구석을 돌아보기로 했는데, 큰 길을 벗어나 작은 집들이 모여 있는 좁을 길로 들어서니 뜨거운 한낮에 이상한 정적만이 감돌아 마치 죽은 도시 같았다. 인적 없는 골목을 따라 깊이 들어가자 진흙 담벼락 끝에서 마치 우리 이방인들을 기다리기나 한 듯 담 뒤로 몸을 감춘 한 여자가, 검은색 차도르로 감싼 얼굴을 내밀고 웃고 있었다. 처음 만나는 마을 주민이라 반가워 가볍게 손을 흔드니 뜻밖에도 이 여인은 우리에게 집으로 들어오라는 신호를 보냈다. 뜻하지 않은 초대에 놀라웠지만 우리 모두는 당연히 이들의 초대에 기꺼이 응하기로 했다. 좁은 입구를 들어서니 놀랍게도 달팽이 같은 계단이 아래로 이어졌다. 여섯 명이나 되는 우리 일행의 무게에 흙 계단이 무너지는 건 아닌가 조심스러웠다. 계단을 내려가자 옹색한 마당엔 검게 그을린 그릇이 화덕에 걸려 있다. 주인은 화덕에서 방금 끓여 낸 따듯한 차를 들고 나왔다. 주인이 차를 준비하는 동안 나는 열심히 어두운 안쪽까지 살펴봤지만 안에는 아무것도 없다. 아마도 잠자리인 듯, 우리가 걸터앉은 것보다 조금 넓은 턱이 있을 뿐 가구 같은 건 보이지 않았다. 아무것도 없는 집에서 차와 과자를 대접받을 수 있었던 게 신기했다. 잠은 2층에서 자느냐고 했더니 웃으면서 따라와 보란다. 좁은 계단으로 다시 올라가 보니 실제로는 1층인 그곳엔 놀랍게도 가축들이 있었다. 송아지와 양들을 넓고 환한 좋은 자리에 살게 하고 사람은 땅굴 같은 데서 살아가는 그들이 이해가 안 갔지만, 우리가 모르는 이유가 있을 것이다. 너무도 단순한 그들의 살림이, 그래도 행복해 보이던 얼굴이 오랫동안 머릿속을 떠나지 않는다. 다시 좁은 달팽이 계단을 올라와 돌아가는 길에, 이 집 진흙 담벽에 그려진 어설픈 비행기 그림을 봤다. 마치 이곳 오지 마을 어린이들의 꿈을 본 듯해서 가슴 뭉클했다.

이사를 앞두고 내가 고민하는 모습을 보던 딸 소라가 말했다. 꼭 필요한 물건만 골라내고 나머지는 두 번 생각할 필요 없이 냉정하게 버리란다. 그렇게 안 하면 절대로 정리가 안 될 거라고. 그 말을 들으니 맞는 말인 것 같았다. 그러고 보니 가지고 갈 게 너무나 없었다. 갑자기 영혼마저 가벼워지는 느낌이었다. 결국 이사하는 날 우리가 실어 나른 짐은 트렁크 몇 개에 담긴 옷과 절대로 돈으로는 살 수 없는 나의 '쓰레기들'과 작업실의 짐뿐이었다. 하지만 이런 것들 중에서도 20년이 지난 오늘까지 풀어놓지도 못한 짐들이 있으니 이것마저도 집착이 아니었는지. 정말로 내가 버리고 왔어야 했던 것이 무엇이었는지 이제는 알 것 같다.

공간에
길들기

도시에서의 모든 생활을 정리하고 시골로 온 후, 이곳 환경과 삶의 방식에 적응하기까지는 많은 시간과 노력이 필요했다. 나무 한 그루, 화초 한 뿌리도 자리를 옮기고 나면 적응하느라 몸살을 앓는다. 사람도 마찬가지인 것 같다. 새로운 집의 구조나 공간에 적응하고 길들기까지, 주변의 온갖 낯선 환경들, 하물며 처음 이용하는 슈퍼마켓에서 새로운 분류로 진열된 물건을 찾는 일에 길들기까지도 오랜 시간이 걸린다. 그래서 처음 이사 와서 한 일이 주변 탐사였다. 직장은 가까운 곳에 있었지만, 이사를 오기 전까지는 점심을 먹기 위해 인근의 식당을 찾아 다닌 것 외에는 전혀 주변에 관심을 두지 않았기 때문이다.

가장 먼저 가봐야 했던 곳이 슈퍼마켓이었고, 이후 병원, 우체국, 경찰서, 소방서, 그리고 극장이나 영화관 등 알아두어야 할 곳이 많았다. 벌써 20년 전의 일들이기 때문에 당시에는 슈퍼마켓에서 취급하는 물품의 종류도 달라서 항상 써오던 것들을 생소한 제품으로 바꾸거나 서울의 살던 동네로 장을 보러 가서 필요한 물품들을 사오기도 했다. 다행히 과천이나 안양, 성남이 주변에 있어서 문화시설을 이용할 수 있었고 재래시장이 가까이 있어 시골장터에서 쇼핑하는 즐거움과 색다름을 맛볼 수 있어 좋았다.

적응을 하는 동안은 네 마리 개 가족에게도 힘든 시간이었다. 서울의 아파트에서 살던 것에 비하면 넓은 마당에서 맘껏 뛰어놀 수 있는데다 뒷산으로 산책까지 다닐 수 있게 되었지만, 무슨 까닭인지 이사를 오고 나서 그렇게 사이 좋던 녀석들이 싸우기 시작하는 것이었다. 뜻하지 않았던 녀석들의 싸움은 1년도 넘게 이어졌고 부상으로 인해 동물병원을 찾는 일이 잦아졌다.

지옥 같은 나날이었다. 아무런 일도 없이 잘 지내던 아이들이 서로 눈만 마주쳐도 으르렁거리고 조그만 일에도 부딪치곤 했다. 이 녀석들의 싸움을 말리다가 오히려 내가 물려서 응급실에 가는 일이 몇 번이나 있었다. 가장 끔찍했던 사고는 한밤중에 손님들과 외출에서 돌아온 순간 모두가 주인에게 경쟁적으로 손길 한번 받기 위해 뛰어오르다가 질투심 많은 보스턴 테리어 종의 작은 꽃순이가 거대한 누렁이인 누룽지의 부실한 다리를 물어버리면서 벌어진 참사였다. 상처가 다 나은 이후에도 누룽지에게 다리는 언제나 취약한 부분이었다. 극도로 화가 난 누룽지가 순간적으로 꽃순이를 물어버렸고 꽃순이의 작은 머리가 통째로 누룽지 입속으로 들어가면서 압력으로 인해 꽃

순이의 안구가 튀어나와 버렸다. 너무나 끔찍해서 쳐다볼 수조차 없었지만 함께 온 젊은 영화감독이 순발력 있게 꽃순이의 눈알을 집어넣고 손으로 눌러주었다. 우리 모두는 정신 없이 차를 몰고 서울의 24시간 동물병원으로 달렸다. 그 밤으로 수술을 해서 실명은 면했지만 끝내는 몇 년이 지난 후 시력이 나빠져서 실족사를 하게 됐다. 이날의 참변은 지금까지도 아픈 기억이다.

이런 불상사만 없었다면 즐거운 나날이었다. 새로운 공간에 길들기는 정말 오랜 시간이 걸리는 일이었다. 그렇게도 원하던 작업실을 가지게 됐는데 도무지 그 공간에서 뭔가를 한다는 게 내키지 않아 벼르기만 하고 대부분의 일들은 침실 옆에 만든 작은 서재공간을 사용하고 있었다. 몇 년 후에는 개발제한 지역에서 풀려나 증축을 하게 되었고, 전망도 좋고 넓어진 새 침실로 옮겼지만 역시 한동안 나는 이 방에서 창밖의 아름다운 전망을 즐기기보다는 생소하고 낯설어했다.

이곳에 정착한 뒤로 많은 시간이 흘렀지만, 다시 도시로 나가 살고 싶다는 생각은 조금도 하지 않는다. 그 오랜 시간을 보내고 깨달은 것은 어떤 일도 수고와 노력 없이 얻어질 수는 없다는 것이다. 새로운 사람, 새로운 공간, 새로운 환경에 적응해야만 했던 과정은 지

금 내가 누리는 이 가치들을 위해서 반드시 치렀어야 할 대가였는지
도 모르겠다.

Part 2

식물들의 집,
텃밭

"자연의 경이로움은 우리가 내준 것보다 훨씬 더 많이 돌려주는 관대함에 있다.

다만 열매를 얻으려면 우선 밖으로 나가 땅을 파야 한다."

Andrew Matthews (앤드류 매튜스)

비록
지붕은 없더라도

텃밭과 정원은 처음 내가 이 집을 계획할 때부터 '반드시 나와 함께 살아야 하는 가족으로서의 식물들이 살게 될 집'으로 생각했던 공간 이다. 그래서 집을 짓고 남은 터에 되는 대로 농사를 짓는 여분의 땅 이 아니라, 처음부터 식물들이 쾌적하게 살 수 있도록 계획한 공간이 었다. 내겐 그렇게 중요한 공간이었지만, 축선을 강조하는 건축가의 의견 또한 존중하면서 밭을 계획해야만 했다. 그러나 그 결과는 어디 에도 없는 비현실적인 형태의 텃밭으로 만들어져서 땅을 마치 스케 치북이나 캔버스인 양 식물을 생태적으로 배려하기보다는 디자인으 로 만들어진 텃밭이 되어버렸다. 그런데도 실은 건축가와 나는 이런 밭 모양에 무척 만족했다. 둘 다 농사를 직접 지어본 경험이 없는 사 람들이었기 때문에, 텃밭을 그림으로 접근한 것이다.

    텃밭은 해가 가장 잘 드는 남향의 모퉁이이면서 정원과도 구분이 되고 우리가 다니는 통로와도 분리되어 있어 관리하기 편한 자리에 만들었다. 다행스럽게도 그린벨트 지역이었기에 내가 임의로 정하지 않았어도 텃밭의 지목이 밭으로 되어 있어 저절로 문제가 해결이 된 셈이다. 이렇게 내가 살 집과 정원과 텃밭의 구분과 경계는 크게 고민하지 않고도 자연스럽게 만들어졌다. 나는 대지 전체를 하나의 공간으로 생각했고 단지 지붕이 있는 공간과 지붕이 필요하지 않은 공간으로 나누었을 뿐이다. 넓지 않은 터였지만 내게는 이 땅 전체가 온 가족의 집이었다.

    처음부터 건축가에게 '디자인이 없는 디자인'을 부탁해놓고 텃밭은 축선들이 만나는 지점을 연결하다 보니 본의 아니게 디자인이 생겨났다. 건축선의 연장선들이 만나는 대로 텃밭을 나누고 잘랐기 때문에 대체로 모든 밭의 모양은 반듯한 정방형이 거의 없고 날카로운 예각이 아니면 마름모꼴이거나 사다리꼴 등의 비정형적인 모양새가 되어버렸다. 그때만 해도 식물에 대한 생태적인 지식이 별로 없던 때여서 그림만으로 나는 아주 만족해 했다. 위에서 보면 마치 로이 리히텐슈타인의 그림 같기도 하면서 자유로운 분할로 제법 근사한 그림이 되었기 때문이다. 이제 여기에 색을 입히기만 하면 바로 한 장

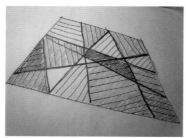 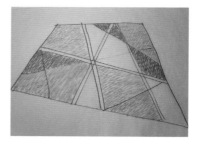

의 그림이었다. 나는 작물의 높이와 색깔로 이 텃밭 위에 색과 질감을 입힐 생각에 들떠 있었다. 노란색은 파프리카로, 보라색은 가지로, 붉은 색은 토마토로, 그리고 다양한 농담의 채소들을 초록 물감처럼 생각하면서 땅을 채워 나갔다. 뿐만 아니라 고랑이나 이랑들의 모양 또한 밭마다 그 방향을 각기 달리해서 마치 멋진 한 폭의 그림이 되게 만들었다. 농사를 지어본 사람들은 이런 나의 텃밭이 얼마나 황당하고 어이없는 발상인지를 금세 알 거다. 고랑이란 물길과 상관이 있어 밭의 경사 등을 고려하여 일관성 있게 내주어야 한다는 것을 두 해쯤의 장마를 겪고 나서야 터득할 수 있었다. 폭우가 한번 쏟아진 다음엔 쓸려 내린 토사로 해서 애써 만들어 놓은 둑이며 이랑들이 다 허물어져 경계조차 희미해져버리고 말았다. 말할 것도 없이 3년째에 들어서는 대대적으로 텃밭 리모델링을 할 수밖에 없었다. 물론 마름모꼴이나 삼각형의 밭 같은 것도 없어졌다. 안 그래도 넉넉하지 못한 경작지에 그런 형태를 꾸미는 것이야말로 땅을 낭비하는 요소였다는 것도 깨달았다.

봄이 오는
소리

새 집으로 이사를 왔을 때는 이미 가을이어서 농사를 짓는 일은 봄까지 기다려야만 했다. 겨울 동안 여러 가지 농사에 필요한 농기구들이며 재료들을 준비했다. 얼마나 농사를 많이 지으려고 그랬는지 지금 생각하면 참 가소로운 일이다. 경운기를 대신하는 '틸러'라는 작은 밭갈이 기계도 샀고 잡초들로 거름을 만드는 발효통에서부터 각종 농기구들도 준비했다. 퇴근하면 책상에 앉아 무슨 색깔의 어떤 작물을 심을 것인지를 스케치북에 그려 나가면서 즐거운 시간을 보내곤 했다. 여기저기 물어도 보고 검색도 해보면서 주문해놓았던 씨앗들이 도착하고 나니 씨앗을 뿌릴 생각에 봄을 기다리는 마음은 더욱 간절했다.

3월이 되어 눈이 녹으면서 드디어 밭을 갈아야 할 때가 왔다. 지난가을에 미리 발효시킨 퇴비를 많이 뿌려 두었기에 얼었던 땅을 갈아엎고 이젠 구상해두었던 대로 밭을 만들기만 하면 되었다. 고랑과 이랑은 디자인해둔 대로 모양도 각양각색인 밭 안에 각기 다른 방향으로 내주면 식물들이 자란 다음 그림 같은 텃밭이 될 것 같았다. 그래

서 씨는 뿌리기 전에 작물의 색깔과 키와 형태 등을 고려해서 뿌렸고, 모종을 심을 곳도 크기와 색깔과 여러 가지를 염두에 두었다. 키가 낮은 잎 채소들은 볕이 잘 드는 앞쪽으로 심고 키가 커지는 가지나 고추, 토마토 등은 뒤쪽으로, 넝쿨이 높이 올라가는 콩 종류와 키가 커지는 옥수수 등은 가장 뒤쪽으로 배치를 했다. 나름 신중하게 텃밭 설계를 했지만 역시 그림일 뿐 농사를 위한 설계가 아니었다. 처음으로 내 텃밭을 가지게 되었다는 것이 믿어지지 않을 만큼 기쁘고 행복했다. 아침이면 마치 몽유병자처럼 누가 부르기라도 하듯 텃밭으로 나갔고 퇴근하고 나면 바로 옷부터 갈아입고 텃밭으로 나가 어둠이 깔리고 식물들이 보이지 않을 때까지 텃밭에 있곤 했다. 그럴 때마다 나의 충견 두부는 텃밭 입구의 작은 쪽문 앞에서 소리 없이 나를 지켜주고 기다려주었다. 이젠 그만 들어가야지 하고 허리를 펴고 일어서다 보면 이미 어두워진 쪽문 앞에 두부의 두 눈동자가 레이저 광선처럼 번쩍이고 있었다. 두부는 언제나 이렇게 내가 일을 마치고 일어설 때까지 단정히 앉아 기다려주는 충직한 개였다.

채식을 하는 나는 첫 해부터 상추를 비롯해 여러 가지 샐러드용 야채들, 고추, 토마토, 가지, 호박, 당근 등등 수많은 종류들을 심었다. 상추와 쑥갓 등의 채소들은 물론이고 토마토와 가지도 정말 많이 달려서 놀랍고 신기하기만 했다. 아침마다 출근 전에 밭으로 나가 한 바구니씩 솎아 들고 들어오면 내가 혼자 먹기에는 너무나 많은 양이어서 동료 교수들에게 나누어주기도 바빴다. 웬만한 작물들은 처음 몇 해 동안은 땅의 기운이 왕성한 때문인지 지나친 풍작이라 친지들과 나누어 먹기에도 벅찼다. 하지만 초보 농사꾼에게 어떻게 실패나 실수가 없었겠는지. 기쁨과 설레던 마음도 잠시, 혼자 감당하기엔 넓은 텃밭 앞에서 장마로 인한 피해와 이름 모를 병충해로 거듭되는 실패를 경험하면서 자연의 섭리는 나를 점점 무력하게 만들어가고 있었다.

이런 문제가 생긴 것은 제멋대로 방향을 각기 달리 한 이랑 때문이었다. 비가 많이 오고 나니 물길이 서로 막히고 범람해서 흘러내린 흙으로 모두가 평평하게 무너져버리고 만 것이다. 힘들게 가꾸어 놓았던 그 동안의 결실이 한 번의 폭우로 무너져버리니 그저 망연자실할 뿐이었다. 당연히 작물들에도 영향을 미쳐서 물이 잘 빠지지 않은 아래쪽 텃밭의 고추 등은 병들어가고, 생각지도 않았던 위쪽 텃밭의 호박넝쿨은 너무나 왕성하게 자라서 다른 작물이 살아남기 힘들 만큼 무섭게 퍼져나가 온 밭은 모두 호박이 점령해버리고 말았다. 실패의 원인은 말할 것도 없이 식물의 생장 환경이나 속성을 모르고 덤벼들

었던 무지함 때문이다. 첫해는 그나마 아래쪽 텃밭의 쌈 채소들이 싱 싱하게 잘 자라줘서 그것만으로도 농사꾼의 기쁨은 즐길 수 있었다.

꽃샘추위가 가고 파종을 시작해야 할 무렵 가장 먼저 수확의 기쁨을 안겨주는 건 아스파라거스다. 이르면 3월 말, 4월 초까지도 삭막한 텃밭인데 설마 하면서 이불처럼 덮였던 낙엽을 들추고 보면 거짓말처럼 얼었던 땅을 가르고 연한 새순이 머리를 내밀고 올라온다. 무서운 생명력이 놀랍다. 정말 봄이구나. 이때부터 마음은 분주해지고 갑자기 해야 할 일들로 머릿속이 가득하다.

내가 텃밭을 가지게 된 걸 알고 뉴욕에 살던 제자가 이사를 오면서 5년생 아스파라거스 구근을 열 뿌리나 짐 속에 넣어와 선물로 주었다. 조각가이면서 요리전문가로 변신한 재능 있는 오정미는 같은 요리사이면서 작가인 스스무 요나구니와 결혼을 해서 돌아왔다. 이들 부부의 손만 닿으면 요리는 말할 것도 없지만 식물 또한 마술처럼 생동하게 된다. 뉴욕의 브루클린 로프트에 살던 시절 창문을 통해 기어나가야 했던 옥상에 폐타이어를 주어다가 흙을 채워 온갖 채소와 허브들까지 길러 음식을 하는 모습에 감탄했었다. 어쩌면 이때 이들의 옥상 텃밭은 내게 깊은 자극과 영감으로 남아 있었나 보다. 반드시 텃밭이 아니어도 이렇게 흙과 햇빛이 있는 곳이면 어디에서도 농사를 지을 수 있다는 걸 이 친구들에게서 배웠다. 이 구근들은 15년도 더 지난 지금까지도 4월이면 어김없이 얼었던 땅을 열고 솟아나와 나에게 봄소식과 함께 첫 수확의 기쁨을 안겨준다. 아스파라거스는 여러해살이라서 해마다 저절로 떨어진 씨앗에서 연차적으로 새순이 나와 지금까지도 묵은 뿌리와 함께 대를 이어나가고 있다. 아스파라거스의 뿌리는 수직으로만 뻗어 내려가지 않고 옆으로 길게 실타래처럼 얽혀 뻗어 나간다. 그래서 이 구근을 처음 심을 때 들어 있던 설명서에는 폭 30센티미터에 깊이도 30센티미터인 구덩이를 옆으로 길게 판 뒤 뿌리를 조심스럽게 앉히라고 나와 있었다. 깊이 30센티미터의 이랑들을 파내는 일은 참 힘든 일이었다. 해마다 연한 아스파라거스 순이 돋아나올 때면 언제나 이들 부부를 생각한다.

나는 4월이면 빼놓지 않고 밭에 직접 파종하기 전에 스트링 빈을 포함한 여러 콩 종류, 그리고 베이질 등의 육묘 준비를 한다. 펠렛이나 지피포트에 심거나 일반 육묘 트레이에 흙을 담아 씨를 심은 다음 물이 새지 않는 쟁반에 담아 따뜻한 방에 두고 습기가 마르지 않도록 세심하게 관리를 해야 한다. 싹이 터서 어린잎이 나오기 시작하면 그땐 볕이 잘 드는 곳으로 옮겨온다.

마치 어린 아기 돌보듯 습도와 온도를 잘 관리해줘야만 한다. 텃밭

과 음식은 떼어 놓을 수 없는 관계여서 텃밭에 무엇을 심을까 생각하는 동안 이미 머릿속으로 무슨 음식을 해먹을 것인지도 생각하게 된다. 그래서 씨앗을 준비할 때부터 음식에 가장 많이 쓰이거나 자주 해먹는 요리를 위한 씨앗과 모종을 준비하는 것이 좋다. 샐러드를 주식으로 먹을 때가 많은 나는, 잎채소만이 아니라 감자며 비트 같은 뿌리채소와 오이, 가지, 토마토 그리고 콩 종류 등을 골고루 심는다.

4월에서 5월은 그래서 아주 바쁜 달이다. 씨 뿌리고 모종들을 다 심고 나면 이제부터는 실내에서 싹을 틔우던 콩 종류며 바질 등을 텃밭으로 옮겨 심을 때다. 넝쿨 콩은 그 생태대로 넝쿨을 타고 올라가도록 구조물을 만들어 좁은 텃밭을 효율적으로 활용할 수 있게 했다. 오이와 호박, 콩 넝쿨을 위한 구조물들은 말하자면 텃밭의 조형물이 되는 셈이어서 이왕이면 기능적이면서도 조형적인 형태로 디자인해서 철공소에 맡겨 만들어왔다. 콩 넝쿨의 구조물은 평면을 달팽이 모양으로 만들어 밖에서 안으로 말려 들어가도록 만들었지만 적당한 간격을 두어서 햇빛을 가리지 않으면서 같은 면적에 보다 많은 콩을 심을 수 있고 내가 콩을 따거나 돌보는 데 지장이 없게 설치를 했다. 키는 2미터로 높게 만들고 바닥이 달팽이 모양인 전체 지름은 1미터 80센티미터 정도가 되게 해서 제법 많은 양의 콩을 20센티미터 간격으로 심을 수 있게 만들었다. 평면적인 계획에서는 디자인을 포기했지만 대신 식물의 지지대를 좀 더 멋지게 만들기로 했다. 열려 있는 공간이긴 하지만 기왕이면 조형적인 텃밭이면 좋지 않을까? 마침 내 작품을 도와주는 철공사 사장님은 항상 틀에 박힌 일만 하던 차에 이런 일을 하는 걸 즐거워했다. 농사철이 지나면 접어서 보관할 수 있는 편리한 방법까지 고안해주었다. 오이 밭도 해마다 기둥만 세운 다음 그물을 씌워 오이넝쿨을 올려왔는데 금년엔 이 오이넝쿨도 접어서 보관해두었다 다시 쓸 수 있는 사다리꼴로 만들 생각이다. 겨울 동안 식물들이 사라진 텅 빈 텃밭에 이런 구조물들이 서 있어 작은 조각공원이 되어주면 좋겠다.

정직한
땅

씨 뿌리기는 보통 추위가 지난 4월 초에서 중순경, 절기로는 청명 즈음에 하는데, 이때 내가 즐겨먹는 상추와 쑥갓, 로메인, 치커리, 루꼴라 등과 국거리용 아욱이나 근대 등의 잎채소 씨를 밭에 직접 뿌린다. 이를 위해서 3월 말이면 잘 발효된 퇴비를 듬뿍 뿌린 다음 밭을 갈아놓는다. 이런 일은 이젠 나이 들어 내 힘으로는 할 수가 없다. 매주 방문하는 조경사의 힘을 빌어야 한다. 이 이후부터가 내 손으로 해야 할 일들이다. 밭의 모양을 다듬고 흙은 부드럽게 만들어 씨 뿌릴 준비를 마친다. 씨앗들을 보면 너무 작은 알갱이들이라 자꾸만 많이 뿌려야 할 것 같아 나도 모르게 뿌려준 위에 몇 번은 손이 더 가곤 한다. 나중에 싹들이 자라 나오면서 매번 후회한다. 싹들이 너무나 촘촘하게 자라 나오기 때문에 어쩔 수 없이 솎아줘야만 한다. 언제나 다 자란 채소들을 보면서 이 작은 씨앗 한 알의 기적을 깨닫곤 한다. 땅은 얼마나 신비한 힘을 가졌는지 약속처럼 한 알의 작은 씨앗은 한 포기 채소로 자라준다. 그리고 가을이면 이 한 알의 씨앗에서 자라난 채소는 수 백 개의 씨앗을 돌려준다. 요즘은 조금 꾀를 부려서 씨 뿌린 채소가 자라는 동안 온실에서 길러 나온 모종을 먼저 심어서 씨 뿌린 채소들이 자라기 전까지 먹을 수 있게 했다. 20년 가까이 거의 채식을 하고 있는 나에겐 이것들은 생명을 주는 것들이다. 가끔 즐겨 먹는 파스타나 양식 요리를 위한 이탈리안 파슬리도 씨를 뿌린다. 이 녀석은 2년살이 식물이라 2년에 한 번만 뿌리면 된다. 아스파라거스 같은 식물은 밭을 옮기지만 않으면 가을에 떨어진 씨앗으로 인해 다음 해에 씨를 뿌리지 않아도 계속 자라난다. 부추도 다년생이라 해마다 봄이면 아스파라거스 다음으로 새순이 올라와 왕성한 봄기운 머금은 약초가 되어준다. 잎채소들의 파종이 끝나면 감자와 토란 같은 뿌리채소를 심는다. 고구마나 야콘은 심을 밭이 모자라 뒷문 밖의 이웃집 땅을 조금 임대해서 심는다. 완전히 추위가 가고 난 다음엔 토마토와 가지, 오이, 호박 등의 모종을 심을 때다. 고추는 추위를 타기 때문에 가장 늦게 심는다. 보통 5월 초 입하가 지날 때쯤 고추와 함께 피망과 파프리카를 색깔별로 심는데, 해마다 청양고추와 꽈리고추를 포함해 100포기 정도의 고추를 구별해서 심어서 여름내 우리 집 식탁에 올렸다. 처음 몇 해는 가을에 빨갛게 익은 고추를 말리는 재미로 욕심을 부려 많이 심었는데, 고추를 수확해서 말릴 만큼 무 농약으로 재배한다는 일이 얼마나 어려운 일인지를 해를 거듭하며 알게 됐다. 고추 못지않게 쉬운 듯하지만 해마다 장마 때면 망치는 농사가 토마토다. 미처 따먹지 못해서인지 익어가던 토마토도 비가 계속되는 장마철엔 물을 너무 먹어서 툭툭 갈라져버린다. 물이 잘 빠지도록 두둑을 높게 만들었는데도 달라지지 않는다. 장마가 그치고 이제부터는 안심하고 따먹을 수 있겠다고 좋아할 때쯤이면 병에 걸려버리곤 한다. 잎은 말라가고 줄기에서부터 시커멓게 변해간다. 지금까지도 늦가을까지 싱싱한 토마토를 따먹었던 해는 몇 번 안 된 것 같다. 그래도 해마다 여름철 내내 토마토 주스는 아침 식탁에서 빠지지 않았다.

첫해엔가 토마토 모종을 심고 나서였다. 노란 꽃이 피기 시작하면서 줄기도 튼튼해지더니 자고 나면 새순이 쑥쑥 자라나 있었다. 이미 옆집 아저씨에게서 잎새 사이로 자라나오는 새순은 따줘야 나무가 쑥쑥 큰다는 조언을 들었던 터이긴 하지만 이렇게 싱그러운 새순이 자라나오는 모습이 경이로웠고 순을 떼어낼 때마다 물씬 풍겨 나오는 싱그러운 토마토 향을 그대로 버리기에는 너무 아까웠다. 어느 날 아침 새순을 따내면서 이 싱그러운 향기가 얼마나 유혹적이었는지 갑자기 이 어린 새순을 버리기보다는 샐러드에 넣어 먹어보면 어떨까 하는 생각을 했다. 아침 식탁에 오른 샐러드를 기대에 찬 마음으로 먹는 순간 역시 싱싱한 토마토의 향이 입안 가득 넘쳤다. 그런데 그렇게 연해 보이던 새순의 씹는 맛은 보기와는 달리 까칠하고 거친 느낌이었다. 결국 이날, 나는 이 실험적 체험을 통해 새로운 사실을 알게 됐다. 오후쯤 내 얼굴과 온몸에 울긋불긋 뭔가가 돋아나더니 나중엔 얼굴이 벌겋게 부어오르고 온몸이 가려워서 못 견딜 지경이었다. 왜 이럴까 곰곰이 생각해 보니 아침에 먹은 샐러드 외에는 특별한 일이 없었기에 범인은 이 토마토 순이라는 걸 알아차렸고 끝내 병원엘 가야 했다. 이토록 연하고 향기로웠던 새순에 무서운 독성이 있다는 것을 어느 누구도 말해주지 않았다. 그러고 보니 어디에서도 토마토 순을 먹는다는 얘기를 들어본 일이 없었다. 지금은 욕심부리지 않고 내가 할 수 있는 만큼만 농사를 하기로 마음을 정했다. 오이도 처음 많이 달렸을 때 부지런히 따서 먹고 병들기 시작하면 포기해버린다. 호박만은 특별한 어려움 없이 늦가을까지 따먹는데, 첫해에 모든 땅을 점령하고 다른 작물을 망쳤던 경험이 있어 재래종 호박은 텃밭 울타리를 타고 올라가도록 펜스 앞쪽에 몇 포기만 심고 나머지 애호박은 다른 땅으로 퍼져나가지 않도록 구조물을 만들었다. 실은 호박이야말로 퇴비만 듬뿍 주어 모종을 심기만 하면 거짓말처럼 무성하게 자라 늦가을까지도 순이며, 잎사귀, 꽃조차도 훌륭한 요리가 되어주는 작물이다. 우리 텃밭은 옆집 텃밭보다 1미터 이상 높은데, 두 집 사이에 남향으로 만들어진 턱이 바로 옆집 아저씨네가 호박을 심는 자리다. 처음엔 걷어버리면 또 넘어오곤 하는 무성한 옆집 호박 넝쿨이 여간 귀찮은 게 아니었다. 어느 날 식탁에 사온 적이 없는 호박찌개가 올려졌기에 놀란 눈으로 도우미 아주머니를 보고 웬 호박찌개냐고 물었더니 아주머니가 웃으면서 원래 담 넘어온 호박은 우리 것이나 마찬가지란다. 그런 말을 들은 적은 있지만 내게 그런 일이 생길 줄이야. 그 뒤로 내 텃밭으로 줄기차게 넘어오는 옆집 호박넝쿨이 싫지만은 않았다. 호박은 정말 무서운 생장력을 가진 식물이다. 줄기가 누렇게 말라서 죽은 것 같은데 위로 보면 여전히 싱싱한 잎뿐만 아니라 커다란 호박이 달리고 있다. 지난 가을엔 옆집 호박주인보다 내가 더 많이 따 먹는 건 아닌가 싶을 만큼 오래 따 먹었나 보다. 이젠 재래호박을 못 심는 걸 아쉬워하지 않아도 되어 애호박만 새로 만든 호박넝쿨 구조물 아래로 해마다 다섯 포기를 심는다. 밑은 좁지만 마치 우산을 편 듯 위로 올라가면서 넓어지는 구조물을 만들어 넝쿨로 올라간 애호박이 위에서 매달리게끔 유도했다.

살충제나 화학비료를 사용하지 않다 보니 병충해에 약할 수밖에 없다. 늦었지만 이제라도 땅을 건강하게 하는 공부를 할 생각이다. 겨우 겨우 장마에 살아남은 고추를 따 모아서 말리는 일도 농사를 짓는 일 못지않게 어려운 일이다. 고추를 널어 놓은 날은 마음대로 외출도 못 한다. 여름철 날씨는 믿을 수가 없어 외출에서 갑자기 하늘이 어두워지기라도 하면 안절부절이다. 그뿐 아니라 아침이면 널었다가 저녁이면 걷어들이는 일도 여러 가지 일을 하는 사람에겐 보통 시집살이가 아니다. 이렇게 농사가 어려운 일인 줄 모르고 덤벼들

었던 내가 한심한 것인지 용감한 것인지 모르겠다. 이후로 고추농사
는 절반으로 줄였고 말리는 걸 포기하고 나니 여름이면 풋고추로 친
지들에게 마음껏 선심을 쓰게 됐다. 땅이란 정말 정직해서 뿌린 만큼
반드시 거두게 해주지만, 노력한 이상을 얻을 수 있다는 것도 알게
해준다. 한 알의 씨앗이 한 알로 돌아오는 것이 아니라 그 몇 배, 몇
십 배의 수확으로 돌아오는 것이 농사다. 한 알의 콩을 심은 나무엔
수없이 많은 콩이 열린다. 이런 투자는 어디에도 없을 것이다.

기다림 뒤에
오는 것

화단에도 여기저기 새순들이 올라오는데 잘못하면 개들의 발길에 어
린 새싹들이 잘려나가고 만다. 많은 실패 끝에 10년쯤 지나고 나서야
이 새순들을 보호하기 위한 장치를 고안해낼 수 있었다. 텃밭에는 일
찍이 개들이 절대로 들어갈 수 없도록 높고 튼튼한 펜스를 만들었지
만 화단에는 꼭 필요한 시기에만 쓸 수 있는 토막 난 울타리를 필요
한 때에 꽂아서 쓰다가 쉽게 뽑을 수 있게 50여 개를 주문해서 만들

었다. 높이는 60센티미터 정도로 통일했지만 넓이는 변화를 주기 위해 50~70센티미터 정도로 다양하게 제작해 곡선 경계에도 잘 활용하게 됐다. 이 펜스들과 함께 집 공사 후에 남은 넓은 철망 그리드도 사용했다. 새순이 나오는 바닥이나 잔디밭 이곳 저곳을 개들이 밟거나 파내지 못하도록 덮어놓고 새순 옆으로는 펜스를 박아서 보호를 해주면 되었다. 이미 많은 면적의 잔디를 걷어내고 돌을 깔아서 개들이 흙 발이 되는 것도 줄여주고 땅을 파는 것도 막았지만 그래도 대부분의 정원은 화단을 빼고는 잔디밭이어서 땅 파기 좋아하는 망나니들의 발길에서 보호할 필요가 있었다. 아침이면 개들은 신이 나서 마당을 가로질러 전력질주를 하거나 땅 파기 놀이를 하고 논다. 녀석들은 내가 텃밭이나 정원에서 일하는 모습을 지켜보기를 가장 좋아한다. 엄마 곁에 가까이 오지는 못해도 엄마가 무얼 하는지 무척 궁금해하면서 일하는 모습을 신기한 듯 바라본다. 일하는 것에 몰두해 시간이 가는 것도 모르다가 잠시 고개를 들어보면 녀석들 모두 나만 바라보고 있거나 어떤 녀석은 기다리다 지쳐서 텃밭 가까운 곳에 엎드려 자고 있다. 이중에서도 가장 나이 많은 두부는 언제나 텃밭 문 앞에 단정하게 앉아서 오랜 시간 동안 충직하게 나를 기다렸다. 그렇게 나를 기다리고 있는 두부와 눈을 마주치게 되면 서로의 눈빛 속에

서 깊은 신뢰를 느끼곤 했다.

봄이면 해가 뜨기도 전에 나가서 출근할 시간까지 아침도 거른 채 텃밭에 있는 날들이 많았다. 그리고 나서도 퇴근하면 옷도 갈아입지 않고 텃밭으로 들어가 어두워서야 나오곤 했다. 아침에 본 상추가 저 녁때라고 얼마나 더 자라겠는지, 그런데도 그게 너무나 궁금해서 들 여다보기를 몇 번, 아침에 물을 주고도 모자란 듯해서 다시 물을 줘 야만 마음이 놓였다. 이런 나를 지켜보던 옆집의 토박이 농사꾼 아저 씨가 보다 못해 넌지시 말해준다. 물을 너무 많이 주면 채소가 맛이 없어지니 웬만큼 자란 뒤엔 물을 안 줘도 된다는 것이다. 이 옆집 아 저씨는 우리 텃밭에 비하면 기업농이나 다름없는 700평 텃밭을 혼 자서 가꾼다. 내 텃밭의 거의 일곱 배나 되는 크기다. 이후로는 지금 까지 이 분이 나의 농사 스승이 되어버렸다. 이때부터 툭하면 울타리 쪽문 너머로 아저씨에게 자문을 구한다. "아저씨, 고추 모종은 왜 아 직 안 심으시나요?" 나는 4월부터 조바심이 나서 이 집 저 집 남의 텃 밭을 살펴본다. 5월도 중순에나 심어야 하는 고추모종을 4월부터 심 었다가 몇 번이나 실패를 했기에 이젠 나도 조금은 알게 됐다. 농사 짓는 일이란 땀보다 기다림이라는 것을. 때를 기다려야 하고 심은 다 음엔 식물에게도 자라날 시간을 주고 기다려줘야 한다. 어느 해에는 콩을 심어놓고 아무리 기다려도 싹이 나오지를 않아 콩 심은 자리를 파 봤다. 혹시 썩어버린 건 아닌지, 까치가 파먹어버린 건 아닌지 조바심이 났다. 콩은 이제 막 싹이 터 나오고 있었다. 오히려 건드려서 겨우 자리 잡고 움터 나오려던 걸 헤집어놓기만 했다. 땅에 대한 믿음이 없었기 때문이다. 농사엔 때가 있어 절기에 맞게 심어야 한다는 것도 옆집 아저씨를 통해 배웠고 봄이 되면 가장 먼저 감자를 심고 이렇게 심은 감자는 6월 장마가 오기 전에 캐야 하고, 그 자리엔 연작으로 가을 김장 채소를 심을 준비를 해야 한다는 것도 알게 됐다. 옆집 텃밭의 작물은 언제나 내 작물들보다 싱싱하고 건강해 보여 부러워했는데 그 비밀도 알게 됐다. 아저씨는 밭을 갈 때부터 이미 토양 소독제며 화학 비료를 뿌리고 고추농사엔 여러 번의 농약을 친다. 아저씨네 밭 주변에 풀이 없는 것도 열심히 김을 매어서인 줄 알았는데 밭 주변의 풀들이 노랗게 죽어 있는 걸 보고서야 깨달았다. 바로 옆이 우리 텃밭이라 이 제초제가 내 텃밭까지 날아올까 걱정스럽다. 다행히 두 집의 경계에 산당화 울타리가 촘촘하게 둘러 있으니 조금은 도움이 되길 바란다. 그 집은 인근에서도 유명한 식당을 운영하고 있어 텃밭의 작물은 모두 손님들의 식탁에 오르게 된다. 나는 한 번도 그 식당을 가지 않았다.

농사를 멋으로 알고 짓던 때를 떠올리면 내가 얼마나 한심했었는지. 많은 시행착오 끝에 몇 년이 지나 텃밭을 대대적으로 개조해야 했던 일, 작물들의 생장 환경이나 성질을 몰라 호박이 온 밭을 점령해 난감했던 일, 무당벌레들을 차마 잡을 수 없어 방치했다가 잎은 간데없고 줄기만 남아 가지와 감자 농사를 망쳤던 일들은 더 이상 일어나지 않는다. 이젠 장마가 와도 빗물에 씻겨 내려가거나 경계가 무너져버리는 일도 없고 비록 조형적이지는 못해도 기능적이면서 효율적인 텃밭으로 바뀌게 되어 더 이상 실패의 아픔을 겪지 않아도 된다. 모르는 건 동네 분들에게 물어보며 농사를 짓다 보니 차츰 동네 이웃들과도 가까워지게 됐고 어느새 나는 초보 농부도 외지인도 아니고 이 마을의 사람과 풍경을 닮아가고 있다.

절기를
따라야

이웃집 텃밭을 넘겨다보면서 농사란 모두 때가 있어 아무 때나 씨를 뿌려서는 안 된다는 걸 배우게 된 나는 음력이 들어 있는 달력을 찾

아보면서 절기가 얼마나 중요한지도 알게 됐다. 해와 달의 흐름에 따라 봄, 여름, 가을, 겨울의 계절마다 보름 간격으로 여섯 절기씩을 정해 모두 합해 24절기가 되는 것인데, 서양에서는 일주일을 주기로 살아온 데 비해 중국과 우리나라는 보름을 주기로 살아온 셈이다. 대체로 청명이면 파종을 하는데 이때가 식목일로 정해진 4월 5일 전후인 것도 다 이유가 있는 일이었다. 옛말에 청명에는 부지깽이를 꽂아놔도 싹이 튼다고 했을 만큼 생명력이 왕성한 계절인 때문이다. 아무것도 모르던 때에 화훼농가에서 곱슬버들 한 가지를 얻어와 뒷마당에 심은 적이 있다. 이 곱슬버들은 꽃꽂이용으로 많이 쓰는 재료라 나도 한번 길러보고 싶었다. 그런데 얼마 지나지도 않아 거짓말처럼 뿌리도 없는 굵은 가지 한 토막이 줄기에 연녹색으로 물이 오른 채로 뿌리를 내리고 마구 자라나온 것이다. 이 버들은 너무 왕성하게 자라서 나중엔 계속 잘라내야만 했다. 이렇게 청명에 시작한 농사는 5월에서 6월이 한창이 된다. 5월은 소만 때인데 여러 가지 모종을 심을 때라 고추며 호박, 오이, 봄 배추 등을 심고 가지, 토마토며 고구마, 참깨 등도 심어야 한다. 음력으로 5월 5일 단오절은 일 년 중 가장 양기가 센 날이라고 한다. 이날은 우리 풍습에 여자들이 창포를 끓인 물에 머리를 감고 쑥이나 나물을 뜯는다고 했다. 창포에는 두피를 건강하게 하는 성분이 있어 머리에 윤기가 흐르게 해준다고 한다. 뒷산에서는 여기저기 피어 있는 싱그러운 보라색의 창포 꽃을 만날 수 있다. 우리 집 마당에도 창포 꽃이 핀다. 난 아까워서 한 번도 이 창포물에 머리를 감아볼 엄두를 못 내봤다. 이 봄엔 나도 이 창포물에 머리를 한 번 감아보고 싶다.

텃밭농사를 시작한 지도 벌써 20년 가까이 됐지만 아직도 겨우 초보 수준이나 면했을 뿐 모르는 것 투성이다. 그래도 이젠 절기에 따라 심어야 할 작물의 순서나 수확할 시기 정도는 알게 됐다. 절기에 따라 작물을 심다 보면 어느새 한 해가 절반도 넘어가게 되면서 이것저것 심었던 채소들을 수확하기 바빠진다. 여름 내 자고 나면 금세 자라나는 오이 잔치로 오이 소박이며 오이지를 담기 바빠진다. 아침이면 들고 나간 광주리에 가지며 토마토, 스트링빈, 상추며 쑥갓 등 쌈 채소들까지 하나 가득 넘치게 들고 온다.

6월 망종 무렵부터는 작물들도 쑥쑥 자라는 때이지만 작물이 자라는 만큼 풀도 왕성하게 자란다. 복중에는 벼도 쑥쑥 자라나서 들판의 벼 크는 소리에 개가 놀라 짖는다는 옛말이 있을 만큼 생장이 왕성하다. 그러다 보니 장마가 지나고 나면 텃밭은 물론이고 화단은 잡초로 무성해 나는 7~8월이 가장 무섭다. 힘들게 뽑고 돌아서면 금세 다시 자라나던 잡초들도 8월 하순에 들어서게 되면 그제야 한풀 꺾이게 된다. 이때가 처서다. 이렇게 절기란 오랜 기간 농경사회로부터 내려온 지혜의 보고다. 그런데 몇 년 전부터 절기나 계절이 종 잡을 수 없이 변해가고 있다. 그래서 달력을 뒤지기보다 일기예보에 더 의존할 수밖에 없게 됐다.

잡초가
약초

풀과의 전쟁이 시작되는 6월에는 모종을 심는 밭만은 풀이 자라나오지 못하도록 비닐을 씌울 수밖에 없다. 처음 농사를 시작할 무렵엔 이 비닐 멀칭이 너무 싫어서 차라리 풀을 뽑아주는 편을 택하기로 했다. 왜 그런지 마치 내 얼굴에 비닐이 씌워진 듯 땅도 풀도 숨이 막힐 것 같았기 때문이다. 실은 그것이 목적이었는데 말이다. 그러다 보니 구멍이나 옆으로 삐져 나오는 풀을 뽑아야만 했다. 그런데 풀을 뽑을 때는 참 마음이 아파서 정말 이 풀을 꼭 뽑아야만 할지 생각하고 또 생각해서 뽑는다. 어느 해엔 명아주가 성하다가도 어느 해엔 비름이 판을 치고 해마다 잡초의 종류가 달라진다. 이럴 때 나는 나름의 법칙을 정해서 먹을 수 있는 풀일 경우 따서 먹을 만큼의 크기가 될 때까지 기다려서 뽑기로 했다. 그래야 비록 잡풀로 태어났더라도 뭔가 세상에 한 가지 쓸모를 주고 갈 수 있으니까. 이른 봄부터 밭두렁엔 잡풀에 섞여 제비꽃이 많이 피는데 나는 이 앙증맞은 보랏빛의 제비꽃은 작물에 가까이 피어 해가 되지 않는 한 군데군데 같이 기른다. 그래서 내 텃밭은 제비꽃과 아이리스, 붓꽃들이 피어 있는 꽃밭 같은 텃밭이다. 민들레는 이상하게 잔디밭에 많이 피어난다. 민들레도 역시 살려두는 종의 하나인데 여름엔 민들레꽃을 따 모아 말려두고 차를 만든다. 화사한 보랏빛의 작은 제비꽃은 감자전이나 부추전을 부칠 때 올려 장식을 해주면 음식이 더욱 귀하게 빛을 발한다. 그러고 보면 아무리 잡풀이라고 해도 독초가 아닌 이상 버릴 게 하나도 없다.

내가 가장 싫어하는 풀은 쇠뜨기라는 풀이다. 이놈은 생명력도 강한 데다 뿌리째 뽑으려면 꼭 중간에 잘려버리고 만다. 혹시 이 녀석은 어디에 쓸 데가 없을까 해서 검색을 해보니 역시 이 풀도 아주 좋은 약초였다. 지혈과 몸속의 중금속 등을 배출시키는 해독작용을 비롯해 관절염, 당뇨 등의 성인병과 항암에도 약효가 뛰어나다고 한다. 그렇다고 풀을 전혀 안 뽑을 수는 없었지만 그래도 이렇게 좋은 약효를 가진 유익한 풀이라는 걸 알고 나니 대접을 소홀히 할 수가 없게 되는 게 사람 마음인가 보다. 마구 뽑아버리던 이 쇠뜨기를 뽑아서 가지런히 말려봤다. 언제 먹을지는 알 수 없지만 말려놓으니 왠지 귀중한 약초 같은 모습으로 보였다. 이웃 농가에서는 제초제를 마구 뿌려 작물을 빼고는 밭두렁의 풀들을 모두 누렇게 죽여버리는데, 과연 가까이 심어놓은 채소들은 안전한지 모르겠다. 모르고 저런 채소를 사먹을 사람들을 생각하면 마음이 무겁다. 잡초란 정말 무서운 생명력을 가지고 있어 농사를 짓는 사람들에겐 잡초관리가 큰일 중의 하나이긴 하다.

또 내가 무서워하는 여름 잡초 중의 한 가지는 엉겅퀴다. 처음엔 멋모르고 짙은 보라색의 꽃이 너무 귀해 보이기에 밭을 가꾸다가도 제비꽃처럼 엉겅퀴만은 그대로 모셔뒀다. 그런데 엉겅퀴는 자라나면서 점점 그 가시도 억세질 뿐 아니라 줄기조차도 나무 모양새로 질기고 억세어져 갔다. 김을 맨 뒤 한참 만에 밭엘 나가보면 이 엉겅퀴만 미친 듯이 자라서 가지마다 가시는 왜 그렇게도 억세게 나는지 두터운 장갑을 끼지 않고는 잘라내기도 힘들다. 정말 괴물처럼 밭을 차지한다. 그래서 다음 해부터는 엉겅퀴가 자라 나오는 것만 보면 일찌감치 꼭 필요한 자리의 것만 남겨두고 가차 없이 뽑아버렸다. 그러다 어느 날 친구들과 멀리 양평에 산야초로 음식을 한다는 식당엘 가

게 됐다. 입구의 정원에서 아저씨 한 분이 열심히 뭔가를 가꾸고 있었다. 궁금해서 가까이 가보니 이제 막 자라나기 시작한 엉겅퀴였다. 놀라서 아저씨에게 엉겅퀴를 일부러 그렇게 심냐고 물었다. 내겐 무섭기만 한 존재인 엉겅퀴여서 마치 채소밭처럼 가꾸고 있는 것이 놀라웠다. 아저씨 말이 이게 얼마나 좋은 약재인데 몰랐냐고 한다. 엉경퀴라는 이름은 피가 엉켜 붙는다는 뜻에서 나온 이름으로 지혈에 좋아서 코피가 흐를 때 바로 피를 멎게 해준단다. 그보다 중요한 것은 실리마린이라는 성분을 다량 함유하고 있어 간 손상에 탁월하다는 것이었다. 항산화작용은 비타민 E의 10배나 되고 해독작용도 뛰어나다고 한다. 뿌리는 신경통이나 관절염에 탁월한 효능이 있다니 이 무서운 엉겅퀴도 모시고 살아야 할까 보다.

질경이 또한 신장, 방광 요도염 등에 탁월한 효능이 있는 약초라는 걸 알게 된 이후 아직 어린 잎을 샐러드에 넣어 먹어봤다. 특별한 맛은 없었지만 쌉사름한 맛도 나름 괜찮은 것 같았다. 어디에서나 흔하게 볼 수 있는 잡초 중에는 개망초도 있는데, 한여름부터 늦가을까지 높게 자란 가지마다 아주 작고 희미한 보랏빛을 띤 흰색 꽃이 핀다. 나는 이 가지들을 한 묶음씩 잘라다가 화병에 꽂아두고 본다. 이렇게 한 아름씩 꽂아 놓고 보면 천대받던 잡초도 나름 근사한 야생화의 모습이다. 알고 보니 개망초도 소화불량이나 장염, 설사병에 탁월하고, 무쳐 먹으면 훌륭한 봄나물이 된단다. 애기똥풀 역시 살균효과가 뛰어나서 짓이긴 풀을 피부질환이 있는 환부에 부쳐주면 좋은 효과를 볼 수 있다고 한다.

잡초들이란 아무리 뽑아도 줄기차게 자라나는 생명력이 강한 풀들이다. 힘들게 뽑고 돌아서면 금세 다시 자라나지만 8월 하순에 들어서게 되면 그 기세가 한풀 꺾인다. 아마도 생장의 기운이 약해지는 때문인가 보다. 그토록 무서운 더위도 한풀 꺾이고 밤이면 서늘한 기운이 느껴질 때, 모든 식물들도 쉴 때가 오는가 보다.

어제보다 더 감사한
오늘

이 동네 사람들은 많은 부분 산이나 땅에서 얻는 열매나 채소로 자급자족하며 살아가고 있다. 마치 산속의 다람쥐나 꿩이나 오소리들과도 한 가족처럼 밤이며 도토리, 은행, 감 등을 함께 나누며 특별히 욕심 내는 것 같아 보이지 않는다. 오히려 도시에 사는 사람들이 계절을 알리는 철새들처럼 때만 되면 배낭 메고 올라와 저이 집 뒤뜰인 양 훑어가버리는 걸 보면 속이 상한다. 산 속엔 그들이 훑어간 열매들로 겨울을 나야 하는 식구들이 얼마나 많은지를 모르는가 보다.

　여기는 산동네여서 봄도 가을도 늦게 찾아온다. 도시에 벚꽃이 다 지고 나서야 우리 집 벚꽃은 피기 시작한다. 그러다 보니 언제나 봄 소식도 한 발 늦곤 하는데 이제 봄이 오려나 보다 하고 느낄 즈음에 벚꽃보다 빨리 봄을 알리는 전령들은 산으로 올라가는 극성스러운 나물꾼들이다. 아직 눈도 제대로 다 녹지 않았는데 개들이 짖어서 밖을 보면 뒷산으로 비닐봉지를 들고 올라가는 사람들이 눈에 띄기 시작한다. 나는 그제서야 봄이 온 걸 알게 된다. 나는 이 사람들이 괜히 싫다. 이제 막 자라나는 싹을 조금만 기다려주면 좋을 텐데 왜 그렇게 조급할까? 봄엔 나물꾼들이 극성을 떨고 가을이면 밤이며 도토리를 주으러 사람들이 커다란 배낭까지 메고 새벽부터 산으로 올라간다. 이 사람들은 더 싫다. 산속의 새들이며 다람쥐, 고라니, 그리고 더 있을 다른 동물들의 겨울 먹잇감을 알뜰하게 다 주어가버린다. 내가 개들과 산책을 갈 시간이면 이른 아침인데 이들이 이미 다 싹쓸이를 해간 뒤여서 나는 뒤늦게 떨어진 알밤들을 몇 개 주어서 주머니에 넣어올 뿐이다. 그나마도 작은 것들은 산속의 동물들을 위해서 사람들 눈에 안 띄게 낙엽더미 속에 감춰두고 오곤 한다. 산밤은 잘지만 더 고소하고 달다. 약을 치거나 관리를 해주지 않으니 알이 굵지 못한 것이 그나마 다행이라는 생각이다. 알이라도 굵었다면 사람들 극성에 씨알도 남아나지 못할 것 같다. 다행히 우리 집 뒷문 밖에 있는 은행나무에서 떨어지는 은행은 우리가 주인이라 여겨서인지 나밖에는 줍는 사람이 없다. 이곳으로 온 이후 은행은 사본 적이 없다. 가까이 사시는 이모님 댁은 밤나무가 숲을 이루고 있는데, 조금만 부지런을 떨면 이모님 댁 밤나무 아래 미처 줍지 못한 밤들만 주어와도 두고 두고 먹을 수 있다.

늦은 봄부터는 텃밭의 채소들도 자라서 식탁은 갖은 채소들로 풍성해지는데 나는 원래 소식이라 많이 먹지 못한다. 여기 와서는 누구에게든 나눠주지 못해 안달이다. 한때는 미처 소비하지 못하고 쉬지는 채소들을 보면서 차라리 건강한 이 채소들을 누군가와 나누는 방법을 생각해봤다. 아주 예쁜 이동식 좌판을 만들어 큰길에서 팔면 어떨까? 그래서 일본 여행에서 봐두었던 마을 텃밭의 자판기도 생각해봤다. 지역 주민들이 신선한 채소를 싼 값에 나눠 먹게 한 방법인데 좋은 생각이었다. 여기 저기 자판기 제조업체에 알아보니 제법 비용이 많이 드는 데다 설치 장소나 여러 가지 걸리는 일들이 많아 미수에 그치고 말았다. 대신 해결 방법은 농사를 줄이기로 했다. 나눠 먹어도 다시 금세 자라는 마르지 않는 샘 같은 텃밭의 식물들이며, 철따라 열매 맺는 매실이며, 자두, 감을 딸 때면 저절로 감사함이 넘친다. 올해에는 재작년에 심은 살구랑 보리수도 제법 달릴 것 같다. 그러면 굳이 뒷산의 나만이 아는 곳에 숨겨둔 보리수나무에서 따오지 않아도 맛있는 보리수 잼을 만들 수 있을 것 같다.

텃밭에서
식탁으로

5월부터는 수확한 채소를 담을 바구니를 두 개는 들고 텃밭으로 들어가야 한다. 깜박 잊고 빈손으로 들어간 날은 치마폭에라도 가득 담아올 수밖에 없다. 수확한 작물을 정원의 식탁 위에 전리품처럼 쏟아놓으면서 뿌듯해한다. 이날의 수확이 나의 식단이 되어 상에 오른다. 이것들로 무얼 해 먹을까를 생각하는 것도 큰 즐거움이다. 수확이 넘치는 날은 준비해두었던 바구니를 꺼내어 아이들에게 그리고 친지들에게 골고루 담아 나누어준다. 이렇게 나눌 수 있어 참 행복하다. 다

른 작물에 비해 초기에 손이 많이 가는 건 바질인데 바질만은 2월 말 반드시 집안에서 싹을 내어 세심한 관리를 하고 5월 초에 텃밭으로 옮긴다. 물론 모종을 사다가 심으면 간단하지만 몇 포기만 심는 게 아니라 작은 밭 하나를 채우려면 큰 비용이 든다. 손은 많이 가지만 해마다 이렇게 싹을 내어 심어왔다. 날씨만 좋으면 6월에는 바질을 큰 광주리로 하나 가득 채취할 수 있다. 이것들은 잘게 썬 다음 올리 브기름을 듬뿍 넣고 잣이나 호두, 그리고 파마자노 치즈도 함께 넣고 갈아서 페스토를 만들어둔다. 한번 수확으로 300그램들이 병으로 15 병에서 20병까지 만들기도 한다. 이렇게 만들어놓은 페스토는 냉동 기에 얼려두고 다음 해 수확할 때까지 먹는다. 또한 집에서 만든 페 스토는 친지들이나 초대받은 집을 방문할 때에도 정성을 담은 나의 선물이 된다. 이제는 해마다 이 페스토를 기다리는 친구들도 생겨서 항상 기쁜 마음으로 나누어 먹는다. 바질은 장마가 오기 전 다시 한 번 채취할 수 있고 장마가 지나고 나면 쓰러지거나 죽는 나무도 생기 게 되어 쓰러진 나무는 다시 세우고 무너진 두둑도 흙을 돋우며 밭을 정비해준다. 이렇게 해서 가을볕에 다시 자라난 바질을 마지막으로 한 번 더 채취한다. 이때가 되면 피었던 꽃도 마르기 시작해서 씨 받 을 준비를 해둔다.

채식을 주로 하는 내게는 콩도 중요한 작물이다. 강낭콩이나 붉은 강낭콩, 깍지콩 등을 4월 말 파종해서 7월 초에 수확한다. 이 깍지콩은 7월 초부터 8월 말까지 수확할 수 있어 많이 수확하는 날엔 미리 데쳐서 먹을 만큼씩 냉동보관 해두고 겨울 내내 먹는다. 붉은 강낭콩은 칠리 빈 요리를 좋아하는 막내 아들이 오는 날 자주 해먹는다.

내가 즐겨 먹는 샐러드는 당연히 텃밭에서 그때그때 수확한 것이지만 6월이면 깍지콩도 많이 달리는 때라서 데친 깍지콩과 올리브유에 노릇하게 구운 마늘을 함께 조리한 샐러드나, 삶은 감자와 계란을 깍지콩, 참치, 검은 올리브와 섞어 레몬즙 소스를 뿌려 먹는 니소와즈 샐러드를 자주 하는 편이다. 이 샐러드는 여러 가지 영양소가 골고루 배합된 데다 조금만 먹어도 포만감을 주는 훌륭한 한 끼 식단이다. 토마토를 많이 수확하게 되는 6월 말부터 7월엔 토마토와 가지 요리도 즐겨 먹는다. 그리고 바로 딴 루꼴라와 토마토를 바질 페스토나 신선한 바질과 모짜렐라 치즈를 곁들여 먹는다.

오랫동안 나의 아침은 녹즙과 과일 한 접시다. 토마토가 익는 계절이 오면 토마토 주스가 대신한다. 손님이 없는 한 저녁도 샐러드만 먹기 때문에 점심은 반드시 밥을 먹는다. 그래서 반찬이 중요하다. 여름엔 두세 가지 나물을 꼭 곁들인다. 그래서 비빔밥도 자주 해먹는 메뉴

중 하나다. 참나물이며 비름나물, 명아주는 끝없이 자라기 때문에 나
물이 떨어질 날은 없다. 애호박을 자작하게 새우젓으로 간한 애호박
찌개나 된장찌개, 오이냉국이나 강된장에 상추쌈은 매일 먹어도 질리
지 않는다. 우리 집이라고 해서 특별한 요리가 있는 것은 아니다.

4월 중순 딸 소라의 생일이 되면 우리 집 첫 가든 파티가 시작된
다. 이때는 마당의 벚꽃이 만개해서 그야말로 화사하게 아름다운 봄
날이다. 벚꽃은 피어서도 아름답지만 떨어진 꽃잎도 가슴을 설레게
한다. 이때부터는 아침 커피 한잔을 시작으로 저녁이 될 때까지 내내
정원의 식탁에서 보낸다. 5월은 손님을 초대하거나 아이들이 찾아오
는 주말로 바베큐파티의 계절이 된다. 나의 두 손녀와 손자인 여섯 살
지유와 네 살 지환이는 주말이면 할머니 농사일을 돕겠다고 텃밭에
서 고추도 따고 토마토도 따온다. 작은 손이지만 일손은 언제나 환영
인 내 텃밭에서 큰 일꾼이 되어준다. 이 녀석들이 가장 좋아하는 일은
닭장에 들어가서 알을 꺼내오는 일과 방울토마토를 따오는 일이다.
그래서 주말이면 일부러 지유와 지환이를 위한 일거리들을 남겨둔다.
이 일거리들은 저희들이 가장 좋아하는 음식이기도 하다. 바쁘게 씨
뿌리고 가꾸었던 시간들은 오늘의 이 식탁을 위한 준비였다. 내게는
일상인 이런 일들이 도시에 사는 가족들이나 나를 방문하는 친지들에

겐 특별한 날이기에 그들의 기쁨을 보는 나의 기쁨도 그들 못지않다.

내 몸에
귀 기울이기

어머니는 어려서부터 병약했던 나에게 "너는 아버지가 의사가 아니었더라면 벌써 이 세상에 없었을 거다"라고 말하며 항상 애처로운 눈으로 바라보셨다. 그러고 보니 대학에 들어가기 전까지 제대로 수업일수를 채워본 적이 없다. 결혼을 하고 출산을 하고 나서도 어머니는 시집살이하는 딸이 안쓰러워서 제대로 먹지 못할까 걱정이 되어 시댁 몰래 장을 봐서 보내주시곤 했다. 지금은 내가 그렇게 병약한 아이였다는 게 믿어지지 않는다.

20여 년 전까지만 해도 나는 나를 위해 살아온 것 같지 않다. 모든 일에서 가족이나 아이들이 먼저였고 나 자신은 뒷전이었다. 특히 내 몸에 대해서는 무관심이라기보다 전혀 중요한 대상으로 생각하지 않았다. 아플 때는 병원에 가기도 했지만 왜 아픈 건지는 의사의 소관이었다. 그런데도 무엇보다 나를 짓누르고 있던 고통은 만성 변비였는데, 우연한 기회에 내 몸에 대한 각성이 찾아왔다. 나이 들어서야 내 몸에 귀를 기울일 줄 알게 되었고 내 몸이 무엇을 원하는지 살피게 되면서 비로소 채식을 하기로 마음먹었다. 채식을 하면서 물 마시는 방법도 달리하게 됐다. 녹즙을 마시기 시작하면서 내 몸에 수분을 많이 보충할 수 있게 됐다. 텃밭을 시작한 것은 내게는 필연적인 일인 것 같다. 녹즙이야말로 가장 건강하고 순수한 물이라는 생각이다. 이 속엔 온갖 비타민과 무기질, 섬유질 등이 있어 녹즙 한 컵만으로도 훌륭한 아침 식사가 되는데, 약간의 곡물을 먹는 것도 즐거움이기 때문에 통밀빵 한 쪽이나 오트밀에 꿀과 견과류를 섞어 조금 먹기도 한다. 우유는 오래 전부터 내 몸이 거부해서 대신 두유를 마신다. 과일도 빼놓지 않고 한 접시 가득 먹는다. 언제부터인가 변비가 사라진 건 어쩌면 당연한 결과다. 주말에 손님과 함께 식사라도 하게 되면 월요일에는 틀림없이 체중이 1킬로그램 이상 늘어난다. 그렇다고 크게 걱정을 하지 않는 건 이틀만 저녁으로 샐러드를 먹으면 다시 원래 체중으로 돌아오기 때문이다. 이렇게 내 식단이 거의 채소로만 이루어지다 보니 가족들의 걱정이 크지만 20년 동안 내 몸엔 아무 일도 일어나지 않았고 건강지수는 오히려 더 높아졌다. 이렇게 토끼처럼 먹고 살아도 일은 황소만큼 하는 것 같다. 땅이란 정말 경이로운 세계다. 작은 씨앗 한 알이 생명으로 자라나 수없이 많은 생명들을 살아가게 해주고 가을이면 다시 씨앗으로 여물어 겨울을 견뎌내고 봄을 기다린다.

수확의
기쁨

텃밭 농사에서 가장 바쁜 계절은 봄이겠지만 봄 못지않게 바쁜 계절은 가을이다. 어쩌면 씨 뿌리고 가꾸는 일보다 더 바쁜 일이 수확인 것 같다. 하루가 다르게 자라고 익는 결실들을 제때에 따주지 않으면 새로 나오는 잎이나 열매에 지장을 주거나 너무 익어 쇠하기 때문에 부지런히 따줘야 한다. 나 혼자 먹기에는 너무 많은데, 땅을 놀리는 일은 괜히 더 아까워 자꾸만 욕심을 부리게 된다. 그러다 보니 수확할 때면 정말 바빠진다. 뒷마당에는 매실이 두 그루가 있는데 해걸이를 해서 한 해는 많이 달리고 다음 해는 덜 달린다. 그래서 2년에 한 번 매실청을 담는다. 그것만으로도 여름마다 시원한 음료가 되어주고 두고 조리에 쓰기에 넉넉하다. 매실을 따는 날은 온 가족이 모이는 날로 정해서 지유와 지환이는 저희 아빠가 사다리 위에서 나무를 흔들거나 따다가 떨어트린 매실을 열심히 주워 바구니에 담는다. 아이들이 돌아갈 때면 수확한 매실은 골고루 나누어 담아준다. 6월은 감자를 캐는 달이기도 해서 지유와 지환이는 호미를 들고 신나서 거든다. 감자 잎은 무당벌레가 좋아해서 잘 지켜야 하는데 작년엔 이상하게 두더지가 많이 파먹었다. 두더지로부터는 또 어떻게 지켜야 할지 걱정이다. 많이 수확한 것 같았는데 아이들과 이 집 저 집 나누어 보내다 보면 남는 건 얼마 되지도 않는다. 그래도 나 혼자 먹기엔 충분해서 봄이 오기 전에 시들어버리거나 싹이 나서 못 먹고 말 때가 여러 번이다.

이것저것 수확한 채소나 열매는 저장식품으로 갈무리해야 하기 때문에 우리 집 마당은 갑자기 어수선한 시골집 풍경으로 변신하게 된다. 가을이면 감도 따서 감 말랭이를 만든다. 가지도 잘라서 말리거나 장아찌를 담그는데 냉장고가 비좁아 오이며 고추를 같이 넣어서 한 병에 담아 둔다. 토마토는 큰 냄비로 하나 가득 소스를 만들어 여러 병에 나누어 얼려 두고 먹는다. 이래서 가을이 되면 우리 집 냉장고는 초만원이 돼버린다. 추석이 지나면 토란도 줄기를 잘라 껍질을 벗겨내고 말려둔다. 육개장에는 이 토란 줄기가 들어가야 제맛이다.

가장 손이 많이 가는 건 말리기 전 가느다란 고구마줄기의 겉껍질을 벗기는 일인데 손톱이 새카맣게 풀색에 절어 외출하려면 창피하기도 하다. 우리 고추는 아무런 약도 쓰지 않기 때문에 고춧잎도 안심하고 먹을 수 있어 말려두고 무말랭이 장아찌에 넣기도 하고 삶아서 무쳐 먹기도 한다. 정말 가을엔 갈무리해야 할 일이 너무 많다. 가을의 마무리는 역시 어느 집이나 김장이 아니겠는지? 이곳에 와서는 김장 배추와 무는 꼭 내가 심은 것으로 담그는데 어느 해는 배추 속이 제대로 차지 못했어도 옛날 시골김치 같아 그런대로 또 다른 맛을 안겨준다. 가을걷이는 김장으로 거의 마무리가 되지만 김장 전 10월까지는 늦도록 달리는 호박이며 가지를 썰어 말리고, 끝물 고추는 따서 동치미랑 총각김치를 위해 소금물에 담아야 한다. 이렇게 또 한번의 가을을 보내고 이제 우리는 쉬어 갈 때다.

Part 3

정원,
계절이
자라는 곳

숲의 거주자들은 알고 있다.

거의 모든 종의 나무들에 저마다 제 목소리가 있다는 것을…

《Under The Greenwood tree(푸른 숲 나무 아래)》 중에서

정원을
가진다는 것

아침에 눈을 뜨면 기지개 한 번 크게 켜고 서서히 발끝에서부터 온몸을 깨운다. 창문을 통해 눈에 가장 먼저 멀리 청계산 주봉이 눈을 사로잡고 가까이에서 마당의 소나무와 왕벚나무가 나를 반긴다. 잠시 누운 채 새벽의 신선한 풍경을 즐기다가 참지 못하고 일어나버린다. 넓지도 않은 정원이지만 화단을 돌게 만든 좁은 길을 따라 차 한 잔을 들고 산책 시간을 즐긴다. 오늘의 할 일들, 내게 떠오르는 상념들이 꼬리를 물고 또 다른 생각을 낳게 하고 이 아침의 산책은 잠들었던 의식을 깨운다. 이렇게 정원 구석구석을 살펴가며 돌다 보면 어느새 내 눈엔 나의 손길을 기다리는 일거리들이 눈에 띄고 뜨거운 커피는 다 식을 때까지 화단 사이 어딘가에 놓인 채 잊혀지고 만다. 내 손엔 이미 찻잔 대신 전지가위나 호미가 들려 있게 마련이다.

정원을 가진다는 것은 얼마나 멋진 일일까? 자기만의 정원을 꿈꿔보지 않은 사람은 없을 것 같다. 창가에 작은 화분 하나 아니면 꽃 한 송이라도 컵에 꽂아 두고 마음의 휴식을 찾는다. 우리들 삶 속에 이렇게라도 자연의 한 조각을 들여놓으려는 건 어쩌면 자연 속에 살고 싶은 우리 모두의 본성인 것 같다. 이 세상에 식물도 동물도 하나 없이 오직 인간만이 살고 있다면 이 지구는 얼마나 끔찍할까? 상상만 해도 두려운 일이다.

정원이라고 하면 뭔가 거창하거나 대단하게 들릴지 모르겠지만 실은 마음만 먹으면 누구나 허락되는 만큼의 정원을 가질 수 있다. 창가에, 베란다에, 아니면 거실 한쪽에 작은 컨테이너를 구해 원하는 꽃이나 채소를 심으면 된다. 창가 정원, 베란다 정원, 온실 정원, 늘어놓으면 한없이 별별 정원을 다 만들 수 있을 것 같다. 현대식 복합주택이 생기기 이전에는 모든 집에 안뜰이라든지 앞뜰, 뒤뜰이라는 이름의 정원이 있었다. 내 기억으로 앞뜰이란 주로 화단이었고 뒤뜰이란 대체로 부엌문을 나서면 채송화며 봉선화, 분꽃 같은 꽃들을 경계 삼아 고추며 상추 등을 심은 채소밭이었던 것 같다. 말하자면 요즘 붐을 일고 있는 '키친 가든'이었던 셈이다. 이즈음에 와서야 뜰이나 정원이 희소가치를 가지게 된 건, 아파트라는 주거문화가 대세를

이루면서 사람들에게 더 이상 개인 정원이 공동의 휴식 공간으로서의 공공의 정원에 밀려날 수밖에 없기 때문인 것 같다. 많은 사람들이 전원생활을 꿈꾸는 이유 중에는 자기만의 정원, 자기만의 뜰을 가지고 싶은 꿈 때문일지도 모르겠다.

호사스럽게도 나는 나만의 정원을 가질 수 있게 되었다. 마음 같아서는 모네의 정원처럼 화려하고 다양한 꽃이 가득한 낙원처럼 가꿨으면 좋겠지만 그건 이룰 수 없는 꿈이라는 걸 안다. 그래서 타샤 튜더의 정원처럼 손수 가꾸었기에 손길과 숨결을 느끼게 해주는 정원이기를 속으로 바라고 있다. 이 정도 규모라면 나도 혼자서 감당해낼 수 있을 것이라 생각했다. 물론 타샤의 정원에 비하면 너무나 좁고 산자락을 깎아낸 땅이어서 정원을 꾸미기엔 땅이 단단하고 유기질도 적다. 조금만 파내려 가면 삽도 잘 안 들어가는 단단한 돌투성이 흙이다. 대대적으로 흙을 다 갈아야 하는데 그럴 엄두는 낼 수가 없다. 그래서 나무 심은 자리나 화단에만 부분적으로나마 새 흙을 퍼다 갈아주고 있다.

하얀
정원

처음 집을 지으면서 조성된 정원은 거의 나무조경이었다. 울타리 밖에 둘러 심은 벚꽃을 제외하고는 전부 하얀 꽃나무만 심었다. 화단은 따로 만들지 않아서 일부러 새로 만들어야 했고 전문적인 지식도 없이 오로지 하얀 정원을 만들고 싶다는 생각만으로 조경사에게 내가 원하던 흰 꽃들을 별 고민 없이 심게 했다. 화단은 내 손으로 직접 만들어야 했는데 일년생과 다년생이 있다는 것조차 몰랐던 때여서 다음 해에야 일년초 자리엔 새로운 꽃을 심어야만 한다는 걸 알게 됐다. 이렇게 해가 바뀌고 계절이 바뀌면서 조금씩 식물에 대해 알아가기 시작했고 정원은 조금씩 야생화를 중심으로 차츰 모습을 갖추기 시작했다. 온갖 하얀 꽃이 피고 지는 그런 정원을 꿈꾸면서 라일락, 자두, 매화, 모란, 작약, 백합, 은방울, 조팝, 수국 등이 화단에 번갈아 피도록 했다. 5월이면 주먹 만한 불두화가 가지가 휘어지도록 탐스럽게 피었다가 꽃이 질 때면 마당 가득 하얀 꽃잎들로 눈이 온 듯 눈부셨다. 산딸나무, 철쭉, 으아리, 자스민, 옥잠화, 그리고 마가렛과 카모마일까지 온갖 하얀 꽃들이 하나가 지고 나면 또 다른 꽃이 잇달아

피는 그런 정원이 되어갔다.

　그런데 정작 봄이면 가장 먼저 피는 목련만은 심지 않았다. 목련을 심고 싶은 유혹도 있었지만 이내 그런 생각은 지워버리고 만다. 나는 목련이 지는 모습이 싫다. 이른 봄에 도도하게 피어난 화려한 자태가 탐스럽고 아름다웠지만 어느 날 갑자기 누렇게 변한 꽃송이가 통째로 툭툭 떨어져 땅 위에 널린 모습은 왜 그렇게 슬픈지 그 모습을 보는 게 참 싫다. 꽃은 피어 있는 모습만큼 지는 모습도 아름다웠으면 좋겠다. 어디 꽃뿐이겠는지. 4월이면 담장을 따라 심은 벚나무들의 꽃이 화사하게 바람에 흩날리며 마당 가득 꽃눈으로 덮인다. 나는 이 꽃잎들이 말라서 이리저리 구석으로 몰릴 때까지도 쓸어버리질 못하고 뒀다. 하얀 정원은 5년쯤 가꾸며 즐겼는데 왠지 색깔이 없는 화단이 점점 차갑고 쓸쓸해 보였다. 그래서 울긋불긋하지 않으면서 뭔가 흰색 정원과 조화를 이룰 어떤 색이 있으면 좋겠다는 생각을 하다가 불현듯 보라색이어야 할 것 같았다. 오래 전부터 보라색은 내 안에 필연적으로 새겨져 있던 그 무엇이었나 보다. 흰 꽃들 사이에 보라색 꽃을 심을 생각으로 다음 봄을 기다렸다.

보라색
정원

산에서 불현듯 나타나는 보라색 꽃은 유난히 선명하게 눈에 들어온다. 창포며 엉겅퀴, 꽃향유, 쑥부쟁이들은 그늘 속에서조차 청량감을 주는 신선함으로 눈부시다. 그렇지 않아도 정원을 좀 바꿔보면 어떨까 하는 생각을 하던 차에 머릿속엔 보라색 꽃이 가득 차기 시작했다. 갑자기 마음은 바빠지고 온갖 보라색 꽃들을 찾아보기 시작했다. 보라색 산수국도 심고 하얀 라일락이 있던 자리엔 보라색 라일락이 들어서게 됐다. 엷은 보라와 진보라의 아이리스들, 붓꽃, 매발톱, 꿀풀, 벌개미취, 라벤더, 헬리오트로프, 엉겅퀴, 비비추, 그리고 이름은 다 기억하지 못하지만 여러 가지 야생화들을 끌어들였다. 기왕에 있던 하얀 꽃들은 그대로 두고 사이 사이에 보라색이 주종을 이루게 했더니 흰 꽃 속에서 보라색은 더욱 눈부시게 드러났다.

오래 전 아프리카 케냐에서 자카란다를 본 적이 있다. 강열한 태양빛에 눈부시게 빛나던 화려한 보라색은 여전히 선명하게 내 안에 살아 있다. 어디에서도 그렇게 멋진 보라색은 본 적이 없다. 아마도 아프리카의 태양 아래 반짝이는 그곳 흑인들의 검은 피부색과 어우

러져 더욱 눈부셨을지도 모르겠다. 그러나 보라색에 대한 강렬한 기억은 이보다 더 오래 전, 겨우 네 살 적에 함경도 무산에서 살았을 때로 거슬러 올라간다. 이 작은 사건은 순수한 백지 같은 내 어린 영혼에 선명한 보랏빛의 기억을 새겨놓았다. 나와 동갑내기인 막내이모와 오지 마을인 이곳 간이 기차역에서 우리 둘은 개찰구 문에 매달려 언젠가 어디선가 들어올 기차를 하염없이 기다리곤 했다. 어린 아기들이었지만 누군가를 기다리는 일을 지루해하지도 않고 종일을 흔들거리는 개찰구 문에 매달려 놀았다. 그 끝이 어디인지도 모르는 기찻길을 하염없이 바라보다가 돌아오곤 했던 기억은 지금도 아련하게 남아, 기차역은 이별의 장소이기보다는 기다림의 장소, 막연한 그리움과 무언가가 일어날 것만 같은 기대의 장소로 남아 있다. 우리의 또 하나의 놀이터는 우리 집과는 뭔가 다른 옆집의 정원이었다. 아직은 해방이 되기 전이어서 그곳에는 일본인이 살고 있었고 우리 집과의 사이엔 울타리도 없이 화단이 두 집의 경계를 나누고 있었다. 그날은 어쩐 일로 혼자였던 나는 너무나 심심해서 옆집 화단 앞에서 혼자 놀고 있었고 어린 내게 한낮의 정적은 끝없이 무료하고 숨 막히게 고요해서 마치 박제된 시간처럼 멈춰버린 듯했다. 하늘은 구름 한 점 흘러가지 않고 오로지 깊고 푸른 심연처럼 양쪽 집의 처마 사이로 파랗게 뚫려 있었다. 적막이란 이렇게도 아득한 것인지. 한낮의 따가운 햇살조차도 숨 막히게 만드는 그런 고요 속에서 어린아이의 눈에 들어온 것은 강렬한 보랏빛의 붓꽃 한 송이. 아, 얼마나 아름다운 꽃인지 고요 속에서 갑자기 보이지 않는 강렬한 욕구가 어린 내 가슴에 커다란 파도를 일으켰다. 저 꽃을 가지고 싶다는 욕망만으로 어린 나는 이미 꽃을 꺾고 있었다. 꽃대는 어찌나 질긴지 네 살짜리 어린아이의 힘으로는 잘라지지가 않았다. 한참을 꽃대를 잘라내느라 애쓰는 동안 갑자기 두려움이 밀려들었다. 이 꽃밭은 남의 꽃밭이기 때문이었다. 잘라내느라 줄기가 짓이겨진 꽃 한 송이를 들고 급하게 곁에 있던 목제 화장실로 숨어들었다. 해방되기 이전의 일본식 주택은 대체로 이렇게 외부에 목조로 된 푸세식 화장실을 두었다. 화장실로 숨어들자 고요하던 이 좁은 공간은 어디선가 날아들어온 벌 한 마리의 윙윙거리는 소리로 가득 찼다. 너무나 무서워 벌을 피하느라 구석으로 숨으려고 보니 아래로 뻥 뚫린 푸세식 화장실은 마치 끝없는 낭떠러지 같기만 했다. 조금 전까지만 해도 그토록 적막하고 무료해서 숨이 막힐 것만 같았던 이곳에 무슨 일이 일어났던 것일까? 벌을 피하려고 허우적거리는 내 팔을 공격으로 알았는지 끝내 눈두덩을 쏘이고 말았다. 부어오르는 눈두덩을 감싸 안고 화장실을 빠져 나오면서 어린 나는 보이지 않는 뭔가 엄청난 존재에 의해 조금 전 남의 집 꽃을 꺾은 것이 나쁜 짓이라는, 그래서 그렇게 벌이 혼내준 거라는 어렴풋한 죄의식에 눈을 뜨기 시작한 것 같다. 자연의 아름다움에 눈뜨기 시작하면서 한편 아담의 사과를 한입 맛본 셈이다. 시간은 흘러가는 것이라지만 그 순간은 그대로 박제된 듯, 한 아이의 성장이나 늙어감과는 상관없이 지금도 생생하게 보라색 기억으로 남겨져 있다.

한때는 보라색에 대한 환상 속에서 라벤더의 은은한 향기와 세련된 가지에 반해 해가 잘 드는 구석 화단을 라벤더로 가득 채우기도 했지만 월동이 되지 않는 기후 때문에 해마다 새로 심어야 하는 게 큰 부담이었다. 거실 앞 데크에는 보라색 꽃이 주렁주렁 달리는 등나무를 심고 싶었다. 등나무는 어머니가 좋아해서 오래 전부터 우리 집 마당엔 항상 등나무 그늘을 만들었다. 어머니는 유난히 등나무와 후박나무, 그리고 오동나무를 좋아했다. 우리 가족이 오래 살았던 한남동의 작은 집 대문 앞에도 오동나무 한 그루를 심으셨다. 그래서 동네에선 우리 집을 오동나무집이라고 불렀다. 지금은 유명한 미술관의 입구가 되어 있는데 어머니는 그 집을 허무는 것보다 오동나무가 잘려 나가는 걸 더 마음 아파하셨다. 나는 베어낸 오동나무로 가구를

짜기로 했다. 가장 기뻐한 건 물론 어머니였다. 오동나무집에서 100여 미터쯤 떨어진 새 집으로 이사를 하면서 이 오동나무로 옹색한 큰아들의 방에 가구를 짜줬다. 옷장 사이에 책상이 있어 좁은 공간에 쓸모 있는 가구로 변신한 오동나무는 이후로도 오랜 세월 우리와 함께 살았다. 이후 이사한 집에는 오동나무 대신 어머니가 좋아하는 등나무를 심었다.

그래서 당연히 나의 새 집에도 등나무 넝쿨을 올려 그늘도 만들고 보라색 꽃도 즐길 생각이었다. 그런데 식탁을 마당에 놓게 되니 벌레를 심하게 타는 등나무에서 떨어지는 여러 가지 불순물들이 고민이었다. 봄부터 가을까지 정원의 식탁에서 많은 시간을 보내게 되니 비가 오는 날에도 역시 지붕이 있어야만 했다. 등나무는 그늘도 훌륭하게 만들어줄 뿐 아니라 초여름이면 마치 포도송이처럼 주렁주렁 매달리는 보라색 꽃들을 피워주지만 비나 눈을 막아주지는 못한다. 우리 집의 전통처럼 지켜지던 등나무 그늘을 만들지 못해 지금도 아쉬운 마음이지만 언젠가는 꼭 어머니를 기리며 등나무를 심을 것이다.

어느새 사는 곳을
닮아가고 있다

몇 년이 지나면서 산이 가까워서인지 어디선가 낯선 식물들이 날아 들기 시작했다. 갑자기 해바라기도 날아 들어와 사발만 한 노란 꽃을 피우더니 어느 해 가을엔 붉은 맨드라미가 탐스럽게 피어났다. 이렇 게 날아 들어온 꽃들은 해가 바뀔 때마다 화단 여기저기에서 새로운 싹들을 피웠다. 한두 가지가 아니었기에 다 뽑아버릴 수도 없었지만 내 화단에 들어와 살기로 한 식물들을 뽑아버릴 수는 없었다. 우리 집 개 가족들이 이렇게 해서 늘어나게 되었듯이. 이중에 가장 생명력 이 강한 건 보랏빛 쑥부쟁이와 가을이면 타는 듯 붉은 자주색 꽃을 피우는 맨드라미다. 몇 해가 지나고 나니 정말 걷잡을 수 없이 넓게 퍼져버려서 이젠 쑥부쟁이가 가장 큰 무더기를 이루고 말았다. '그 래, 너희는 여기서 자리 잡고 살거라' 생각하면서 마당 한구석을 이 녀석들에게 내줘버렸다.

　이젠 더 이상 하얀 정원도 보라색 정원도 아니다. 이미 내 화단은 뒷산의 생태계를 닮아가고 있다. 나의 화단에 여름이면 무성하게 피 는 원추리며 창포, 은방울, 꿀풀, 산나리, 벌개미취, 둥굴레, 맥문동이며 조팝들은 모두 뒷산에서 온 것들이다. 이제는 대부분 월동이 되는 다년생으로 채워져 있다. 봄이면 노란 산수유가 가장 먼저 봄을 알리고 수선화와 연분홍 벚꽃이 피기 시작이다. 이때면 울타리엔 앵두빛 산당화도 운치 있게 피어난다. 탐스러운 불도화도 가지가 휘어지게 피었다가 질 때면 마당 가득 하얀 꽃잎으로 덮인다. 나는 한참을 쓸어버리질 못한다. 분홍색 으아리꽃은 등나무를 심으려던 자리에서 줄기가 뻗어올라 초여름이면 100송이도 넘는 꽃을 피워 장관을 이룬다. 장마가 올 때쯤이면 원추리가 한창이고 가을엔 맨드라미와 해바라기가 짙은 가을 빛을 뽐낸다. 이 모든 꽃들은 이제 각자의 향기와 자태를 지닌 내 정원의 주인공들이다.

쌓인 눈 속에서도
봄은 움트고

봄이 오면 가장 먼저 느낄 수 있는 변화는 앞산의 햇살이 퍼지는 풍경이다. 차갑고 냉랭한 공기에 선명하던 풍경이, 따스한 공기에 녹아버린 것처럼 햇살에 번지듯 풍경의 윤곽선도 흐려진다. 봄기운이다.

이 기운에 앞마당 산수유에도 노란 꽃망울이 맺힌다. 창밖으로 하얗게 눈 속에 덮여 있던 숲은 영원히 녹아버릴 것 같지 않는 신비한 기운으로 가득 차서 이 풍경 또한 나는 잃고 싶지 않다. 빛과 그림자만이 있는 백색의 세계, 마치 한 폭의 흑백사진 속 풍경 같다.

숲은 그 속을 거닐 때와는 달리 멀리서 바라보는 것 또한 가슴 설레는 일이다. 나는 푸르게 녹음이 우거진 숲보다는 눈 속에 하얗게 덮인 숲이 더 좋다. 감히 발을 들여놓아 자국을 남기기조차 두려운 이 숲은 내겐 언제나 금단의 세계 같다. 하얀 눈에 덮인 숲은 마치 일본의 젠 가든처럼 범접할 수 없는, 그래서 차라리 들어가지 않고 그대로 바라볼 수 있는 순결한 숲으로 남겨두고 싶다.

하지만 숲은 천의 얼굴을 가진 변화무쌍한 곳이어서 언제나 한결같이만 보이더라도 실은 계절이 바뀌고 기상의 변화에 따라 은밀한 사건들로 채워져 어느 한 순간도 그대로인 적이 없다.

한겨울에도 내린 눈이 깊지 않을 때는 아이들을 데리고 뒷산으로 산책을 간다. 산의 능선을 따라 천천히 올라가노라면 아직 어린 녀석들은 힘이 넘쳐 내 앞을 수없이 오르내리며 숲길을 다 휘저어 놓는다. 그러면 어디선가 마른 잎 속에 숨어 있던 산비둘기며 이름 모를 새들이 놀라서 푸드덕거리며 날아오른다. 이 녀석들에게는 이건 정

말 신나는 놀이거리다.

산 밑의 겨울은 너무나 길고 혹독하다. 3월 말이면 큰길의 벚꽃은 벌써 피기 시작하지만 산 밑의 우리 집 벚나무는 꽃망울도 맺지 못한다. 그래서 봄을 기다리는 마음은 더욱 길기만 하다. 해마다 3월 초가 되면 우리 집 마당은 시끄러워진다. 아직 쌀쌀하기만 한 날씨인데 갑자기 까치들이 마당에 분주하게 날아다닌다. 이 까치 녀석들은 뭔가 계절을 감지하는 잣대가 따로 있는 듯, 산란 시기에 늦을까 서둘러 집 짓기를 시작한다. 까치 부부는 힘을 합하여 열심히 깍깍거리면서 높은 벚나무 위로 나뭇가지들을 물어 올리느라 분주하다. 시끄럽게 울어대는 소리는 뭔가 저희들끼리의 소통수단인가 보다. 까치들이 집을 다 지을 때쯤이면 그제야 벚꽃이 맺히기 시작한다.

봄은 땅속의 미생물들에게조차 왕성한 활동의 시기이다. 단단하게 얼고 굳어 있던 땅속에는 우리들 눈에는 보이지 않지만 생태계에 존재하는 생물 군의 3분의 2가 살고 있다고 한다. 마치 땅속의 화학공장처럼 이들 미생물들의 왕성한 분해활동으로 흙은 부드러워지고 식물의 생장을 위한 유기물들이 가득 생겨난다. 도시에 사는 사람들이 더럽다고 아이들에게 손도 대지 못하게 하는 이 흙 속에 실은 얼마나 많은 유익한 미생물들이 살고 있는지, 이 흙 한 줌이 얼마나 고마운 존재인지 이곳에 오고 나서야 알게 됐다.

계절을
바구니에 담아서

봄이면 나는 양재동 꽃 시장에서 여러 가지 포장재와 크고 작은 바구니들을 30~40개씩을 사다 놓는다. 자동차 트렁크에도 들어가지 않을 만큼 가득 사들인 바구니들은 보는 것만으로도 즐겁다. 어떤 바구니는 너무 예뻐서 아끼느라 묵혀버리기도 한다. 나의 바구니 사랑엔 보라색 붓꽃 한 송이와 마찬가지로 남모르는 오랜 추억이 있다.

초등학교에 막 들어갔던 안강에서의 일이다. 옛날이나 지금이나 여자애들 놀이는 역시 소꿉놀이가 제일이었다. 해방되기 전후였던 시절이니 이 시골 마을의 아이들에게는 오직 깨진 사발조각이나 굽도리를 예쁘게 돌로 다듬어서 솥이나 조리그릇이라며 소꿉놀이를 했던 때였다. 나는 아버지 병원에서 나오는 폐품들 속에서 아주 예쁜 유리 주사액 용기를 구할 수가 있었다. 그때의 포도당 주사용기는 작은 전구 같은 유리병이었고 끝이 길고 좁은 주둥이 부분을 작은 톱

날 같은 도구로 몇 번 그어서 따내어, 조그만 구멍이 만들어지면 주
사기로 용액을 빨아들이는 식이었다. 버려진 이 용기들은 나의 소중
한 소꿉놀이용 단지가 되어줬다. 우리는 풀을 잘게 뜯어서 이 유리병
에 물을 담고 김치를 담그곤 했다. 나는 이 주사용기로 동네아이들의
큰 부러움을 사게 됐다. 이걸 가지고 싶은 친구 중 한 아이가 내게 그
럴듯한 제안을 했다. 자기 아버지가 바구니를 만들어 팔아서 집에 바
구니가 엄청 많단다. 그래서 이 유리용기를 몇 개 주면 대신 바구니
10개를 주겠단다. 얼마나 달콤한 유혹인지 몰랐다. 나는 아버지 몰래
쓰레기통 속에 버려진 이 포도당 약병을 주어다가 친구에게 주었고
이런 일방적인 거래는 몇 번이나 더 이어졌지만 아무리 기다려도 친
구는 이런 저런 핑계를 대며 내일 또 내일로 미루고는 했다. 내게 준
다던 바구니의 숫자는 나날이 늘어만 갔다. 20개에서 30개로 30개에
서 50개로. 이건 상상만 해도 얼마나 즐거운 일이었는지, 나는 언제
나 그 수십 개의 바구니를 머릿속에 떠올리며 행복해했었다. 그렇게
미루던 어느 날 졸라대는 나를 안심시키려고 그랬는지 친구는 자기
집에 가득한 바구니를 일단 보여주겠다면서 집으로 날 데리고 갔다.
왜 그랬는지는 모르지만 나는 지금까지 상상 속에만 있던 바구니의
실체를 확인하는 것만으로도 숨 막히는 기대를 가지고 그 아이의 집

앞까지 갔는데 친구는 날보고 대문 밖에서 기다리라고 했다. 대문 안으로 들어간 친구는 한참을 기다려도 나오지 않았다. 나는 대문 틈으로 안을 기웃거리며 어딘가에 바구니들의 모습이 보일 것만 같아 열심히 들여다봤지만 바구니는 어디에도 보이지 않았다. 대문 사이로 보였던 평상이며 명석 등 그날의 풍경은 지금까지도 눈에 선하다. 물론 그 친구는 내게 아버지가 바구니를 장날에 다 팔아버려서 오늘은 줄 수가 없으니 조금만 더 기다리라고 했다. 우리 가족은 얼마 후 서울로 이사를 오게 됐고 바구니는 끝내 구경조차 하지 못했다.

수십 년이 흘러간 지금도 나는 예쁜 바구니를 볼 때면 한 번도 본 적 없는 그 옛날 친구네 바구니를 떠올리곤 한다. 가까운 친지나 제자들의 전시회에 갈 때는 축하 꽃바구니 대신 언제나 나의 채소바구니를 선물하고는 하는데, 받는 이들은 꽃을 받는 것보다 더 기뻐하는 것 같았다.

Part 4

모두와
함께
살고 있습니다

"하느님께서 당신을 데려다 놓은 그곳이 바로 당신이 있어야 할 곳입니다."

Mother Teresa (마더 테레사)

오리의
선물

새 집으로 이사를 온 해는 경제파동이 일어난 1997년이었고 그래서 인지 전에 없이 민심이 어수선할 때였다. 그 와중에 낯선 고장에 들어오니 모두가 생소했다. 새로운 환경과 새로운 이웃들, 그리고 새로운 라이프스타일에 적응하느라 바쁘고 힘든 날들이었다.

　이사를 오니 옆집에 오리 전문 식당이 있었는데 자기네 넓은 마당을 두고도 한참 떨어진 우리 집 담장 밖에서 오리를 기르고 있다. 담장 안은 우리 집 부엌이라 창문에서도 그 집 오리들이 보였다. 보이기만 하면 좋겠지만 냄새뿐 아니라 파리들이 들끓었다. 오리들이 잡식성이라는 말은 들었지만 직접 오리를 길러본 일이 없는 데다가 오리를 가까이에서 기르는 것도 처음 보는 터라 이렇게나 악취가 진동한다는 것도 몰랐다. 여름이 끝나갈 무렵, 오리들의 꽥꽥거리는 소리에 부엌 창문을 통해 이 녀석들의 동태를 살펴보곤 했는데 이사 온 지 며칠 되지도 않은 어느 날 오리 몇 마리가 쓰러져 있는 것이 보였다. 혹시 전염병이라도 걸린 건 아닌지 걱정이 되어 주인집으로 달려가 알려줬다. 그런데 놀랍게도 주인의 무심한 한마디가 돌아왔다. "내삐둬요. 밥을 안 주이 굶어 죽은 기지." 퉁명스런 경상도 말투의 여주인은 눈길도 마주치지 않은 채 무심하게 하던 일만 계속한다. 오리를 길러본 일도 없지만 사료를 어디서 사야 하는지도 몰랐고 이사 온 지 며칠 되지도 않아 이 동네 정보에는 어두웠던 때라 난감했다. 주인은 오리들에게 먹이를 안 주겠다는 심사다.

오리들에게 무얼 먹여야 할지 고민하던 중 라면이 가장 손쉽게 구하고 조리도 간편할 것 같다는 생각이 들었다. 얼마나 바보 같은 생각이었는지. 슈퍼마켓에 가보니 라면도 사람들의 사재기로 구하기가 힘들다는 걸 알게 됐고 여기저기 몇 군데 슈퍼마켓을 다니면서야 겨우 두 상자쯤 살 수 있었다. 가장 큰 들통에 라면을 부스러뜨려 집에 있는 야채들을 넣고 끓인 다음 빨리 식히기 위해 찬물을 부어 오리들에게 먹이기 시작했다. 이건 무슨 날벼락인지? 그날 이후에도 매일 몇 마리씩 계속 죽어서 살아남은 오리들은 30여 마리쯤 되는 것 같다. 너무나 굶어서 기운이 없어 보이는 오리들이 낮이면 햇볕에 앉아 졸고들 있었다. 살아있는 생명을 굶기면서 자기는 밥을 먹고 있을 그 주인은 어떻게 된 사람들일까? 사람이 이렇게 잔인할 수 있다는 게 믿어지지 않았다. 이 마을에 들어와서 처음 만나게 된 동물과의 인연은 이렇게 오리들과의 만남으로 시작이 됐다. 20여 일 가까이 이 녀석들에게 아침저녁으로 쌀과 라면, 채소들을 끓여서 날랐고 부족한 날은 개의 사료를 부어주기도 했다. 더러운 물통을 부셔서 신선한 물을 채워주면 순식간에 물통은 흙탕물이 되어버린다. 먹기보다 몸부터 담그느라 난리들이었다. 지금 생각하면 개 사료를 주는 게 훨씬 덜 힘들었을 테고 오리들에게도 라면보다는 개 사료가 훨씬 더 좋을 걸 하는 생각이 문득 들곤 한다.

매일 몇 마리씩 죽어 나가던 오리들 중에 끝내 살아남은 오리들은 몇 주가 지나면서 살이 오르기 시작했고 활기를 되찾은 것 같았다. 아마도 20여 마리쯤 살아남은 것 같았다. 어느 날 평상시와는 좀 다른 울음소리가 들렸다. 마치 닭이 알을 낳았을 때 홰를 치면서 요란스럽게 *꼬꼬댁꼬꼬거리듯이* 조금은 다른 목청으로 야단스럽게 꽥꽥거리고 있었다. 낯선 침입자라도 있는 건 아닌지 놀라서 나가 보니 한 놈이 양지바른 둔덕에 앉아 있는데 뭔지 예사로워 보이지 않았다. 혹시 이 녀석 그럼 알을 낳은 걸까? 가까이 다가가자 녀석이 비켜서

는데 역시 방금 낳은 알이 예쁘게 놓여 있었다. 얼마나 경이로운 일
인지. 나는 보물처럼 그 알을 두 손으로 감싸 안았다. 오리의 따뜻한
체온이 그대로 남아 있어 마치 살아 숨 쉬고 있는 생명인 듯 느껴졌
다. 왠지 눈물이 핑 도는 벅찬 감동이 온몸으로 퍼져왔다. 건강을 되
찾은 오리들은 내가 저이들 어미라도 되는 줄 아는지 나만 들어가면
우루루 내 발 앞으로 모여들곤 했다. 오리들에게 알을 보여주면서 나
도 모르게 너무도 신통해서 수없이 '고맙다', '고맙다' 하고 말해줬다.
다음 날 아침 역시 먹이통을 들고 나가는데 어찌 된 일인지 울타리
안은 조용했고 오리들은 한 녀석도 보이질 않았다. 순간 가슴이 철렁
했다. 말할 것도 없이 주인이 이 녀석들을 다른 오리탕 집으로 다 팔
아버린 것이다. 매일 아침저녁으로 오리들에게 먹이를 주는 걸 알았
으면서 고맙다는 인사는커녕 오리집 근처에 얼씬도 하지 않던 주인
여자가 갑자기 무서워지기까지 했다. 나중에야 이 집은 동네 어느 누
구도 가까이 하지 않고 산다는 걸 알게 됐다.

백설이와
슬기 이야기

나는 아무래도 이웃 복이 없나 보다. 이렇게 담장을 사이에 두고 양쪽 옆집이 누가 덜할 것도 없이 고약한 인심을 가진 사람들이었다. 오리탕 집은 결국 망해서 문을 닫았지만 그 집 마당에 백구가 한 마리가 묶여 살고 있는 걸 알게 됐다. 이 집엔 나이든 시어머님이 같이 살고 계셨는데 며느리가 어찌나 드센지 시어머님이 오히려 눈치 보며 시집살이를 하는 걸 알았다. 이 할머니는 종가댁 며느리로 참 반듯한 분이셨다. 몇 달이 지나고 첫 겨울을 맞게 된 어느 날, 옆집 할머니가 우리 집 담을 기웃거리셨다. 무슨 일이신가 하고 나가 보니 할머니가 어렵게 말을 꺼내신다. 우리 집에 개들이 많다는 걸 알고 혹시 개집이 남는 게 있으면 얻을까 하고 오셨단다. 오리 사건 이후로 가까이 할 이웃이 아니라는 생각이기도 했지만, 처음으로 이웃과 친근한 대화가 오고 간 날이었다. 우리 집 개들은 다 집 안에서 살고 있으니 개집이 있을 리가 없다. 그래도 어떻게 해서라도 할머니의 청을 들어드리고 싶었고 보지는 못했어도 초겨울 날씨에 겨울을 앞둔 백구에게는 꼭 집을 마련해주고 싶었다. 할머니를 따라 그 댁 앞마당으로 가서 처음으로 백설이를 만나게 되었고, 이렇게 시작된 백설이와의 인연은 참으로 파란만장했다. 마침 동료 교수가 설치작품으로 만든 수십 개의 작은 나무집을 장충동 국립극장 대극장 앞 계단에 전시했다가 철수해야 하는 시점이었다. 그 많은 집들을 갖다 둘 곳이 없어 걱정하던 얘기를 떠올렸다. 바닥이 없는 나무집이었지만 예쁜 빨간색으로 칠해져 있고 앞에는 아치형으로 뚫린 문까지 있어 개집으로는 안성맞춤이었다. 이 교수에게 그 나무 작품들을 동물들을 위해 기증해주면 어떻겠냐고 제안을 했더니 안 그래도 개들을 좋아했던 교수여서 흔쾌히 승낙을 했다. 탄탄하게 지은 집이어서 서둘러 목공소에서 바닥을 만들게 하고 이 집들을 백설이와 집이 없는 동네 개들에게 나누어줄 수 있었다. 오랫동안 이 동네 곳곳에서 이 빨간 개집을 볼 수 있었다. 이 동네 대부분의 개들은 집이라고 할 수도 없는 그런 곳에 묶여서 살고 있었다. 새 집을 나누어주면서도 혹시라도 주인들의 심기를 건드릴까 조심스럽게 주어야 했다.

백설이는 나와 만난 이후로도 다섯 번의 출산을 했다. 매번 여섯 마리에서 일곱 마리씩을 낳았는데 한 달쯤 지나고 나면 새끼들은 없어지고 어미만 남는 것이다. 젖도 떼기 전인 새끼들이 개장수에게 팔려간 것이다. 너무 놀라서 다음 출산부터는 주인에게 같은 값을 줄 테니 내게 팔라고 이야기를 했다. 개장수에게 받던 것보다 더 비싼 가격을 부른 것을 알지만 일단 새끼들을 사서 시간을 번 다음 마당이 있는 집으로 엄선해 입양을 알아봤다. 추운 겨울에 출산한 데다가 영양도 안 좋으니 면역력이 떨어져 백설이는 감기가 심해졌다. 15년 전이니 대형견의 옷 같은 건 구할 수가 없어 해줄 수 있는 거라곤 집 안에 볏짚을 두둑하게 깔아주는 일이었다. 무섭게 추운 겨울철인데 며칠이 지나도 밥을 전혀 안 먹으니 병이 나을 수가 없다. 배려가 전혀 없는 주인은 내가 준 개집을 집 뒤 그늘 쪽에 두어 백설이는 추운 겨울에도 그늘에 묶여서 떨어야만 했다. 집 안에서 꼼짝을 못하고 누워만 있는 백설이를 안고 차에 태워 병원으로 데려 가니 폐렴이란다. 대형견 입원이 안 되는 상황이라 수액을 맞아야만 했던 백설이는 추운 겨울 날씨에 뒤뜰 나무에 링거를 매달고 식을까봐 수액에 핫팩을 붙인 채로 링거를 맞아야 했다. 이렇게 해서 겨우 살아난 백설이는 봄이 되자 또 임신을 하게 됐고 세 번째 출산 때부터는 입양도 점점 어려워졌다. 이렇게 해서 입양이 안 되고 남은 아기 하나가 그 집에 그대로 살게 되었다. 이름은 곰순이었는데, 이후 출산한 곰순이는 끝내는 주인에게서 버려져 우여곡절 끝에 동물보호단체를 통해 아들 바우와 함께 멀리 강원도 산골의 위탁가정에 들어갔다. 곰순이는 그곳에서 열세 살의 삶을 마감했다. 백설이는 2002년 7월 18일 네 번째로 여섯 마리의 아기를 출산했다. 이때 태어난 아기들 색깔이 각양각색이었다. 두 아기만 흰색이었고 검정색 아기가 둘, 얼룩얼룩한 호피무늬의 아기가 하나였다. 마지막 두 아기만 남았을 때, 입양을 하러 온 어느 절의 젊은 스님이 까만 아기와 호피무늬의 아기를 번갈아 안아보면서 고민을 하더니 까만 아기를 데려가겠단다. 마지막 하나 남겨진 호피무늬 여자 아기가 슬기다. 이렇게 해서 슬기는 우리 가족으로 올 수밖에 없었다.

같은 해 추운 겨울의 끝 무렵, 다섯 번째 출산을 한 백설이는 출산만 하면 새끼들이 없어져 버리니 아기들을 지키기로 결심을 했던 모양이다. 어느 날 새끼 다섯 마리가 감쪽같이 사라졌는데, 함께 사라졌던 백설이가 밥 먹을 때마다 돌아오는 걸 보면 아기들을 어딘가 물어다 감춰둔 것 같았다. 뒷산을 다 뒤져서 풀더미 속에 감춰둔 아기들을 발견할 수 있었다. 백설이에게는 미안했지만, 산속에 사는 야생 동물들에게 공격당할 수도 있었기 때문에, 안전하게 집으로 데려와야 했다. 결국 2개월째에 모두 입양을 보냈다. 이것이 이 땅에 태어난 백구나 누렁이들의 운명이다. 우리 가족이 된 슬기는 낮이면 뒷문으로 나가서 종일 엄마 백설이 곁에서 지낼 수 있어 어찌 보면 행운이었지만 두 모녀의 행복한 시간은 길지 못했다. 무더운 여름, 유럽 출장에서 돌아온 다음 날이었는데, 오랜만에 백설이를 보고 출근하려고 뒷문으로 백설이를 불렀다. 다른 때였다면 내 목소리만 들어도 온몸을 비틀어대며 반가운 몸짓으로 달려오던 백설이었는데 이날은 마지못한 걸음으로 느릿느릿 오고 있었다. 순간 어딘가 많이 아프다는 걸 알 수 있었다. 출장에서 돌아와 첫 출근이라 아침부터 회의도 잡혀 있어 직접 병원에 데려갈 수가 없었다. 출근 후 바로 기사에게 병원으로 데려가 주도록 부탁했다. 이것이 백설이와의 마지막이 되리라고는 생각도 못한 일이었다. 병원에서 전화가 왔다. 자궁축농증으로 바로 수술에 들어가야 한다고 했다. 사상충 치료를 마친 지 얼마 되지 않아 마취가 위험하다는 것이 문제였다. 수술을 하지 않아도 위험한 건 마찬가지였다. 어쩔 수 없이 수술을 선택해야만 했고, 백설이는 영영 깨어나지 못 했다. 2003년 6월 21일이었다. 아마도 백설이는 일곱 살쯤 되지 않았을까? 홀로 남겨진 슬기는 우리의 가족이 되기는 했지만 아침이면 어김없이 출근을 하듯 월담을 해서 엄마에게로 갔다. 엄마와 딸은 친구처럼 가족처럼 애틋했다. 엄마가 왜 돌아오지 못하는지 알지 못하는 슬기는 매일 엄마와 함께 마을을 내려다보던 언덕에 엎드려 엄마를 기다렸다. 슬기는 야성이 강하고 아주 영민한 아이였다. 자유로운 영혼으로 타고난 슬기는 어떤 방법으로든 자기가 원하면 높은 담장도 뛰어넘어 탈출을 했다. 마을로 나가서 놀다가도 해가 기울면 우리가 볼 수 있는 자리에 단정하게 앉아 뒷문을 열어주기를 기다리곤 했다. 용맹하고 사랑스럽던 슬기, 이제 겨우 여섯 살이던 슬기가 언제나처럼 혼자서 마을로 내려가 놀더니 집을 나간 지 한 시간도 안 되어 죽은 몸으로 돌아왔다. 2008년 11월 8일 오후 네 시, 조심스럽던 슬기가 난폭하게 달리던 차에 치인 것이다. 몸에는 아무런 외상도 없었고 피 한 방울 흘린 자국이 없이 깨끗했다. 나의 책장 선반에 한 줌의 재가 되어 돌아온 아이의 항아리가 또 하나 늘었다.

살아
숨 쉬기 위해

청계사 골짜기에서 계곡을 끼고 내려오는 좁은 길을 지나다 보면 제법 모양을 갖춘 축사가 있는 소농의 집을 지나가게 된다. 이 집엔 언제나 좁은 대문 문턱에 앉아 오가는 사람을 구경하는 백구 흰둥이가 살았다. 출퇴근길에 만나게 되는 흰둥이를 보면서 '아, 내가 시골에 살고 있구나' 싶은 푸근함을 안겨주던 녀석인데, 2년쯤이 지나서야 이 집엔 흰둥이 말고 정말 고통스럽게 살아가는 아이들이 있다는 것을 알게 되었다. 새끼 때부터 바깥세상과는 단절되어 햇빛도 보지 못하고 합판으로 막힌 우리 속에 갇혀 사육되다가, 성견이 되면 여름에 팔려나가는 운명의 개들이었다. 그 좁은 통 속에서 살고 있는 아이들의 비참한 삶을 엿본 뒤로 나는 안에서 끓어오르는 분노와 아픔, 그리고 절망 때문에 힘들었다. 몇 해가 지나는 동안 내가 그 아이들에게 해줄 수 있었던 건 단지 주인 몰래 사료와 신선한 물을 부어주고 간식을 넣어주면서 다정한 인사를 건네주는 일뿐이었다. 햇빛 한 줄기 안 들어오는 어둡고 더러운 통 속에서 대소변으로 얼어붙은 맨땅 위 웅크리고 살아가는 개들을 보는 것은 내겐 형벌과 다름없었다. 추운 겨울이 되자 시장에서 파는 어린이용 패딩 조끼를 여러 개 사서 이 아기들에게 입혀주기도 했고 여름이면 더러운 물그릇을 닦아 신선한 물을 채워줬다. 그러나 얼마 후면 아이들은 사라지고 또 다른 새끼 강아지들로 상자가 채워지곤 했다. 그러는 사이 주인과 인사를 나누는 사이가 됐고 주인도 내가 아이들을 그렇게 돌보고 있다는 걸 묵인해주는 그런 관계가 되었다. 나는 이 아기들에게 목줄도 채워주고 가끔씩 통속에서 꺼내어 산책도 시켜주기 시작했다. 주인도 내 마음을 알았는지 여름엔 통 속에서 해방시켜 밖에 묶어두기도 했다. 이렇게 통속의 아이들이 몇 번이나 바뀌는 일들을 겪다가 새로운 국면을 맞게 되었다. 당시 통 속에는 유난히 뼈대가 큰 우람이, 작은 백구 진주와 보배가 남아 있었는데 모두 5개월령쯤 된 아기들이었다. 퇴근하던 길에 들러 보니 아침에 준 사료도 그대로 있었고 진주와 보배의 눈에는 눈곱이 끼어 어딘가 많이 아파 보였다. 코가 말라 있는 걸 보니 열도 있는 것 같았다. 더럽기가 말할 수 없는 진주와 보배를 차에 싣고 병원으로 달려갔다. 놀랍게도 두 녀석 모두 홍역이란다. 그렇다면 아직은 괜찮아 보이는 우람이도 무사할 리가 없었다. 원장님은 지금은 예방접종을 시킬 수가 없다며 우람이에게는 면역 증강제를 투여한 뒤 지켜보자고 했다. 홍역은 전염성이 높아 다른 아이들에게 전염될 수 있어 입원을 시킬 수가 없다고 했다. 다음 날부터 열심히 약도 먹이고 간호했지만 진주와 보배의 병세는 날로 심해지고 있었다. 처음 겪어보는 홍역환자였다. 주인에게 예방접종을 안 시켜 아기들이 홍역으로 사경을 헤매고 있으니 며칠 동안 우리 집으로 데려가서 치료시켜 보겠다고 한 후 집으로 데려올 수 있었다. 그때 우리 집에는 막둥이와 꽃순이, 그리고 똘똘이와 누룽지가 있었는데 아무리 예방주사를 맞았더라도 안심할 수가 없었다. 고민하던 끝에 다른 아이들과 격리된 공간인 내 작업실 한 켠에 두 녀석의 입원실을 만들었다. 홍역이 이렇게 무서운 병인 것을 처음 알게 됐다. 고작 이틀 사이에 두 녀석의 병세는 너무나 악화되어 아무것도 먹거나 마시지 못하고 눈도 제대로 뜨지 못했다. 이날부터 밤을 새우며 두 녀석의 간병을 하게 됐고 병원에서는 신경증세와 고통이 오게 되면 이미 회생할 가망이 없다며 안락사를 시키는 게 좋을 거라고 했다. 그러나 이렇게 살아 숨 쉬고, 살려고 애쓰는 생명을 어떻게 포기한단 말인지. 점점 고통스러워하는 두 아기들을 지켜보면서 내가 할 수 있는 일은 단지 열심히 기도하는 일 밖에는 없었다. 진주는 5일 후 신경증세로 인한 고통으로 병원에서 비명을 지르다가 끝내 잠들었다. 너무나 고통스러워하던 보배 역시 원장님의 권고로 편히 안락사를 시켜야 했다. 살릴 수 없다면 더 이상의 고통은 주지 않아야 한다는 것을 알게 됐다. 비록 두 녀석은 떠나 보내게 됐지만 남은 우람이는 강한 체력으로 홍역을 극복했다. 이후 주인은 더 이상 강아지를 데려오지 않게 됐다. 하지만 혼자 남은 우람이가 있었다. 다른 백구와는 달리 장대한 청년으로 자라나서 아무래도 풍산개의 피를 받았을 거라고들 했다. 우람이가 건강을 회복하고 성견이 되자, 내가 하루도 거르지 않고 아이들을 돌봐온 것을 잘 알고 있던 이웃 하나가 곧 우람이가 개장수에게 팔려갈 것 같다고 살짝 말해주었다. 어떻게 살아남은 아이인데 개장수에게 팔려가다니, 용납을 할 수가 없었다. 내게 알려준 이웃과 작전을 짜서 마치 그 분의 지인이 사는 것처럼 우람이를 매입하게 된 나는, 재직하던 학교 안 공터에 펜스를 치고 임시거처를 마련했다. 경비 아저씨들도 우람이의 허우대가 듬직하니 경비견으로 만들겠다고 좋아들 했다. 이후 아저씨들 마음에 들게 해주려고 훈련소에도 보내봤지만, 훈련에 적응하지 못한 우람이는 두 달쯤 뒤에 퇴학을 당하고 말았다. 지금은 전라도 고흥의 바다가 보이는 화가의 작업실과 갤러리가 있는 곳에 입양 보내어 우여곡절 끝에 구출한 또 다른 아이들, 귀동이와 순순이, 공주와 함께 살고 있다. 우람이가 그곳으로 간 지도 어느새 10년이 넘었다. 우람이는 지금쯤은 늙은 할아버지 개가 되어 바다냄새 맡으며 지난 날을 회상하며 살고 있지 않을까? 폐교가 된 학교 건물을 사들여 작업실과 갤러리를 운영하고 있는 화가 부부가 나의 퇴임과 함께 학교에서 나오게 된 우람이와 순순이, 귀동이와 공주 네 마리 아이들을 모두 입양해주었다. 귀양 보내듯 보내놓고 너무 오래 찾아가 보지 못해 안부를 묻기도 미안할 따름이다.

강둑의 바람을 견디던
윈디

한겨울의 한파보다 몇 배나 더 춥게 느껴지던 12월 첫 추위의 어느 날, 집으로 오는 좁은 길에서 하얗게 눈서리가 덮인 쓰레기 더미에 뭔가 움직이는 물체가 보였다.

놀라서 잠시 차를 세우고 살펴보니 짧은 줄에 묶인 채 어딘가에 체온을 의지하고 싶어하는 앙상하게 마른 누렁이 한 마리가 엉거주춤 어쩌지를 못하고 자리를 맴돌고 있었다. 주변은 모두가 차갑게 얼어붙은, 지붕이나 바람을 피할 것도 없는 곳에 살아있는 생명이 이렇게 방치되어 있다니. 내 온몸이 얼어붙는 느낌이었다. 차에서 내려 가까이 가보니 더욱 비참했다. 누군가 주인은 있는 듯 밥그릇이 있고 거기엔 개가 먹을 수조차 없는 상태의 음식 찌꺼기가 얼어붙어 있었다. 누렁이 중에서도 작으면서 입 주위가 뾰족하고 거뭇한 혼혈 종이었다. 녀석은 낯선 사람이 가까이 가자 잔뜩 겁을 먹고 이빨을 보였다. 어떤 주인이기에 자기 가족인 개를 이렇게 대접을 하는 건지 분노가 일었다. 묶여 있는 짧은 줄은 그나마도 보온 덮개에 감겨 있어 아이는 꼼짝도 하지 못했다. 있는 힘을 다해 얼어붙은 솜 뭉치들을 떼어

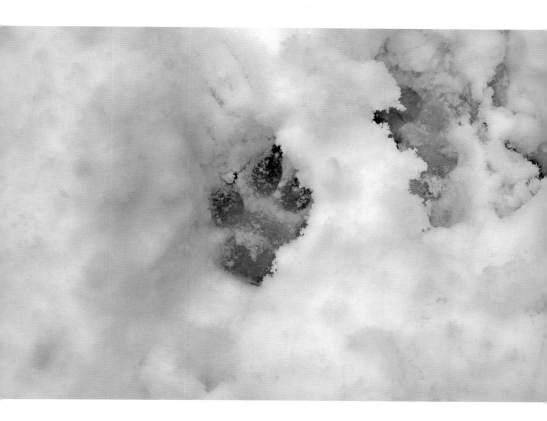

내면서 녀석의 줄을 조금 길게 만들어주고, 어딘가 체온을 유지해줄 자리를 만들어주려고 주변을 둘러봐도 도움이 될 만한 것을 찾을 수가 없었다. 개천의 둑 위라서 계곡바람까지 매서운데 내가 도와줄 방법은 아무것도 없었다.

그날 밤 돌아와서도 잠을 잘 수가 없었다. 다음 날 일찍 창고에서 사료와 물그릇, 밥그릇과 담요를 챙겨 출근길에 그 아이에게 들렀다. 더운 물과 사료도 가득 부어주고 바닥에 깔 것도 놔주었지만 바람을 막아줄 방법은 없었다. 녀석은 경계를 하면서 잠시 멀리 몸을 피해 있다가 내가 떠나는 걸 확인하고 나서야 먹기 시작했다. 이날부터 이 작은 누렁이 녀석에게 들러 안부인사를 하면서 얼어붙은 솜뭉치들 사이에서 비닐을 끌어내어 버려진 화분들이며 나무 막대, 상자들을 이용해 조금이라도 바람을 막아줄 장치를 만들어줬다. 이 녀석은 바람 부는 강둑에 산다고 윈디라는 이름으로 불렀다. 윈디와의 만남으로 이 동네에 살고 있는 비참한 환경의 개들과도 인연이 시작됐다. 이 중엔 사람들이 애완견이라고 부르는 작은 푸들도 있었고 특히 한동안 유행처럼 기르던 시츄들이 여럿 있었다. 윈디는 나의 특별한 보살핌으로 3월쯤 되어서는 살도 오르고 털도 윤기가 흐르면서 마치 목욕이라도 시킨 듯 말쑥해졌다. 더 이상 내게 이빨을 보이지 않을 뿐 아니라 멀리서부터 내 차가 보이면 꼬리치면서 반갑다고 온 몸으로 빙글빙글 돌기도 했다. 그리고 무엇보다 그 못생긴 얼굴에 웃음이 가득했다. 학교에서 회식이라도 있는 날엔 식탁에서 남은 고기들은 모두 내 도기백에 들어갔다. 이렇게 정성 들여 보살펴준 윈디가 5월 말이었던 어느 날 출근길에 가 보니 보이지 않았다. 줄이 풀린 걸까? 주변을 아무리 찾아봐도 안 보인다. 겨울 내내 굳게 닫혀 있다가 봄이 되자 밖으로 화초를 내놓고 장사를 시작하는 맞은 편 비닐하우스 하나를 찾아갔다. 미로 같은 화초들 사이에서 물을 주고 있는 그림자가 보였다. 가까이 들어가니 뚱뚱한 젊은 여자가 힐끗 쳐다본다. "혹시 길 건너에 묶여 있던 개가 어느 집 개인지 아세요?" 묻자 무섭게 힐끗 쳐다보더니, "그건 왜요?"라고 반문했다. "아, 지나가다가 매일 보던 개가 안 보여서요…"라고 공연히 죄지은 사람처럼 얼버무리면서 혹시 주인이시냐고 했더니 쳐다보지도 않고 퉁명스럽게 그렇단다. 그렇겠지. 저렇게 퉁명스럽고 무례하게까지 한 태도로 보아 동물에게 인정스럽게 대할 것 같아 보이진 않는다. 여자는 아주 무심하게 어디 보내버렸다고 대답했다. 어딘가로 보냈다는 말이 무엇을 뜻하는지는 이 마을에 들어와 몇 년이 지나고서야 알게 됐다. 수없이 많은 개들을, 강아지들을 그렇게 다들 어딘가로 보내버렸단다. 개장수

에게 팔았다고 말하는 사람은 하나도 없었다. 떳떳하게 말하지 못할 일이라는 것은 아는가 보다. 윈디와의 짧은 만남은 이렇게 갑작스러운 이별로 끝나버렸지만. 윈디는 내게 커다란 미션을 주고 떠나갔다. 이후로 나는 수없이 많은 이별을 했고 수없이 많은 윈디들을 만나야 했다.

가축이기 이전에
생명

봄이 되자 모든 비닐하우스에 활기찬 기운이 넘쳤다. 서울에선 볼 수 없었던 각종 채소들의 모종이며 막 피어 오르는 온갖 꽃들이 길거리로 나왔다. 마치 화훼 전시장 같은 풍경이 도시에서 온 초보 농사꾼에겐 온통 축제 같았다. 내 차의 뒷자리는 언제나 새로운 식물들로 채워져서 돌아오곤 했다.

　이날은 윈디가 있던 길이 아닌 다른 길을 택하게 됐는데, 어느 한 집의 화초들이 뭔가 좀 달라 보였다. 궁금해서 차를 세우고 안으로 들어가 보니 넓은 비닐하우스 안에는 아무도 없었다. 안쪽으로 트인 공간이 보여 그쪽으로 나서자 갑자기 큰 개들이 짖는 소리가 여기저기서 들린다.

안으로 들어선 순간 눈앞에 보이는 광경은 너무나 갑작스러워 그토록 비참한 환경이라는 게 믿어지지가 않았다. 마구간처럼 칸칸이 나뉘어진 공간에 여섯 마리의 누렁이들이 묶여 있는 게 눈에 들어왔다. 너비가 70센티미터 정도 될 법한 좁은 면적도 문제였지만 최대한 화초들과 떨어뜨리기 위해 목줄을 기둥 높이 매달아서 마치 좁은 우리 안에 매달린 것처럼 갇혀 있었다. 움직일 수 없으니 그 자리에서 대소변을 볼 수밖에 없어 바닥은 오물로 범벅이 되어 있었고 개들의 몸은 더럽기 짝이 없었다. 짧은 목줄로 인해 제대로 땅에 앉기도, 눕기도 힘들어 보였다. 외면을 해버리기엔 너무 비참한 상황이라 그대로 돌아설 수가 없었다. 움직이는 동물에게 이렇게까지 잔인하게 행동을 제한시킨 채로 사육하면서도 더럽고 찌그러진 그릇들엔 물 한 방울 담겨 있지 않았다.

나도 모르게 물이 있는 곳부터 찾아봤다. 다행히 화원이다 보니 물은 얼마든지 있었다. 개들은 낯선 침입자인데도 금세 경계를 풀었다. 개들은 이상하도록 온순했고 깨끗이 씻은 물그릇에 가득 물을 채워주니 정신 없이 마시면서 꼬리도 흔들었다. 이렇게 시작한 몇 번의 방문 끝에 만날 수 있었던 주인은 나이든 할머니였다. 일이 있을 때만 날품으로 사람을 사서 분갈이 등을 하는 일로 바쁠 뿐 언제나 할머니 혼자서 천천히 일을 하시곤 했다.

다음부턴 일부러 출근길에 이 화원 앞을 지났는데, 곧 이 할머니가 나름 애완용으로 기르는 작은 발바리도 있다는 걸 알게 됐다. 이 발바리가 짤랑이다. 아랫 이빨이 부정교합으로 조금 앞으로 내밀어져서 합죽이로 보인다. 짤랑이는 흰색의 장모종이라 긴 털이 엉켜 붙어 눈이 안 보일 지경이고 단지 합죽이라는 특징 외엔 얼굴 모습은 알아보기 힘들었다. 곧 알게 됐지만 비닐하우스 안쪽에 갇혀 사는 누렁이 여섯 마리는 이 할머니에겐 부업의 하나였다. 이중 한 아이가 출산을 해서 여덟 마리를 나았다. 할머니는 그래도 산모라고 처음 며칠은 고깃국에 밥도 말아다줬다. 그리고 누렁이 산모와 아기들은 화초들을 옆으로 비키고 자리를 내어 비닐하우스 안으로 옮겨 넓게 자리를 잡고 묶어놨다.

아기들은 2주일이 되자 모두 눈을 떴고 어미가 잘 돌봐서인지 쑥쑥 자랐다. 그동안 친해진 할머니에게 "이젠 아기들 예방접종 시켜야겠군요" 하니 "예방주사는 뭐 하러? 다 없앨 건데"라고 말했다. 나는 너무 놀라서 "할머니, 이 아기들이 다 어디로 갈 건데요?" 묻자 다 갈

데가 있다는 대답이었다. 아기들이 6주쯤 되니 제법 성장해서 어미 밥까지 먹으려 들었다. 그런데 갈 때마다 아기들이 한 놈씩 줄더니 어느 날은 남아 있던 네 마리 아기들까지 모두 사라져버렸다. 말할 것 없이 개장수에게 팔려간 것이었다. 뒤켠의 누렁이 중엔 이미 출산이 가까워온 또 다른 녀석들이 있었다.

그날부터 나의 고민이 하나 더 늘어났다. 태어날 아기들마저 먼저 팔려 간 아기들과 같은 운명이 되는 걸 보고만 있어야 할 건지 절박한 문제로 다가왔다. 그때 마침 우연하게도 텔레비전에서 도살 직전 쇠줄이 목에 감긴 채 탈출하여 피고름이 흐르는 채 돌아다니는 누렁이를 구출하는 장면을 보게 됐다.

이때 눈이 번쩍 뜨였다. 그렇구나, 개를 잡아먹거나 팔아먹는 사람들만 있는 게 아니고 구출하느라 애쓰는 사람들도 있다는 것을 알게 됐다. 이때가 1998년이었다. 이렇게 해서 동물보호단체가 있다는 것을 알게 됐지만 그들도 이제 막 출발한 단계여서 회원도 몇 사람 되지 않았다. 단체라기보다는 동물사랑 마음 하나만으로 뭉친 사람들의 동아리 같은 모임이었다. 이름은 거창하게 '누렁이 살리기 운동본부'였고, 이때부터 나도 이들의 활동에 동참하게 됐다.

내가 한 일들이란 이 짤랑이네 누렁이들이 낳은 아기들을 할머니가 식용으로 팔아 넘기기 전에 모두 사들여서 한 놈씩 입양을 보내는 일이었다. 이때만 해도 아직은 아파트보다는 주택에 사는 사람들이 많던 때인 데다 유기견이 지금처럼 심각하게 생기기 이전이어서 입양은 생각보다 쉽게 이루어졌다. 일부러 할머니에게서 화초도 사고 맛있는 것도 사다 드리면서 할머니와는 인정으로 가까워지게 됐다. 2년 쯤 뒤에는 짤랑이의 불임수술도 시키게 됐고 미용도 시켜서 그 야말로 예쁜, 개천의 용으로 다시 태어나게 해줬다. 얼마 후 이 집 누렁이 한 아이가 심각하게 병이 들어 죽을 지경이었는데, 내가 병원에 데려가서 수술시켜 살려내게 된 사건이 있었다. 할머니는 이때 뭔가를 느끼신 것 같다. 지금까지 개를 고기값만큼으로만 생각했는데 이런 개를 그 개값의 몇 배를 들여 살려낸 것을 보고 할머니의 누렁이 대접이 달라지기 시작했다. 다음 해에는 할머니의 심경에 변화가 생기기 시작했고 이젠 더 이상 힘들어 개를 키우지 않겠다고 하면서 두 마리를 시골의 동생네로 보내셨단다. 나는 할머니 말에 진심이 담겨 있는 걸 알 수 있었다. 그렇게 해서 짤랑이 할머니네 집 누렁이의 수는 줄어들었고 할머니를 졸라서 남은 암놈 두 아이는 불임수술까지 시켜줬다.

절대로 변할 것 같지 않던 이 마을에도 개발 바람이 불어 아파트

단지가 들어서게 됐다. 많은 비닐하우스 농가들은 마을을 떠날 수밖에 없었다. 공사가 시작되기 전 2004년에 짤랑이네도 성남 어딘가로 떠나게 됐다. 이때 헤어져야 했던 동네 아이들은 짤랑이네만이 아니었다. 담비와 담비네 가족들, 그나마 구출해서 저 땅끝마을 고흥까지 보낸 순순이와 공주, 귀동이, 우람이도 있다.

　이때를 시작으로 나는 동물보호단체와 함께 일을 하게 되었지만 그때부터 20여 년이 지난 오늘까지 동물보호법은 크게 나아진 것이 없다. 반려동물을 가축의 틀 속에서, 생명이 아닌 사유재산으로 규정지은 법 안에서는 동물들이 보호받을 수 없다. 내가 해줄 수 있는 일들은 태어나는 아기들이 팔려가기 전에 입양 보내는 일이었고 주인들을 설득시켜 더 이상 불행한 운명으로 태어나지 못하도록 불임수술을 시켜주는 일뿐이다. 가족이며 친구인 반려동물들이 고기로 시장에서 팔리고 식탁에 오르는 한 동물보호법은 죽어 있는 거나 마찬가지다. 힘든 나날이긴 하지만 나의 보람은 이 마을에서만이라도 점점 짤랑이네 할머니 같은 분들이 늘어간다는 사실이다.

나의 가족,
나의 반려견들

커튼이 없는 내 방엔 아침이 일찍 온다. 창문도 없었으면 좋겠지만 그럴 수는 없으니, 조금이라도 더 바깥 풍경을 안으로 들여놓기 위해 커튼을 달지 않았다. 창문을 통해 가장 먼저 찾아드는 친구는 까치들의 울음소리다. 닿을 듯 가까이 뻗어 있는 소나무 가지에서는 새벽이면 까치들이 아침인사를 한다. 기지개 한 번 켜고 창 밖을 보면 앞산 등성이로 이제 막 해가 떠오르려는 참이다. 모두가 깨어나는 아침, 내 기척소리에 두부도 단정히 일어나 앉아 엄마를 기다린다. 도란이, 토란이, 다랑이, 깜돌이 녀석들은 서성거리며 저이들끼리 소란스럽지만 두부는 말없이 풍성한 꼬리만 흔들며 조용히 기다린다. 2009년 누룽지가 떠나간 후 두부가 누룽지의 자리를 대신해 듬직하게 아이들을 돌보고 내 곁을 지켜줬다.

　처음 이 집으로 올 때 개들은 넷뿐이었다. 시골로 가면 담장이 없이 살 수 있을 거라고 생각했기 때문에 당연히 울타리는 만들지 않았다. 이사온 다음 해 어느 날, 놀러 나간 누룽지가 저녁 무렵이 되도 돌아오지 않아 막 찾으러 나가려고 문을 나서는데 현관 앞에 쓰러져 있

는 녀석을 발견했다. 온몸이 피투성이에 만신창이였다. 죽을힘을 다해서 집까지 찾아와 쓰러진 모양이다. 그 길로 차에 싣고 병원으로 갔는데 병원에서는 살아있는 게 기적이라고 했다. 그날 여섯 시간에 걸쳐 60여 바늘을 봉합하는 수술을 했다. 꼬리는 거의 잘릴 뻔 했다. 아마도 도망치는 누룽지를 뒤에서 여러 마리가 물고 늘어진 것 같았다. 그때는 누룽지가 겨우 한 살밖에 안 된 기운이 넘치는 놈이어서 더 크게 다치지는 않은 것 같았다. 이렇게 동네 큰 개들의 텃세는 시작됐고 결국 누룽지 다음엔 발바리인 똘똘이가 눌러 나갔다가 이들 동네 개들에게 물려 처참한 죽음을 맞게 되었다. 늦었지만 남은 아이들이라도 지켜야 했기에 어쩔 수 없이 울타리를 만들었다. 집안에서만 살던 개들이 처음으로 넓은 들판으로, 산으로 마음껏 뛰어다니며 노는 것을 보는 기쁨에 이런 불행한 일이 닥칠 것은 미처 생각하지 못했다. 이후부터 누룽지도 동네에 놀러 나가는 대신 높은 2층 계단에 엎드려 동네에서 일어나는 일들을 내려다보는 것으로 만족해야 했다. 누룽지 때문에 이 집을 짓게 되어 이곳으로 이사를 온 지도 13년이 되던 2009년, 이미 할머니 개가 된 누룽지는 열세 살의 나이에 골수암으로 우리 곁을 떠나갔다. 내겐 맏딸 같은 존재였던 누룽지는 너그럽고 부드러우면서도 배려할 줄 아는 개였고 어느 날 우리에게로 와서 이 집을 짓게 만들고 13년을 이 집과 함께 내 곁에서 넉넉하고 품위 있는 개로 살아주었다. 누룽지는 절대로 누구에게 시비를 거는 일이 없었다. 뭔가 심상치 않은 분위기를 느끼면 슬그머니 자리를 피해버린다. 개들도 안다. 서로의 품격을. 그런 누룽지를 우리 집 열두 마리의 다른 개 가족들은 다 존경했다. 특히 아람이는 누룽지를 얼마나 따르고 좋아했는지 언제나 누룽지 곁에 실과 바늘처럼 함께했다. 심지어 앉는 모습, 옆에 엎드리는 자세조차 누룽지를 따라했다. 누룽지가 자리를 뜨면 어느새 그 뒤엔 아람이가 따른다. 거대한 누룽지 곁을 조그만 새털같이 가벼운 아람이가 그림자처럼 따라다니는 모습을 볼 때면 저절로 미소가 지어졌다. 누룽지는 39킬로그램이나 되는 거대한 누렁이었고 아람이는 6킬로그램 정도밖에 안 되는 우유빛의 발바리다.

 누룽지는 이 집의 역사와 함께한 개여서 누룽지의 나이가 이 집의 나이와 같다. 아니 누룽지가 한 살 더 먹었나 보다. 집을 짓는 동안 어린 누룽지와 내가 학교 게스트하우스에서 잠시 살았기 때문이다. 누룽지를 나는 가끔 사람으로 착각했을 만큼 기쁠 때도 누룽지를 바라보며 웃었고 힘든 일이 있을 땐 누룽지에게 혼자 넋두리도 했다. 누룽지는 내가 슬퍼하면 소리 없이 옆에 엎드려 내가 먼저 말을 할 때까지 조용히 기다렸다. 누룽지는 내 방 앞의 테라스에 나가 엎드려 앞산을 바라보기를 좋아했는데 그런 누룽지를 바라보며 나는 늘 누룽지는 저 산을 보면서 무슨 생각을 하는 걸까, 누룽지가 보는 세상은 어떤 모습일까, 언제나 누룽지와 그리고 개들의 정신세계를 궁금해했다. 누룽지는 모두의 감정을 존중하고 이해하는 듯 자신이 무엇을 해야 하고 어떻게 처신해야 할지를 잘 아는 개였다. 아픈 아이가 있으면 조용히 가서 얼굴을 핥아주고 어린 아이가 가족으로 들어오면 엄마처럼 살뜰히 보살펴줬다. 눈도 핥아주고 귀도 핥아주면서 어디가 아프지는 않은지 여기저기 냄새로 검사를 했다. 아람이도 그렇게 누룽지가 길러낸 아기였다. 연한 갈색의 눈은 그 누구도 악의를 품을 수 없게 만드는 온화함으로 가득 차 있었다.

　누룽지와의 13년은 마치 유유히 흐르는 거대한 강물을 함께 건넌 시간과도 같아서 우리들의 이 깊은 유대감은 내가 눈을 감는 그날까지는 지워질 수 없을 것이다. 우리는 함께 숨 쉬듯이 모든 것을 깊이 이해하고 서로에게 의지했다. 그런 우리 앞에 불행은 어느 날 걷잡을 수 없이 닥쳐왔다. 어떻게도 살려낼 수 없는 절박한 상황이 되었고, 누룽지의 극심한 고통 앞에서 나는 무력함에 절망했다. 병원에서는 한시라도 빨리 고통에서 벗어나게 해주는 것만이 지금 누룽지를 위

한 최선의 길이라고 했다. 이날이 오기까지 누룽지는 전혀 아픈 내색을 하지 않았기에 청천벽력이었다. 이미 다리가 약해져 있었던 때문인지 거실에서 미끄러져 다리에 골절상을 입게 되었다. 급히 분당의 병원에서 엑스레이 검사를 하던 중 앞 다리에 골절 말고도 다른 이상이 있음을 발견하게 된 것이다. 골수암이라는 진단을 받은 뒤 눈앞이 캄캄했지만 누룽지를 살리려면 더 이상 전이되지 않도록 앞의 두 다리를 절단해야만 했다. 두 다리를 절단하고 살아가야 할 누룽지를 생각하며 잠시 망설였지만, 병원에서는 냉정해야만 한다고 다그쳤다. 어렵게 수술을 결심하고 여러 가지 검사를 하던 중 이번엔 종양이 이미 폐에까지 전이가 되어 이젠 더 이상 수술이 무의미하다는 결론이었다. 지금은 수술만이 아니라 다른 어떤 치료도 무의미하다는 결과였다. 누룽지의 고통은 심해질 것이고 지금 최선의 방법은 누룽지를 편안하게 잠들게 해주는 길이라고 했다. 골절상의 통증까지 겹쳐 누룽지의 고통은 지켜보기에도 힘든 지경이었다. 누룽지를 위해서는 한시라도 지체할 수가 없게 되었다. 여기서 우리는 죽을 수 있는 자유와 죽을 수 있는 권리를 생각해야 했다. 우리 가족들은 입원시켰던 누룽지를 병원에서 떠나 보내지 않기로 결정하고 집으로 데려왔다. 그토록 무서운 통증 속에서도 나는 한 번도 누룽지의 신음소리나 비명소리를 듣지 못했다. 그러나 누룽지가 얼마나 많이 아픈지 나는 안다. 힘겹게 몰아 쉬는 가쁜 숨소리가 내 뼈를 녹이는 듯했다. 지금도 누룽지의 그 힘든 숨결이 내 귓가를 맴돈다. 냉정을 되찾고 나는 누룽지에게 조용히 물었다. 누룽지도 안다. 내가 무엇을 말하려는지. 나는 흐르는 눈물을 감추며 조용히 누룽지의 목을 끌어안았다. 오래 오래 이 순간의 누룽지의 체온을 간직하고 싶었다. 누룽지는 이미 나를 용서했다. 그리고 자신의 죽음을 내게 맡겼다. 누룽지를 오랫동안 봐오셨던 원장님에게 며칠의 여유를 갖게 해달라고 부탁했다. 우리에게는 며칠만이라도 작별의 시간이 필요했기 때문이다. 의사 선생님이 집으로 오기로 한 전 날, 시내에 사는 우리 가족들 모두 누룽지에게 마지막 작별인사를 하러 왔다.

누룽지는 치즈케이크를 유난히 좋아했다. 모든 개들이 다 그렇겠지만 별로 크게 감정을 드러내지 않던 누룽지도 유독 치즈케이크 앞에서는 어린애같이 좋아했었다. 마지막이 가까웠다는 소식에 케이크를 잘 굽는 이웃의 예삐 언니가 치즈케이크를 구워왔다. 기쁠 때는 그 큰 몸으로 고개를 움직이면서 빙글빙글 돌며 활짝 웃는 얼굴로 다가와 내 볼에 자기 얼굴을 비비던 누룽지가, 그렇게나 좋아하던 케이크 앞에서 그저 고통을 참으며 바라만 볼 뿐이다. 이렇게 누룽지가

심한 고통 속에 가쁜 숨을 몰아 쉬면 두부는 안타까워 어쩔 줄 몰라 하며 얼굴을 핥아주고 곁을 맴돌며 안타까워했다. 개들이 이런 연민을 가졌다는 것을 사람들은 알기나 할까? 가족들은 모두 누룽지에게 공양을 바치듯 좋아하는 케이크며 순대까지 사와서 전처럼 살찐다고 걱정하는 마음 없이 마음껏 먹게 했다. 개들의 소망은 얼마나 단순하고 소박한 것이었는지. 마지막으로 실컷 먹으며 행복해하는 모습이 나와 가족들을 더욱 슬프게 했다. 이날 한 생명이 우리 곁을 떠나가는 모습은 슬프지만 숭고하면서도 아름다웠다. 이렇게 해서 누룽지는 우리 모두의 애도 속에서 고통을 몰아내고 조용히 평화롭게 잠들었다.

두부는 이후 며칠 동안 밥을 먹지 않았다. 그리고 누룽지가 누웠던 곁에 엎드려 일어나지 않았다. 나머지 다른 개 가족들도 표현을 하지 못했을 뿐, 모두가 누룽지의 죽음을 슬퍼했을 것을 안다. 언제나 나의 든든한 지킴이였던 두부마저도 지난 2015년 7월 1일 누룽지가 누웠던 그 자리에서 구강종양과 뇌종양, 그리고 후지 마비로 인한 2년 이상의 힘든 투병 끝에 우리와 함께한 16년의 삶을 마치고 떠나갔다. 지금도 이 집 곳곳에 누룽지와 두부와의 행복했던 날들은 그대로 살아있다. 이젠 새로이 지켜줘야 할 아이들이 늘어났기에 주어진 오늘에 충실하면서 나는 여전히 새 봄을 기다린다.

새로운
가족

언젠가부터 후배 디자이너의 남편이 닭을 길러보지 않겠냐고 했다. 기르던 가축을 잡아먹는 집이 아니기에 닭들이 자꾸만 알을 품어 식구가 늘어나는 게 부담스러운 것 같았다. 나도 닭을 기르고 싶었지만 우리 집 백구 녀석들 때문에 망설여졌다. 진돗개들은 닭만 보면 가만두지 않는다. 물론 닭장을 안전하게 만들어야겠지만 그래도 위험 부담을 항상 안고 살아야 하는 게 마음에 걸렸다. 우연히 블로그를 통해 건강한 풀과 곡물로 직접 만든 사료만으로 닭을 키워 달걀을 파는 곳을 알게 된 이후로 크게 아쉬움도 없었다. 그래도 후배 디자이너의 집을 갈 때마다 닭들이 한가로이 풀밭을 뛰노는 모습을 보는 것이 부럽기는 했다.

그런 유혹을 받고 있던 중에 새로 부화한 닭 가족이 있다는 말에 "그럼 한번 길러 볼까요?" 하고 반승낙을 하게 되었다. 오히려 내 마음이 갑자기 더 조급해졌다. 우선 우리 개들이 쓰던 지붕이 달린 테라스와 작품에 쓰려고 아껴 두었던 잘생긴 나뭇가지를 닭들이 올라가 앉을 자리로 설치해주고 텃밭의 일부를 줄여 임시 닭집을 만들었다. 감나무 아래여서 여름이면 그늘도 생길 것이고 텃밭 안쪽이라 개들로부터도 안전한 곳이었다.

6월 초, 기다리던 병아리들이 도착했다. 암놈이 다섯 마리, 수탉이 두 마리였다. 일곱 마리 모두에게 이름을 부르면 알아듣지 못할 것 같아 우선 수탉들에게만 엄지와 검지라고 이름을 붙여줬다. 이날부터 엄지와 검지네 일곱 마리 닭들은 나의 새로운 가족이 되었다. 아직은 중간 크기인 녀석들은 황색에 검은색에 털빛이 각양각색이었는데 암탉 두 마리만은 흰색이었다. 녀석들은 우리 집에 온 지 3개월쯤 지나서 첫 알을 낳기 시작했다. 그때의 감격이란! 오래 전 비명에 간 오리가 내게 주고 간 알을 떠올리게 했다. 처음 얼마 동안은 아주 작은 알들을 낳았지만 몇 달이 지나면서 점점 알들은 커지고 껍질도 단단해졌다.

닭들은 윤기 나는 털을 가진 건강한 모습으로 자랐고 이중에 엄지와 검지는 서열 싸움으로 한때는 엄지가 대장이었다가 어느 때는 검지가 장악하기도 했다. 한때는 엄지가 심각하게 구석으로 몰려서

사료와 물도 따로 주어야만 했다. 그래서 아무래도 다른 집으로 보내
야겠다고 생각할 즈음 어쩐 일인지 다시 엄지가 활개를 피고 같이 어
울리게 됐다. 검지에게 찢겼던 엄지의 잘생긴 붉은 벼슬도 회복이 되
어가는 것 같았다.

　겨울 동안 넓은 텃밭에서 자유롭게 놀던 닭들은 봄이 오면서 다시
제자리로 돌아가야만 했다. 좁게 살다가 넓은 곳으로 가면 행복한
일이지만 넓은 곳에서 자유롭게 놀다가 다시 좁은 곳으로 돌아가면
얼마나 답답할까? 아무래도 식물의 공간을 줄이고 움직이는 동물인
닭들에게 좀 더 넓은 운동장을 마련해주기로 마음을 바꾸었다. 채소
는 좀 덜 먹으면 되고 지금도 너무 많아 오히려 일거리만 많았는데
일도 줄일 겸 텃밭을 닭들에게 나누어주기로 했다. 텃밭은 모두 100
평 정도 되는데 축대 위쪽의 닭들이 있는 텃밭은 40평 정도였다. 위
쪽 텃밭의 절반인 20평을 닭들에게 줄 생각이었다. 텃밭 펜스공사도
새로 해야 했다. 닭들은 이전보다 배나 넓은 운동장을 가지게 된 것
이다.

　지난 가을, 멀리 전시를 보러 가게 되었다. 저녁이 되어서야 집에
들어갈 수 있었고 오후 다섯 시면 도우미도 퇴근해 집이 빌 예정이
었지만, 개들의 탈출이 좀 걱정스러웠을 뿐 닭들은 걱정할 필요도 없

었다. 이미 텃밭 안에 또 한 겹의 펜스를 만들어 그 안에서 살고 있었기 때문이다. 그런데 내가 우리 집 개들을 너무 무시했었고, 우리 집 도우미를 너무 믿었었나 보다. 외출에서 돌아와 보니 텃밭으로 통하는 펜스가 열려 있고 개들에게는 절대로 금지된 텃밭 문 안으로 개들이 들어가 있었다. 놀라서 안을 보니 닭장 문도 활짝 열려 있다. 아니 그럼 닭들은 다 어디에? 그때서야 놀라 닭 집에 들어가 보니 한 녀석도 보이지 않았다. 나는 그때까지도 개들의 침입으로 닭들이 놀라서 다 울타리 넘어 옆집 텃밭으로 달아난 줄 알았다. 그런데 조금 지나서야 무슨 일이 일어났는지 깨닫게 되었다. 텃밭 토마토 밭 사이에서도, 오이넝쿨 아래에서도 처참하게 죽어 있는 닭들의 시체들과 밭 이곳 저곳이 뜯겨나간 털들로 어지러웠다. 끓어오르는 분노로 참을 수 없었다. 문을 철저히 잠그지 않고 외출한 사람의 잘못도 있지만 중간 텃밭 문은 분명 개들에게 출입이 금지된 문이다. 이 문에 잠금 장치가 안 채워졌을 때 앞발로 잡아당겨 열 줄 아는 개는 행운이와 밤톨이 뿐인 걸 안다. 들고 있었던 전시회 도록이 든 쇼핑백을 눈앞에 있는 개들에게 마구 휘둘렀다.

살아남은 닭은 겨우 두 마리뿐이었다. 너무 무서워 보이지 않는 구석에 꼭꼭 숨어 있던 두 녀석을 겨우 찾아낼 수 있었다. 한 놈은 집

안 알통에 숨어 있어 살아남았다. 바보들같이 높이 날아올라가 있었더라면 다 살았을 텐데 무서워서 푸덕거리다 모두 참변을 당한 것 같다. 그렇게 잘생긴 엄지와 검지가 이렇게 해서 처참하게 죽었다. 지금은 살아남은 두 마리 암탉과 다시 송 사장님 네서 수탉 한 마리를 데려오게 되어 넓은 집에 세 마리만이 살고 있다. 이젠 닭들의 생활 습관도 알아가게 되었고 지금 집의 부족한 점들을 보완해서 추운 겨울은 다 지나갔지만 아직은 살얼음이 어는 영하의 날씨라 지금이라도 새 집을 지어주기로 했다. 닭의 생태에 대해 여기저기 찾아보고 많은 것을 알게 됐다.

늦었지만 앞으로 더 많은 날들을 함께 해야 할 닭 가족들을 위해 서둘러 새 집을 지었다. 보다 안전을 위해 그리고 겨울과 여름을 대비해 보온과 통풍을 고려한 안락한 이 새 집에 입주한 세 녀석들은 아주 만족한 듯 신통하게도 가르쳐주지 않았어도 바로 횃대에 올라가 잤고 다음 날 아침엔 새로 만든 알통에 들어가 알도 나왔다. 바닥에서 띄워 만든 다락방으로 올라가는 계단도 스스로 이용할 줄 알았다. 누가 닭을 머리가 나쁘다고 했는지 정말 잘못된 생각이었다. 빨리 새로운 가족을 만들어주고 싶어 요즘은 알통에서 알을 꺼내오지 않고 모아두고 지켜보는 중이다. 혹시라도 알을 품지 않을까 해서.

이젠 추위가 가버려 많은 시간을 닭장에서 보낸다. 햇살이 퍼진 오후엔 닭장에 마련한 테이블에서 오후의 차 한잔을 즐긴다. 수탉은 금동이, 암탉들은 금순이와 금실이다. 이 녀석들에게는 오후의 간식으로 유명한 빵집에서 남겨 버려지는 빵 부스러기들을 한 자루씩 얻어와 말려두고 부스러트려 먹인다. 아직은 텃밭에 채소가 없는 시기라 상추나 배추, 그리고 방울토마토 등은 사다가 먹인다. 이곳에서 살아가게 될 나의 닭 가족들은 특별한 사고가 없는 한 닭의 수명대로 살다가게 될 것이다.

또 다른 세계,
숲

사람도 언어라는 수단을 사용하기 이전에는 언어와는 다른 방법으로 감정이나 생각을 전달했을 것이다. 동물에게도 동물들만의 소통방식이 있고 식물 역시 외부 자극에 반응하는 감각기능을 사용하는 식물들만의 소통체계가 있다고 믿는다. 나는 동물들의 언어를 우리 집 개 가족들을 통해 알아듣는다. 우리 집 개들은 말을 한다. 사람의 언어가 아닌 눈으로 몸으로 그리고 행동으로. 이렇듯 마음을 기울여 들으려고 하면 식물의 언어도 알아들을 수 있다.

숲 속으로 걸어 들어가다 보면 나와 숲은 어느새 무언가 모를 정기를 통해 교감을 하고 있다. 어둡고 음침했던 오솔길을 내가 걷기 시작하면, 갑자기 환한 빛이 발산되는 듯하고 적막했던 숲 속의 나뭇잎들이 고요한 떨림으로 방문객을 환영하는 인사를 하는 듯하다. 그러다 보면 나는 어느새 뭔가 맑고 밝은 기운으로 그들에게 화답하고 소통하고 있는 나를 깨닫는다.

이 숲엔 오랫동안 우리 개들과 함께 다니는 산책길이 있다. 7~8년 전 무서운 태풍으로 나무들이 부러지고 쓰러지는 아픔을 겪은 뒤 그 상처가 회복되기도 전에 또 다른 불행이 숲을 덮쳤다. 무서운 병충해였다. 산길에 낯선 장비들이 들이닥치고 숲속을 울리는 기계소리며 마치 정복자들의 발길처럼 거친 남자들의 발걸음이 몇 날 며칠 계속되었다. 건강한 아름드리나무들마저 전염을 막기 위해 마구 잘려 나가고 있었다. 병든 나무만을 잘라내는 것이 아니라 가까이 있는 건강한 나무들까지 베어버리는 것이다. 이 무렵 발생했던 광우병으로 수많은 살아있는 소들이 생매장 당하는 비정한 장면을 떠올리게 했다. 나무들에게도 나에게도 이 일은 오랫동안 악몽이었다.

3년 가까이 이 숲길을 갈 수가 없었다. 조금만 가도 앞을 가로막는 잘려나간 나무토막들, 넝쿨들, 쌓인 가지들이 우리의 앞길을 가로막고 있었다. 내 작은 주머니엔 언제나 전지가위와 개들의 간식, 만일에 대비한 소지품들이 들어 있었는데 이 전지가위만으로는 해결이 안 되는 장애물들로 인해서 우리의 산행은 긴 시간 동안 중단되어 버렸다. 3년이라는 시간이 흐르는 동안 숲은 다시 살아나기 시작했고 나무토막들은 더러는 가역으로 치워지고 산 아래로 굴려 보내 조금씩 산책로가 열리기 시작했다. 이 길에서 매일 만나던 쓰러진 나무 한 그루. 길이가 엄청난 것으로 보아 정말 높은 아름드리였을 것 같다. 길게 누워 있는 이 나무는 중간 휴식처로 걸터앉아 한숨 돌리기에 맞춤한 자리. 군데군데 벗겨지기 시작한 나무껍질로 봐서 참나무일 거라고 생각했다.

나는 이 나무에 대해 생각하기 시작했다. 얼마나 된 나무일까? 정말 병이 들어서 이렇게 잘려진 걸까? 나무는 나를 알아볼까? 잘려나갈 때 얼마나 아팠을까? 슬펐을까?

주변을 살펴보니 이 나무에서 잘린 토막 하나가 가역으로 치워져 있다. 그런데 잘려진 단면을 자세히 살펴보다가 순간 이 나무는 많은 것들을 알고 있고, 말하고 있다는 생각이 들었다. 물을 끌어올리기

위해 땅속 깊숙이 뿌리박으며 만들어진 힘찬 뿌리줄기의 모양들. 그리고 그 둥지 단면에 새겨진 수 많은 나이테들이 이 나무의 삶을 말해주고 있었다.

나무는 70세도 넘는 나이였고, 굴곡을 이루며 만들어진 밑동의 단면은 정말 조형적이었다. 어느 해에는 가뭄이 심해 힘들었고 또 어느 해에는 긴긴 장마를 겪었으며, 어느 해에는 옆의 나무들 때문에 가지를 뻗을 수 없어 비켜서 가지를 뻗어야 했다는 것도 알 수 있었다. 나무는 같은 시간, 사람 세상에서 일어났던 모든 일까지도 어쩌면 모두 알고 있을 것 같았다.

이 나무와의 말없는 대화는 몇 해나 더 이어졌고 해가 가면서 나무는 점점 소멸되어 가고 있었다. 단단히 나무를 둘러싸고 있던 껍질들은 차츰 틈이 벌어지고 말라가면서 서서히 나무에서 벗겨져 나갔다. 허물을 벗긴 듯 나목이 되어가는 나무를 보면서 나는 이 나무의 이야기를 사람들에게 들려주고 싶었다.

이 마을로 들어온 지 20년. 그동안 나와 내 개 가족들, 식물 가족들과 이 집 모두가 청계산의 한 부분이 되어 있다. 숲 속의 나무들, 새와 동물들, 이름 모를 야생초들도 모두 한 가족이 되어 있다. 내가 의도했던 하얀 정원이나 보라색 정원 같은 계획된 정원은 청계산의 씨앗들을 품은, 산에서 퍼온 부엽토를 옮겨온 이후 이미 오래 전에 사라졌다. 지금은 뒷산의 식물가족들이 내 정원에서 활개치며 살고 있다. 둥굴레며 창포, 꿀풀, 강아지풀도 자라고 부용, 산나리며 흔하디 흔한 애기똥풀도 우리 집에서는 대접받고 산다.

오랫동안 나무들 속에서 그리고 흙을 만지며 씨앗을 키우는 일로 작업에 대한 갈증을 잊고 살았나 보다. 숲을 걸으며 보아오던 나무 한 그루, 긴 세월 동안 한 나무의 주검을 통해 나는 이 나무의 이야기를 작업으로 다시 살아나게 하고 싶었다. 나는 지난 시립미술관에서의 전시를 통해 이 나무의 이야기이자 나의 이야기이기도 한, 그리고 모든 생명의 삶의 여정에 관한 이야기를 작품으로 다뤘다. 나무의 이야기는 사람의 언어로 바꾸어 말할 수가 없다. 나목이 되어버린 나무에 걸터앉아 마음으로 들어본다.

어쩌면 움직일 수 없는 식물들은 동물들보다 더욱 응집된 정신세계와 영성을 가진 것 같다는 생각을 한다. 작은 씨앗 하나가 흙 속에서 싹을 틔우고 자라나 수십 수백 년을 살아온 과정에 어떻게 이야기가 없을 수 있을까? 어느 식물학자의 책에서 식물에게 기억이 있다는 내용이 있었다. 그리고 여러 가지 실험을 통해 식물에게도 동물처럼 신경조직이 있어 정신적인 감응을 나타낸다는 이야기도 있었다. 음악에 반응하고, 그에게 이로웠던 사람과 해로웠던 사람을 구별하는 기억까지 있다고 한다. 이런 단편적인 발견들은 인간과의 교감이나 소통에 아주 미미한 단서나 통로를 제공할 뿐, 나는 이런 것을 뛰어넘는 그 어떤 다른 힘이 있음을 믿는다.

숲에서 영감을 얻은 작품들

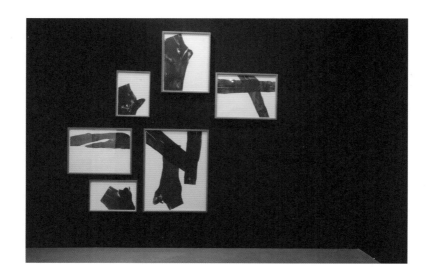

말과 글 Words and Writings

식물도 생각하고 외부 자극에 반응하는 감각기능을 가지고 있다. 한 그루의 나무가 살며 겪는 외부적 요인들; 기후, 기상, 병충해 등으로부터 자신을 지켜 온 모든 체험들은 나무마다 속살에 그대로 새겨져 있다. 그것이 나무의 언어이고 기록이다. 나무와 인간의 삶을 포개어 보며 그들의 언어를 조형언어로 드러낸다.

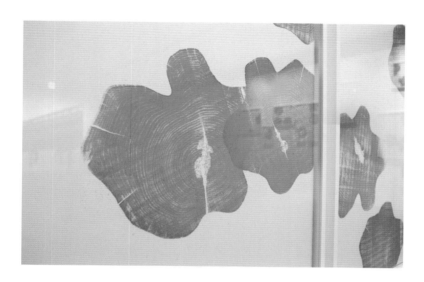

말과 글 Words and Writings

나무도 인간도 저마다 다른 언어를 가지지만 그럼에도 불구하고 서로 소통하며 공존한다. 언어를 초월하는 언어, 나무 안에 숨겨진 비밀의 단어(소리)를 작가는 (보이지 않아도 소통하는 맹인들의) 점자로 번안해 본다.

긴 여행에 관한 책 Book of Journey

산 속에서 발견한 한 토막 나무에 새겨진 역사에서 그것이 인간이 살아가는 희로애락의 여정과 다르지 않음을 읽는다.

한 그루 나무 A Tree

언젠가는 한 그루 푸르른 나무였던, 이제는 늙어버린 내 몸을 받쳐주고 내 손을 잡아주며 여전히 그 신비한 힘으로 나를 숲속으로 이끌어주는 나의 동반자이다.

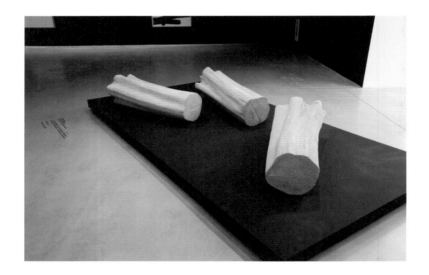

쉼 Rest

어느 한 해 극심한 병충해로 산속의 수많은 나무들이 잘려나가는 수난을 겪어야 했다. 온갖 풍상을 겪어내며 긴 세월을 살아왔을 이 나무는 험난했던 우리의 지난 시대를 함께했다.

이제는 쉴 때이다(모든 것이 그래 왔고 그럴 것이듯).

돌아 봄 Looking Back

나는 20년을 이 숲을 걷고 있다. 걷고 걷고, 또 걸으며 살아가고 나이 든다. 내 앞에 숲이 펼치는 끝없는 풍경을 보고, 또 보며 더러는 돌아본다.

내 안의
풍경

나를 오랫동안 알아왔던 사람들은 지금의 나의 삶을 보고 놀란다. 아마도 내가 흙 한 줌도 만져보지 못하고 힘든 일이나 역겨운 거름냄새 같은 건 참지 못하는 깔끔 떠는 도시 여자로 생각되었을 것이다. 내 안의 토양이나 풍경을 남들은 알지 못 한다. 어쩌면 나 자신도 이런 삶을 지치지 않고 살아낼 수 있다는 것을 몰랐던 것 같다. 그런데도 이렇게 오랜 세월을 버텨오고 또 아무런 준비도 없이 용감하게 뛰어든 것은 내 안에 이미 어떤 씨앗이 숨겨져 있고 토양이 준비되어 있었기 때문인지 모른다.

이 집을 짓고 내 텃밭을 가꾸면서 나는 이런 기쁨과 즐거움을 직장의 가족들과도 나누고 싶었다. 미술대학 안에 텃밭이라니? 많은 교수들과 직원들은 의아했을지도 모른다. 그런데 뜻밖에도 반색을 하며 함께하겠다는 교수들이 많았다. 우리는 비어 있는 넓은 땅을 쓸 만큼씩 나누어 각자의 구역을 만들고 땀 흘리며 밭을 일구었다. 개간은 정말 힘든 노동이었다. 단단한 흙 속에서 끝없이 돌들을 파내어야 했고 튼튼히 뿌리내린 잡초들을 뽑아내야 했다. 함께 일하며 동료들과는 더욱 깊은 유대를 가지게 되었고 해를 거듭하면서 학교 텃밭은 인기가 높아졌다. 수확기가 되면서는 각자 퇴근길에 자신의 식탁에 올릴 채소들을 따면서 모두 즐거워했다. 뿐만 아니라 우리는 자주 각자의 수확물을 자랑하며 풀밭에 자리를 펴고 즉석 파티를 열었다. 그러다 보니 좀 더 편안한 자리에서 직원들과 교수들이 함께 모여 즐길 수 있는 정자도 만들게 되었다. 텃밭지기 교수뿐만이 아니라 누구든 초대된 교직원들은 이렇게 모여 즉석 샐러드며 음식으로 즐거운 텃밭잔치를 즐겼다. 이렇게 시작된 대학의 텃밭은 2003년에는 평생교육원으로 발전하게 되었고, 어엿하게 조리시설이 갖추어진 강의실에서 '텃밭에서 식탁까지'라는 교과목으로 운영하게 되었다. 대학의 전폭적인 지원을 받은 이 프로그램은 도시농부를 확산시킨 작은 운동이 되었던 것 같다. 평생교육원의 이름은 수신재(修新才)였고, 이 프로그램을 수강한 분들 중엔 놀랍게도 저명인사들과 고급 공무원들도 있었다. 이미 많은 도시인들이 이러한 삶에 목말라 있었던 것 같다. 우리는 주말엔 엄마 아빠와 함께 텃밭에서 직접 수확한 재료로 요리하는 어린이 프로그램도 만들어 지역사회에 기여하기도 했다. 흙 속에 한 알의 씨앗이 떨어져 생명으로 자라나게 되는 것처럼 아이들 정서에 일찍이 이런 씨앗이 뿌려지기를 바랐다. 이런 계기로 후에 라이프스타일의 한 과정으로 요리학과도 만들어졌다.

작은 시작이 이렇게 큰 결실을 맺는 과정을 지켜보는 것은 큰 기쁨이다. 요즘의 젊은이들에겐 농촌이란 단지 '그리워해야 할 것 같은 곳'이지 그리움의 대상은 아닌 것 같다. 도시엔 너무나 달콤한 유혹들이 많으니까. 그래도 나는 도시를 떠난 것을 후회하지 않는다.

내가 미국유학에서 돌아와 가졌던 개인전의 타이틀은 '흙'이었다. 조각가에게 흙은 가장 기본적인 재료이면서 매력적인 재료이기도 하다. 그래서 조각 수업의 첫 시작은 일단 흙을 붙여서 만들어가는 소조다. 흙으로 공부를 시작한 조각가는 이후 다른 수많은 재료들과 만나고 실험하고 자신의 작업에 맞는 재료를 선택하고 바꾸기도 한다. 나도 오랜 기간 여러 가지 재료들을 섭렵하다 그 무렵 다시 흙을 선택했다. 흙이 우리 신체와 가장 가깝고도 직접적이라는 점에 매료되었다. 사고보다 가슴이 앞서는 재료이기도 하다. 잘 반죽된 흙덩어리를 앞에 두면 생각을 하기보다 주물러보고 싶어진다. 누르면 누르는 대로, 만지면 만지는 대로 형태를 이루고 자국을 남기고 순간의 신체적 동작까지도 그대로 담아낸다. 누르는 힘만큼 모든 것이 그대로 찍혀지고 눌려지고 만들어진다. 그러면서 생각을 불러일으킨다. 이것이 흙이라는 재료다. 물론 조각가에게 이 흙이라는 재료는 많은 제약이 따르기도 한다. 그 유연성 때문에, 그리고 과정의 복잡함 때문에, 크기나 보존의 문제에서 제약을 받는다. 물론 나름 그 제약을 뛰어넘는 방법을 찾아냈다. 바로 '있는 그대로 받아들이기'이다. 깨지면 깨진 대로, 크기를 원하면 여러 토막으로, 단단하기를 원하면 가마에 구워 내거나 몰드를 만들어 다른 재료로 떠내면 된다. 그러나 굽거나 떠낸 다음엔 이미 흙 본연의 성질이 아닌 다른 물질로 바뀌기 때문에 여기서 갈등을 하기도 했다. 그래도 흙은 언제나 내게는 너무나 친숙한 대상이다.

그런데 이곳에 와서 이전과는 전혀 다른 의미로 흙을 만나게 됐다. 작품을 위한 재료가 아닌, 모든 것이 그것에서 생명으로 태어나게 되는 그 흙을 만나게 된 것이다.

겨울이 닥쳐오면 흙 위엔 눈이 덮이고 꽁꽁 얼어붙어 다시는 그 어떤 것도 살아남을 것 같지 않지만, 봄이면 거짓말처럼 얼었던 땅속에서 파릇파릇 새싹이 자라나온다. 그렇게 단단해 보이던 땅은 어느새 부슬부슬해져 흙도 식물도 숨을 쉬게 만든다. 숨을 쉰다는 것이야말로 생명의 기본 활동이 아니겠는지. 이 모두가 흙 속에 살아있는 또 다른 생물들의 힘이다. 막연하게 흙은 죽은 무생물, 무기질이라고 생각했는데 흙이야말로 그 속에 왕성한 생명활동이 끊이지 않고 일어나고 있는 살아 있는 유기체였다. 처음 시작한 초보 농사꾼에게도 땅은 땀 흘린 만큼 수확을 돌려준다. 해마다 제철에 먹는 채소가 넘치고, 화단엔 이런 저런 꽃들이 피고 진다. 모두가 흙이 만들어내는 기적이다.

어느 해였는지 언제나 비옥해 보였던 산속의 흙을 거름으로 써도 좋겠다는 생각을 해왔었는데 문득 화단의 흙을 이 흙과 섞어주면 좋겠다는 생각을 하게 됐다. 뒷문을 나서면 바로 산자락과 닿아 있는 위치라 작은 손수레를 끌고 올라가 삽으로 수레에 가득 이 흙을 담아 와 정원의 화단에 부어 섞어줬다. 그런데 이 흙이 단순한 흙만이 아니란 것을 해가 갈수록 깨닫게 됐다. 내가 실어온 것은 흙만이 아니었다. 이 흙 속에 살고 있던 보이지 않는 생명체들까지 모두 나의 정원으로 함께 따라온 것이다. 그리고 숨어 있던 씨앗들까지도 다 함께 온 것이다. 내가 심은 적도 없던 식물들이 다음 해에 쑥쑥 올라오고, 산에서나 봐 오던 이름 모를 꽃들도 피어났다. 그런가 하면 캐어내고 또 캐어내도 자라 올라오는 무서운 생명력의 넝쿨줄기들, 이제 우리 집 정원은 청계산의 연장으로 마치 하나의 가족처럼 닮아갔다. 흙은 이렇게 무서운 생명력으로 가득 차서 우리의 눈으로 볼 수 있는 세계가 아닌 엄청난 다른 세계가 숨 쉬고 있었다.

해마다 무언가를 옮겨 심었는데도 아직도 새로운 꽃, 새로운 나무를 보면 욕심을 부린다. 작년 봄, 지금은 유명한 도자기 작가가 된 오랜 제자가 아내와 함께 잠깐 들러도 되겠느냐고 전화를 했다. 물론 오라고 했고 대문을 들어서는 부부의 손에 커다란 비닐봉지에 싼 무언가가 들려 있었다. 달려 내려가 받으려는데 내게 삽을 찾아달란다. 아니 왜? 3년 전쯤의 여름, 이천의 그의 작업실을 방문했던 적이 있었다. 작업실 입구에 커다란 나무에 핀 보라색 꽃이 눈에 띄게 아름다웠다. 아프리카에서 본 짙은 보라색의 자카란다를 생각나게 했다. 나중에 그 꽃이 무슨 꽃인지 물어보고 탐을 냈던 걸 그 친구가 기억했나 보다. 선생님이 원하시면 저 나무에서 새끼를 치게 될 때 꼭 갖다 심어드리겠노라는 말은 그저 인사치레로만 들었는데, 3년이 지난 그날 작은 새끼나무를 정말로 들고 온 것이다. 맞춤한 자리를 찾아달라더니 훤칠한 키에 잘생긴 그 친구는 한참을 구부리고 땅을 파더니 아내를 시켜 구덩이에 물을 가득 채우게 한 다음 들고 온 나무를 정성스럽게 심어줬다. 그 덕분에 지난 여름엔 나의 정원에서도 그 아름다운 꽃을 볼 수 있었다. 나중에 그 꽃 이름이 뭐냐고 물었더니 '붓들레아'라는 꽃이라고 했다. 아름다운 보라색에 향기 또한 짙어서 나비와 벌들이 떠나지 않았다. 문득 이 '붓들레아'가 오래 전 나의 보라색 정원에도 있었더라면 좋았겠다고 생각했다. 이렇게 나의 정원엔 각기 다른 사연들을 가지고 온 온갖 꽃들이 피고 진다. 그 꽃들의 아름다움보다 이들 하나하나에 얽힌 사연들 때문에 이 식물가족들을 더욱 애틋해하는지 모르겠다.